Ghostwalker

Weitere Titel von Rainer Wekwerth bei Planet!:

Beastmode
Bd. 1: Es beginnt

Beastmode
Bd. 2: Gegen die Zeit

Pheromon
Bd. 1: Sie riechen dich

Pheromon
Bd. 2: Sie sehen dich

Pheromon
Bd. 3: Sie jagen dich

RAINER
WEKWERTH

GHOSTWALKER

PLANET!

Für Anna.
Walk on!

1.

North Guard

Unter Jonas' Stiefeln knirschte der gefrorene Schnee. Immer wieder brach er bis zu den Knien ein, aber er kämpfte sich unermüdlich vorwärts. Der Wind hatte den Schneefall in eine wirbelnde weiße Wand aus tanzenden Flocken verwandelt, die es ihm unmöglich machte, weiter als zehn Meter zu sehen. Der Himmel selbst blieb unter tief hängenden, dunklen Wolken verborgen.

Jonas ächzte vor Anstrengung, während er sich durch den Wald kämpfte. Hohe Bäume begleiteten seinen Weg und immer wieder spähte er nach oben, ob sich einer der Nordmänner in den Kronen verbarg. Er hatte schon zwei Angriffe unverletzt überstanden, aber es war nur eine Frage der Zeit, bis er in einen weiteren Hinterhalt geriet. Er war ein Fremder in dieser Welt und die Nordmänner ließen ihn spüren, dass er nicht willkommen war. Seit sie ihn entdeckt hatten, jagten sie ihn. Unerbittlich. Gnadenlos. Und langsam war er am Ende seiner Kräfte angekommen. Er war erschöpft.

Die Firma, die diese Simulation erschaffen hatte, nutzte die computergenerierten Nordmänner als Sicherheitsprogramm, sogenannte Jaeger, die Eindringlinge aufspürten und verfolgten. Sie waren für jeden Ghostwalker eine Gefahr, erwünscht oder unerwünscht, denn sie ließen sich nicht austricksen oder durch einen Zugangscode außer Kraft setzen. Das gehörte zum Sicherheitskonzept der Firmen dazu: Obwohl der Auftrag von der Firma selbst kam, konnten die Jaeger nicht deaktiviert oder umprogrammiert werden. Zu viele Sicherheitslecks, zu viele gestohlene Daten und immer bessere Hacker hatten diesen Schritt notwendig gemacht.

Einzig das Wissen, wo die Jaeger sich auf dem Weg aufhielten, konnte einen vor ihren Angriffen schützen, aber Jonas hatte einen Fehler gemacht und war entdeckt worden, als er vom Pfad abgewichen war, um einen gefrorenen, zweihundert Meter hohen Wasserfall zu bestaunen. Die Programmierer hatten in seiner Nähe eine Horde Jaeger positioniert und er war prompt in die Falle getappt. Natürlich hätte man ihm eine Liste geben können, welche Orte er zu meiden hatte – aber das war das Problem mit den Ghostwalkern. Jede Arbeit mehr war für die Auftraggeber müßig, und wenn Jonas so dumm war, in der virtuellen Welt zu sterben, würde der nächste kommen, der seinen Platz einnahm. Das Leben eines Ghostwalkers war nicht viel wert, das musste Jonas auf die schmerzhafte Tour lernen. Nun waren die Jaeger hinter ihm her und ihm blieb nichts anderes übrig, als sie abzuschütteln, was allerdings nicht einfach war, denn er hinterließ deutliche Fußspuren im Schnee, die so tief waren, dass nicht einmal der Schneefall sie verdecken konnte.

Jonas stöhnte. Er hatte inzwischen jegliches Zeitgefühl

für diese Welt verloren. Sicherlich war er erst ein paar Stunden hier, aber es fühlte sich wie Tage an.

Bleib ruhig, Junge. Du schaffst das. Du hast es immer geschafft. Du bist Moondancer. Du kommst und gehst wie ein Schatten in der Nacht.

Sein Atem stand als kleine, weiße Wolke in der Luft, als er stehen blieb, um sich zu orientieren. Dieser verfluchte Wald musste irgendwann ein Ende haben, aber noch konnte er es nicht erkennen.

Die Schneeflocken vermischten sich mit dem Schweiß auf seinem Gesicht, aber er fror nicht. Bei allem, was die heutigen VR-Anzüge vermitteln konnten – das hatten sie noch nicht drauf.

Der Pelzkragen seiner grob genähten ledernen Jacke war inzwischen ebenso von Schnee bedeckt, wie das leichte Kettenhemd, das er darüber trug. Auf eine Kopfbedeckung hatte er verzichten müssen, da sie nicht zur Ausrüstung gehörte, die ihm sein Auftraggeber in dieser Welt bereitgestellt hatte.

Einfache Kleidung, die der der Nordmänner gleichkam, ein Kurzschwert und einen Dolch, der an seiner Hüfte in einer Lederscheide baumelte. Alles sah handgefertigt aus und passte perfekt zur Simulation.

Dass er tatsächlich schwitzte und keuchte, war der Aufregung geschuldet und den Impulsen, die ihm sein VR-Anzug an die Hautkontakte übermittelte. Zehntausende kleiner Nanomarker, die auf alles reagierten, was er sah und tat. Sie wandelten die Energie in Vibrationen und Schmerzwellen um. Nicht tödlich, aber schmerzhaft genug, dass es Jonas vorzog, lieber nicht von den Nordmännern entdeckt zu werden.

Jeder Kampf mit ihnen barg zudem die Möglichkeit, dass er einen virtuellen Tod erlitt und aus der Simulation geworfen wurde. Einen weiteren Zugang würde es nicht geben. Dann hatte er versagt und sein Auftraggeber würde sich einen anderen Ghostwalker suchen. Und das durfte auf keinen Fall geschehen, denn er brauchte das Geld dringend.

Es war das Jahr 2047.

Manches hatte sich in der Welt zum Guten gewendet, vieles zum Schlechten. Die digitale Revolution brachte Überwachung in einem kaum vorstellbaren Ausmaß hervor. Schlimmer noch war die Ausspähung von Daten geworden. Besonders die japanische Mafia, die *Yakuza,* hatte daraus ein weltweites Geschäft gemacht und agierte nun auch in Deutschland.

Große Firmen schützten ihre Geheimnisse auf eine neue Art und Weise: Wichtige Nachrichten, Daten oder Unterlagen wurden nicht mehr über das Netz versandt, sondern sogenannten Ghostwalkern übergeben, die mit ihren Avataren als Boten in der virtuellen Welt unterwegs waren. Wie diese Welt im Einzelnen aussah, wurde durch die Konzerne bestimmt, die ihren jeweiligen Bereich als erlebbare Umgebung programmierten.

Jeder Ghostwalker, der ein virtuelles Gebiet betrat, musste sich damit auseinandersetzen. Diejenigen, die erwünscht waren, erhielten Ausrüstung und eine Wegbeschreibung, alle anderen mussten mit tödlichen Gefahren und Schmerzen rechnen. Was ihrem Avatar widerfuhr, hatte körperliche Folgen in der Realität, bis hin zum Herzstillstand.

Und dennoch ist es für mich die einzige Möglichkeit, Geld zu verdienen, ohne dass ich in der realen Welt auffliege.

Der Wind ließ nun etwas nach. Jonas stapfte weiter. Es

war still, so still hier. Nur ein sanftes Rauschen lag in der Luft, dessen Ursache er nicht ausmachen konnte. Es war wie ein Flüstern, das zwischen den Stämmen der Bäume auf ihn zuschlich, ihn umgab, als wäre es ein schützender Mantel. Aber dieser Eindruck war falsch. So falsch.

Als Jonas den Kopf hob, entdeckte er vor sich einen Schimmer. Das Ende des Waldes. Endlich. Nun war es nicht mehr weit bis zur schwarzen Festung. Er richtete sich auf und holte tief Luft. Jetzt einen harten Sprint hinlegen und es war geschafft.

Der Pfeil kam aus dem Nichts und bohrte sich tief in Jonas' rechten Oberschenkel. Die Nanomarker seines Anzugs reagierten augenblicklich und sandten brennenden Schmerz durch sein Bein. Jonas keuchte auf. Ihm wurde für ein Moment schwarz vor Augen, aber er riss sich zusammen, um die Lage zu analysieren. Aus welcher Richtung war der Pfeil gekommen?

Von vorn. Irgendwo vor ihm war ein Feind, der ihn im Visier hatte. Die Erkenntnis traf ihn wie ein Blitz und er warf sich seitwärts in den Schnee. Keinen Augenblick zu früh. Ein weiterer Pfeil schlug an der Stelle in den Schnee, an der er gerade eben noch gestanden hatte.

Verdammt!

Jonas zog den gefiederten Pfeil aus seinem Bein und musste sich beherrschen, nicht laut aufzubrüllen. Die Schmerzen, die die Nanomarker übertrugen, raubten ihm den Atem.

Das hier war kein Spaß mehr. War es eigentlich nie gewesen, aber nun war er *wirklich* in Gefahr. Weitere Treffer bedeuteten mehr Schmerzen und irgendwann würde sein Organismus die Impulse des VR-Anzuges nicht mehr verkraften können und zusammenbrechen. Einfacher und weniger schmerzhaft war es, den virtuellen Tod zu erleiden, indem sein Avatar eine tödliche Verletzung abbekam und er somit automatisch aus der Simulation geworfen würde. Dann könnte er einfach aus seinem 360-Grad PSI-Stuhl aufstehen, den Anzug abkoppeln und ihn ausziehen.

Sich selbst auszuloggen war unmöglich, wenn man eine simulierte Welt erst einmal betreten hatte. Der einzige Ausgang war, das Ziel der Mission zu erfüllen. Er hatte also drei Optionen: virtuelle Verletzungen zu erleiden, bis sein Körper schlappmachte, den Löffel abgeben oder die verdammte Burg erreichen. Jonas entschied sich für Letzteres.

Scheiß auf die Schmerzen. Ich brauche die 500 Eurodollar, sonst bleibt der Kühlschrank leer und ich kann keine Miete zahlen. Dann wird meine Scheinwelt auffliegen und ich wandere in staatliche Obhut, bis ich achtzehn bin. Was von heute an gerechnet in 364 Tagen der Fall sein wird. Happy Birthday, übrigens.

Jonas hob den Kopf. Der Rest seines Körpers blieb hinter dem niedrig gewachsenen Gestrüpp verborgen, in dessen Schutz er sich geworfen hatte, aber wenn er sich noch etwas mehr aufrichtete, würden seine blonden Haare sich deutlich vom Schnee abheben. Es hieß also vorsichtig sein.

Er starrte in die Richtung, in der er den Schützen vermutete, konnte aber nichts entdecken. Der Eintrittswinkel des Pfeiles in sein Bein verriet, dass der Schuss von oben gekommen sein musste. Also erneut ein Gegner, der sich in einem Baumwipfel verbarg. Der hiesige Wald bestand zum größten Teil aus Schwarzfichten, deren dicker Nadelbewuchs einen sehr guten Schutz bot. Jonas zog den Kopf wieder ein, nachdem er nichts hatte entdecken können.

Aber etwas war seltsam: Warum schoss der Gegner nicht weiter auf ihn? Waren ihm die Pfeile ausgegangen? Kaum vorstellbar. Niemand bestieg eine dreißig Meter hohe Fichte und nahm nicht ausreichend Munition mit.

Was hat der Typ vor?

Die Erkenntnis kam mit einem Schlag.

Er hat mir seine Reichweite gezeigt und will mich nun zwingen, zur Seite oder nach hinten auszuweichen.

Warum?

Weil von dort Verstärkung kommt, wurde es Jonas plötzlich klar. *Der Typ soll mich nur aufhalten, bis die anderen Jaeger da sind. Bestimmt hat seine Wahrscheinlichkeitsberechnung keine weitere Treffermöglichkeit ergeben und deshalb verschwendet er keine Pfeile mehr.*

Die Lage war ernst. Sehr ernst sogar. Vor ihm verbarg sich ein zielsicherer Feind und von hinten rückte Verstärkung an.

Wenn er jetzt zur Seite auswich, würde er kostbare Zeit verlieren und den heranpirschenden Verfolgern die Chance geben, ihn einzuholen.

Blieb also nur eine Möglichkeit.

Vorwärts.

Bogenschütze hin oder her. Er musste durch die Bäume, die ihm immerhin etwas Schutz boten, und dann über das freie Feld vor der Burg, um sein Ziel zu erreichen.

Jonas versuchte, die Entfernungen einzuschätzen. Noch mindestens einhundert Meter Wald, dann eine offene Fläche von der Länge zweier Fußballfelder. Eine ordentliche Strecke, besonders wenn man eine virtuelle Verletzung erlitten hatte, die sein Anzug nutzen würde, um die Simulation noch realistischer zu gestalten. Hieß also weitere und immer schlimmer werdende Schmerzen, wenn er sich fortbewegte. Jonas fluchte stumm.

Allerdings glaubte er, dass er dem Bogenschützen schnell entkommen konnte: Seine Reichweite dürfte nicht mehr als fünfzig Meter betragen. Ein Langbogen wäre dort oben in den Bäumen viel zu unhandlich, also schoss er höchstwahrscheinlich mit einem einfachen Jagdbogen.

Jonas presste die Lippen aufeinander. Noch einmal sog er tief die Luft ein, dann sprang er auf und rannte los.

Humpelnd.

Der nächste Pfeil kam prompt. Ein leises Surren, Jonas machte einen Satz nach rechts, gleich darauf einen nach links. Nur Zentimeter hinter seiner Ferse schlug ein weiterer Pfeil in den Schnee ein. Der Kerl in den Bäumen war ein wirklich guter und schneller Schütze.

Ein weiterer Angriff ließ nicht lange auf sich warten und dieses Mal verfehlte er seinen Kopf nur um Haaresbreite.

Jonas hinkte so schnell er konnte ein paar Schritte vorwärts, dann warf er sich seitlich hinter einen Baum. Er kroch durch den Schnee, bevor er sich zehn Meter weiter aufrichtete.

Mit einem deutlichen *Plonk* drang ein Pfeil neben seiner linken Hand in die Rinde ein.

Vor Jonas' Augen tanzten Sterne, als er losrannte, so gut es eben mit der Einschränkung ging.

Zwei Pfeile.

Einer landete vor ihm, der andere drang in seine linke Schulter ein.

Jonas wurde durch den Angriff ungebremst in den Schnee geworfen. Die Nanomarker hämmerten unerbittlich auf ihn ein und verursachten Schmerzen, aber diesmal ignorierte er sie und wälzte sich zur Seite. Keinen Augenblick zu früh, wie der nächste Pfeil bewies.

Jonas sprang auf. Während er wie ein Hase im Zickzack lief, riss er sich auch diese Pfeilspitze aus dem Körper. Vor ihm standen die letzten Bäume. Er hetzte zwischen ihnen hindurch und befand sich auf freiem Feld. Nicht weit entfernt lockte eine mächtige, dunkle Burg, die Sicherheit versprach.

Also los. In seinem Rücken erklangen Rufe. Die Verbündeten des Bogenschützen hatten aufgeholt, aber waren doch noch so weit hinter ihm, dass er sie nicht sehen, nur hören konnte.

Seine Kehle war trocken und brannte vor Durst. Da er im PSI-Stuhl festgeschnallt war und seine Hände nicht frei bewegen konnte, blieb es auch dabei.

In seinem Rücken surrte etwas. Jonas wirbelte herum und sah gerade noch rechtzeitig den auf ihn zufliegenden Speer von mindestens zwei Meter Länge. Er ließ sich nach hinten fallen und das Mörderteil bohrte sich direkt zwischen seinen Beinen in den Boden. Die Verfolger waren also doch nicht so weit weg. *MIST!*

Jonas rappelte sich auf – zum wievielten Mal eigentlich? – und sprintete los.

Schmerzen spielten jetzt keine Rolle mehr, auch nicht die simulierte Behinderung in seinem rechten Bein. Die Nordmänner durften ihn nicht kriegen. Unter gar keinen Umständen. Mal abgesehen von den Schmerzen, die in so einem Fall auf ihn warteten, wäre die Schande, versagt zu haben, noch viel größer. Das *Bushido* der *Ghostwalker* war da ziemlich ungnädig und er hatte einen Ruf zu verlieren, der ihn zur Legende in der Szene erhob. Es gab nur wenige

Walker wie ihn, die derartig gefährliche Aufträge annahmen und meisterten. Die Liste derjenigen ließ sich an einer Hand abzählen und er war der Zeigefinger dieser Hand. Der Daumen allerdings war die unvergleichliche Blue. Ein weiblicher Avatar, der einen hauchdünnen, blau glitzernden Anzug trug, der ihr Gesicht, aber nicht ihre weiblichen Formen verbarg. Der Figur nach zu urteilen, jung oder sehr fit oder beides.

Es hieß in der Szene, Blue trage einen mobilen VR-Anzug neuester, geheimer Bauart, der es ihr ermöglichte, gleichzeitig in der realen Welt und in einer Simulation zu agieren, aber vielleicht war das auch nur ein Gerücht. Wer dieses Gerücht in Umlauf gebracht hatte, wusste er nicht und es war ihm auch egal. Im Moment zählte nur das Hier und Jetzt und das bestand aus einer grölenden Horde Nordmänner, die gerade auf ihn zustürmte.

Jonas nahm all seine Kraft zusammen und versuchte noch schneller zu rennen. Hier draußen auf dem offenen Feld war der Schnee nicht so tief, da der Wind, der von den Berggipfeln herunterwehte, ihn über die Ebene davontrug.

Vor ihm ragten die düsteren Mauern der Burg auf. Selbst wenn er den Kopf in den Nacken legte, konnte er den höchsten Punkt nicht erkennen. In einer Höhe von über fünfzig Metern liefen Wehrgänge an der Mauer entlang. Türme für Bogenschützen wuchsen aus dem Stein und gigantische Brücken, für die schweren Katapulte, streckten ihre steinernen Arme aus. Ein unglaubliches Bauwerk, das sich die Programmierer von FeDTex da ausgedacht hatten.

Noch zwanzig Meter.

Pfeile und Speere schlugen rechts und links von ihm im Sekundentakt ein.

Männer brüllten.

Das Tor. Kaum sichtbar in all dem grauschwarzen Stein. Durch ein vergittertes Sichtfenster spähte ein Wächter heraus.

Jonas fasste, ohne langsamer zu werden, unter seine Jacke und zog die Schriftrolle heraus, deren Transport seine Aufgabe in dieser Simulation war und die nun auch seinen PassKey darstellte.

Vor ihm begann die Burg zu flimmern. Das massive Tor aus Eichenholz schwang auf und er stürzte hindurch. Noch während er sich auf dem Boden abrollte, wurde das Tor hinter ihm geschlossen. Der Wächter bückte sich, Jonas streckte ihm die Schriftrolle entgegen, dann wurde aus dem Flimmern ein blauglänzendes Flirren, das die ganze Umgebung erfasste. Vor ihm löste sich der Wächter in silbernes Funkeln auf, gleich darauf verschwanden seine eigenen Beine.

In seinem Sichtfeld erschien eine pulsierende Nachricht:

Auftrag erfüllt
Belohnung wird angewiesen

2.

Hamburg (reale Welt)

Die Anschnallgurte fuhren leise summend zurück. Mit einem Stöhnen drückte Jonas den Knopf an seiner Armkonsole, der die Stromverbindung zum VR-Anzug unterbrach. Er löste die Anschlusskabel und erhob sich schwerfällig aus dem PSI-Stuhl.

Alles an seinem Körper schmerzte, aber ganz besonders die beiden Stellen, an denen in der Simulation Pfeile in seinen virtuellen Körper eingedrungen waren. Die Nanomarker hatten ganze Arbeit geleistet.

Als er aus dem Anzug schlüpfte, entdeckte er rote Flecken an den Stellen auf seinem Körper, wo die Pfeile ihn getroffen hatten.

Jonas ließ den Anzug achtlos fallen und humpelte nackt hinüber ins Bad. Er war vollkommen verschwitzt. Ein Blick in den Spiegel zeigte, dass seine blonden, halblangen Haare an Stirn und Wangen klebten. Die Wangen sahen eingefallen aus, der sonst etwas zu breite Mund wirkte nun viel schmaler und die Lippen waren blass. Er musste unbedingt etwas trinken und essen, um seinen Energiehaushalt wieder in Schwung zu bringen … Aber zuerst duschen.

Das war das Wichtigste.

Immer zuerst duschen.

Jonas betrat die kleine Glaskabine.

»Regendusche. Kalt«, befahl er dem System. Augenblicklich fiel Wasser auf ihn herab. Er fröstelte, aber das kalte Wasser belebte seinen Geist und seinen Körper. Jonas stützte seine Hände an den Fliesen ab und zählte stumm bis zehn. Dann sagte er: »Wasser aus.«

Die Dusche hielt an.

»Seife.«

Ein feiner Sprühnebel aus nicht sichtbaren Düsen hüllte ihn ein.

»Wasser ein. Heiß, Stufe 2.«

Die Waschlotion wurde abgespült. Dann gab Jonas den Befehl, das Wasser abzustellen und die Lufttrocknung zu aktivieren. Noch während er sich mit den Fingern durch die Haare rubbelte, damit es schneller ging, ertönte ein *Ping* und im Glas der Duschkabine leuchtete das Symbol für den Nachrichteneingang auf.

Sein Konto im Darknet meldete eine Zahlung von fünfhundert Eurodollar. Er rief seinen Kontostand auf und bleckte die Zähne.

Er hatte fast dreitausend Eurodollar angespart, aber bei Weitem nicht genug, um seinen Traum von einem Leben in Kalifornien wahrzumachen.

Hamburg war okay, aber die meiste Zeit des Jahres kalt und regnerisch und hier gab es kein Meer, keine Wellen, die er reiten konnte.

Sein Blick wanderte wehmütig zu seinem Surfbrett, das in der Ecke des Badezimmers stand. Bisher war er seiner Leidenschaft immer an den Küsten der Nordsee nachgegangen, aber die dortigen Wellen stellten schon lange keine Herausforderung mehr für ihn dar. Wenn es mal Sturm gab und das Meer sich aufwühlte, waren die Strände gesperrt und er ging jedes Mal ein hohes Risiko ein, wenn er heimlich trotzdem surfte.

Sollte man ihn erwischen, würde alles auffliegen und sein schönes Leben wäre vorbei – obwohl man es nicht direkt schön nennen konnte. Aber immer noch besser als das, was ihm bevorstand, wenn man hinter sein Geheimnis kam.

Jonas schlüpfte in Jeans und ein weißes T-Shirt, dann tappte er auf nackten Füßen ins Wohnzimmer.

Der Anrufbeantworter blinkte. Jonas sagte »Nachrichtenwiedergabe« und das Gesicht seines Schuldirektors erschien als Hologramm über dem Gerät. Er sah ungeduldig aus.

»Liebe Frau Decker, hier ist Jürgen Baumgärtner vom Helmut-Schmidt-Gymnasium. Ich weiß, Sie machen eine schwere Zeit durch, aber ich möchte Sie trotzdem bitten, zu einem Gespräch in die Schule zu kommen. Jonas' Noten werden immer schlechter und ich befürchte, wenn nichts Drastisches geschieht, kann er nicht zum Abitur zugelassen werden, sondern muss die Stufe wiederholen. Dies ist nun mein dritter Anruf bei Ihnen, ohne dass Sie sich bisher bei mir gemeldet haben. Ich –«

Jonas drückte die Stopptaste und unterbrach die Wiedergabe. Er musste sich unbedingt etwas einfallen lassen, denn lange würde sich Baumgärtner nicht mehr von ihm mit irgendwelchen Ausreden vertrösten lassen. Der Mann wurde immer misstrauischer.

Jonas nahm das Hochzeitsfoto seiner Eltern in die Hand und betrachtete es. Die beiden sahen glücklich aus. Sein Vater trug einen schicken Anzug, seine Mutter ein weißes Kleid, an ihrem kleinen Bäuchlein erkannte man, dass sie damals mit ihm schwanger gewesen war. Sie strahlten sich an. Daneben standen ihre beide Trauzeugen John Tanaka und Miriam Hofmann. Die Frau war eine Cousine seiner Mutter, Tanaka der Chef seines Vaters bei BioCom und ein Freund aus Studententagen.

Die dunklen Haare seiner Mutter waren hochgesteckt. Ihr schmales Gesicht mit der etwas zu spitzen Nase schien regelrecht vor Freude zu leuchten, während ihr Ehemann sie hingebungsvoll anlächelte.

Martin Decker hatte ebenso wie er helle, blonde Haare gehabt, nur waren seine immerzu verstrubbelt gewesen, was ihm ein verwegenes Aussehen verliehen hatte.

Jonas blickte auf das Datum des Fotos, das rechts unten in der Ecke abgedruckt war.

23. März 2030.

Siebzehn Jahre, davon waren fünfzehn unbeschwert wie dieser Sommer gewesen. Bis sich sein Vater das Leben genommen hatte, ohne einen Brief zu hinterlassen oder eine Ahnung, was ihn zu dieser Tat getrieben hatte.

Seine Mutter war daran zerbrochen, hatte sich nicht mehr um ihren Sohn gekümmert. Nur noch verzweifelt weinend im Bett gelegen und gesoffen. Jeden Tag war es schlimmer geworden. Schnaps und Wein hatte sie sich per Lieferdienst direkt vor die Tür bringen lassen. Er hatte die Kartons ins Schlafzimmer geschleppt und die leeren Flaschen zum Container gebracht.

Sechs Monate war es so gewesen. Er hatte sich um alles

gekümmert: Eingekauft, gekocht, die Wäsche gewaschen. Bis er eines Tages von der Schule nach Hause gekommen war und einen Brief von ihr gefunden hatte. Sie war nicht mehr da.

Jonas,
es tut mir leid. Ich muss gehen. Ich weiß noch nicht wohin, aber wenn ich bleibe, ziehe ich dich in meinen Abgrund.
Mama

Er hatte sie nie »Mama« genannt, immer nur »Mom«, klang irgendwie cooler. Nun war sie weg und er konnte sie mit keinem der Namen mehr rufen. Er konnte nicht fassen, dass sie ihn allein gelassen hatte. Sich um sie zu kümmern, hatte ihm die Kraft gegeben, die Tage durchzustehen, in die Schule zu gehen, obwohl seine Noten immer schlechter wurden. Nun war seine eigene kleine Sonne nicht mehr da und der Mond längst untergegangen. In ihm herrschte Dunkelheit.

Jonas hatte das Internet nach Informationen durchforstet, was mit minderjährigen Jugendlichen geschah, die beide Elternteile verloren hatten, und erfuhr, dass staatliche Obhut und das Waisenhaus auf ihn warteten. Das war keine Option. Dieses Jahr würde er sein Abitur machen und danach aus Deutschland verschwinden. Er musste nur noch eine Weile durchstehen, ohne dass jemand etwas merkte.

Also begann er der Welt vorzugaukeln, alles sei in Ordnung. Er fälschte die Unterschrift seiner Mutter für alle Bankgeschäfte und was sonst so anlag, loggte sich mit ihrem Account in den sozialen Medien ein und likte hier einen Beitrag oder schrieb dort eine kurze Nachricht.

Sämtliche persönlichen Kontakte blockte er mit der Begründung ab, seiner Mutter gehe es gesundheitlich nicht so gut, daher arbeite sie auch nur noch von zu Hause aus. Was natürlich nicht stimmte, denn er hatte ihren Arbeitsvertrag als Projektleiterin für IT-Unternehmen längst gekündigt. Da er keinen Antrag auf Arbeitslosengeld stellen konnte, war sein Erspartes sehr schnell knapp geworden und er hatte die ersten Jobs als Ghostwalker angenommen.

Harley, sein bester Freund, hatte ihm den ersten Auftrag vermittelt, nichts Großes, aber es war ein Einstieg gewesen. Danach war es schnell gegangen. Er hatte sich einen Namen gemacht, Geld verdient, aber die hohen Mietkosten fraßen alles wieder auf. Als seine Eltern in die Vierzimmerwohnung nach Nienstedten gezogen waren, hatte das kein Problem für die beiden Gutverdiener dargestellt, aber da er nun für alles allein aufkommen musste, sah die Sache anders aus.

Zudem hatte er seinen VR-Anzug und die Handschuhe aufrüsten müssen, um höheren technischen Standards zu entsprechen, ohne die man nicht an die wirklich lukrativen Aufträge herankam.

Eine leise Melodie ertönte. Das V-Phone. Nummer und Gesicht wurden eingeblendet.

Harley.

»Annehmen.«

Aus Harleys Standbild wurde ein lebendiges Hologramm. Die wilden, roten Haare sahen wie immer so aus, als wäre er gerade erst aus dem Bett aufgestanden. Sommersprossen tanzten auf der breiten Nase, die er sich im Alter von acht Jahren gebrochen hatte. Er lächelte.

»Alter, wieder nicht in der Schule gewesen«, waren seine ersten Worte.

»Hatte einen Job.«

»Was Großes?«

»Fünfhundert Eurodollar. Für FeDTex.«

Harley pfiff leise durch die Zähne. »Nicht schlecht. Alles gut gelaufen?«

»Die Company hat eine Welt simuliert, die aussah wie aus der alten Fernsehserie *Game of Thrones*, also mit Wald, Schnee und Eis und jeder Menge Pfeilen, die durch die Luft fliegen.«

»Dieses alte 2D Zeug?«

»Ja.«

»Gab es wenigstens Drachen?«

»Keine Drachen.«

»Schade.«

»Eigentlich nicht, war heftig genug.«

»Baumgärtner hat nach dir gefragt. Hab gesagt, du bist krank.«

»Hat er dir geglaubt?«

»Nein, natürlich nicht. Was glaubst du denn?«

»Er hat gerade hier angerufen.«

Harley verzog den Mund zu einem müden Grinsen. »Langsam musst du dir etwas einfallen lassen.«

»Weiß ich, aber ich hoffe auf einen großen Job. Genug Geld, dass ich hier wegkomme.«

Sein Freund schüttelte langsam den Kopf. »Das wird nicht passieren. Hör auf zu träumen und komm in der Realität an. Mann, wir machen Abi, dann studieren wir irgendeinen Scheiß, suchen uns Jobs, heiraten, bekommen Kinder und ab und zu, wenn alle schlafen, kramen wir den alten VR-Anzug raus, machen einen kleinen Walk und fühlen uns wie Rebellen. So ist das Leben.«

»Nicht für mich. Damit werde ich mich keinesfalls zufriedengeben.«

»Ja, ja, jetzt laberst du mich gleich wieder mit diesem Kalifornien-Mist zu. Dass du Profisurfer werden willst ... Das sind doch Hirngespinste. Dort drüben gibt es Hunderte wie dich, die warten nicht auf Jonas Decker aus Good Old Germany.«

»Dein Problem ist, dass du keine Träume hast.«

Er lachte. »Wenn ich dich so anschaue, kann das nur von Vorteil sein.«

Jonas kannte Harley seit dem Kindergarten. Schon damals waren sie komplett verschieden gewesen. Er selbst still und ruhig, Harley ein Wirbelwind, der alle Erzieher in den Wahnsinn getrieben hatte.

»Hast du einen Job?«, fragte Jonas.

»Nein, nichts los. Deswegen rufe ich an. Wie schaut es aus, mal wieder Lust darauf, die reale Welt unsicher zu machen? Nicht nur irgendwelche virtuellen Girls anzubaggern? Lass uns was trinken gehen.«

Für einen Moment war Jonas in Versuchung, dann winkte er ab. »Bin total platt. Muss jetzt schlafen.«

»Echt jetzt?«

»Wir sehen uns morgen in der Schule, Bud.«

»Alles klar, Spencer.«

Ein Running Gag am Ende jedes ihrer Gespräche. Das Hologramm fiel in sich zusammen. Zurück blieb Stille.

3.

Oicho-Kabu

Blue presste sich an die Wand und lauschte hinaus in die Dunkelheit. Sie spürte, dass da jemand war, sie verfolgte, aber sie konnte niemanden sehen. Ihr Blick wanderte die Fassaden der Hochhäuser entlang, in denen sich der bleiche Mond spiegelte, der in dieser Welt wie ein grinsender Totenschädel aussah. Ansonsten überall nur nackter Stahl und Beton, so weit das Auge reichte. Gebäude, die in den Himmel wuchsen. Kalt und leer. So schien es zumindest, und doch war ihr klar, dass ihr jemand folgte. Eine einzelne Person. Ob Mann oder Frau wusste sie nicht, aber er oder sie war da, verbarg sich in den Schatten.

Hatte ihr unbekannter Auftraggeber einen zweiten Ghostwalker gesandt?

Möglich war es. Manchmal gingen Kunden auf Nummer sicher und schickten zwei oder sogar mehrere Walker mit dem gleichen Ziel los. Unabhängig voneinander, ohne dass die Ghostwalker von der Existenz der Konkurrenten wussten. Für den Auftraggeber hatte das den großen Vorteil, dass sich die Chancen vervielfachten, das »Paket« sicher an seinen Bestimmungsort zu bringen, aber nur einmal die Belohnung ausgezahlt werden musste.

Natürlich war das in der Szene verpönt und die Walker führten eine Blacklist mit vertragsbrüchig gewordenen Kunden, die sie untereinander austauschten – aber es gab immer jemand, der sich für schlau genug hielt, es trotzdem zu versuchen.

In diesem Fall war das gar nicht so abwegig, denn dies war die Welt *Oicho-Kabu*, man musste nicht lange herumrätseln, wer sie erschaffen hatte.

Oicho-Kabu war ein traditionelles japanisches Kartenspiel, dem Baccarat ähnlich. Es wurde normalerweise mit speziellen Kabufuda-Karten gespielt und war ein Symbol der Yakuza, den japanischen Gangster-Clans, die sich inzwischen über die ganze Welt ausgebreitet hatten. Die Häuser in dieser Simulation ähnelten alle den Spielkarten mit ihren merkwürdigen Symbolen, die man in den Beton gebrannt hatte. Bizarr, aber ganz hübsch.

Blue musste vorsichtig sein. Ihr Zugang war illegal, trotzdem steckte mit Sicherheit ein Insider hinter ihrem Auftraggeber, denn sonst hätte sie die Welt nicht betreten können und auch das Ziel nicht gekannt. Blue mochte ihren Job. Die illegalen Walks brachten dreimal mehr Kohle ein als die legalen. Außerdem waren sie weniger langweilig und sie liebte Herausforderungen.

Natürlich versuchten immer wieder Hacker in die Simulationen der großen Firmen und Konzerne einzudringen, um Daten zu stehlen, aber auf sie warteten unzählige Fallen, Schmerzen und im realen Leben hohe Gefängnisstrafen. Darum musste Blue sich aber heute keine Gedanken machen, wenn das hier schiefging, kam Schlimmeres auf sie zu.

Noch einmal lauschte sie in die Nacht.

Stille.

Sie huschte die Wand entlang und sprintete dann über einen freien Platz zum nächsten Gebäude. Ein einzelner Baum mit merkwürdigen silbernen Blättern wiegte sich im sanften Wind hin und her.

Wahrscheinlich auch so ein Yakuza-Ding. Eingeweihte wissen, was das bedeuten soll, ich finde es allerdings ein wenig gruselig.

Sie atmete durch. Es war nicht mehr weit. Sie konnte den kleinen alten Shintō-Schrein sehen. Der Eingang wurde durch ein Torii, ein Tor mit zwei Querbalken, markiert. Das Holz, das man dazu verwendet hatte, war mit scharlachroter Farbe gestrichen worden. Kanji-Schriftzeichen waren mit Blattgold daraufgemalt.

Blue hatte keine Ahnung von der Bedeutung der japanischen Schriftzeichen, aber sicherlich stand dort der Name des *Kami,* des Geistes oder Gottes, der hier verehrt wurde. All diese Begriffe hatte sie in Anime-Serien aufgeschnappt, die schon seit Jahren der Renner im Internet waren.

Sandmännchen hat ausgedient.

Ihre Mutter hatte ihr von dieser lustigen Figur erzählt, die abends kam und den Kindern den Schlaf brachte. Heute waren da ganz andere Gestalten im Netz unterwegs und sie brachten auch keinen Schlaf.

Blue schaute sich noch einmal um. Nichts zu sehen … und auch nichts zu hören. *Wahrscheinlich habe ich mich getäuscht und da ist niemand.*

Etwas beruhigt richtete sie sich auf und ging am Gebäude entlang auf den Schrein zu.

Als sie vor das Tor trat, erschien ein Samurai wie aus dem Nichts. Er trug einen *Kabuto*-Helm und eine glänzende Gesichtsmaske, die ihn wie eine Statue wirken ließ. In seinem Gürtel steckten sowohl ein Lang- als auch ein Kurzschwert. Dort wo die Augen hinter der Maske sitzen sollten, glimmten zwei rote Lichtpunkte auf. Blue wusste, was das bedeutete: Sie wurde durchleuchtet. Danach verbeugte der Samurai sich tief vor ihr und Blue stieß den angehaltenen Atem aus. Ihr unbekannter Auftraggeber musste ein mächtiger Mann innerhalb der Yakuza und in jedem Fall ein Verräter sein, der den Tod zu erwarten hatte, wenn man hinter sein falsches Spiel kam.

Um was es genau ging, wusste Blue nicht. Das verzerrte Hologramm, mit dem der Kunde Kontakt zu ihr aufgenommen hatte, ließ ebenso wenig einen Rückschluss auf den Auftraggeber zu, wie die elektronisch veränderte Stimme, die ihr fünfzigtausend Eurodollar angeboten hatte, wenn sie diesen Walk übernahm und erfolgreich zu Ende brachte. Die Hälfte war im Voraus auf ihr Konto im Darknet überwiesen worden. So weit, so gut.

Der Auftrag war einfach: *Betreten Sie Oicho-Kabu. Gehen Sie zu Kakureno-Miya, dem Schrein der Toten. Dort wird Ihnen das Paket übergeben. Bringen Sie es mir.*

Wobei nicht gesagt worden war, wie und wo die Übergabe stattfinden sollte, aber sie würde es noch früh genug erfahren. Und eines war klar: Blue würde sich niemals mit einem Kunden in der realen Welt treffen. Dieser Auftrag war auf mehr als eine Weise ungewöhnlich, denn normalerweise brachte man »Pakete« nur innerhalb einer virtuellen Welt von einem Ort zum anderen und nicht aus ihr heraus.

Das Ganze roch nach Datendiebstahl und wer immer verrückt genug war, die Yakuza zu bestehlen, hatte mit Sicherheit Vorkehrungen getroffen, damit weder die eigene Identität noch die von Blue aufgedeckt wurde.

Der Samurai vor ihr richtete sich wieder auf und wandte sich wortlos um. Mit großen Schritten ging er voraus. Blue folgte ihm schweigend.

Sie überquerten eine alte, aus groben Steinen gemauerte Brücke, unter der ein Bach mit glasklarem Wasser plätscherte, in dem leuchtende Goldfische schwammen. Sie erreichten ein weiteres Tor, das diesmal an eine Reihe aus Zäunen erinnerte, dann kamen sie zu einem kleinen Wächterhaus, neben dem ein steinernes Waschbecken stand. Schwarzer Felsstein, in seiner Mitte eine Flüssigkeit, die wie Milch aussah.

Der Samurai deutete darauf und Blue verstand, dass sie eine rituelle Waschung vornehmen sollte, bevor sie den Schrein betrat.

Blue tauchte ihre Hände in die Flüssigkeit und sie war wie Nebel, der durch ihre Finger floss. Sie strich sich über das Gesicht und glaubte den Duft von Jasmin wahrzunehmen, was natürlich Unfug war, denn so etwas konnte kein VR-Anzug der Welt simulieren. Der Samurai schien zufrieden zu sein, denn er trat in das Wächterhäuschen und erstarrte dort zu einer Statue. Für Blue das Zeichen, dass sie nun die Haupthalle betreten konnte.

Blue stieg eine lange Treppe aus nachtschwarzem Holz empor, dann lag der *honden* vor ihr. Er war nicht besonders groß und nach allen Seiten offen. Unter dem Dach, das sich in drei Metern Höhe über ihren Kopf spannte, flatterten winzige bunte Vögel, deren Zwitschern den ganzen Raum erfüllte. Es gab keine Möbel, nur einen Holzaltar, vor dem ein alter Mann in einem einfachen Kimono auf einer Bastmatte kniete. Seine langen, weißen Haare waren zu einem Zopf geflochten, der ihm bis weit über die Schulter fiel. Er schien ihr Kommen bemerkt zu haben, denn er drehte sich in einer fließenden Bewegung um, ohne dass er seine kniende Position aufgab oder Blue sehen konnte, wie er das gemacht hatte.

Das Gesicht war glatt, zeitlos, ohne Falten irgendeiner Art, am Kinn spross ein weißer Bart, der eine Handbreit lang war. Hatte Blue auf den ersten Blick geglaubt, es handele sich um einen alten Mann, wurde sie jetzt eines Besseren belehrt.

Er trug keine Waffen, jedenfalls keine, die sie sehen konnte. Seine Hände waren im Schoß gefaltet, aber er löste sie und deutete auf die Matte vor ihm. Blue trat heran und kniete sich nieder. Als sie mit ihm auf Augenhöhe war, verbeugte sich der Fremde tief vor ihr, um seinen Respekt zu bekunden. Blue tat es ihm nach, um auch seine Anwesenheit zu würdigen.

Dann saßen sie sich schweigend gegenüber, betrachteten einander.

Der Mann hatte dunkle, bodenlose Augen, in denen man mühelos versinken konnte, wenn man nicht achtgab, aber Blue blieb vorsichtig. Sie wusste nicht, was von ihr erwartet wurde, und war bereit, wenn etwas schiefging, sofort aufzuspringen und zu fliehen. Wohin, war allerdings eine ganz andere Frage.

»Wolken ziehen auf, von Zeit zu Zeit – sie bringen die

Chance, ein wenig auszuruhen von der Betrachtung des Mondes.«

Blue hatte nicht gesehen, wie der Mann die Lippen bewegte, aber die Worte waren deutlich zu hören.

Was soll ich darauf antworten?

»Ein Gedicht von Bashō«, erklärte der Mann. »Kennen Sie ihn?«

Blue schüttelte den Kopf.

»Eigentlich war sein Name Matsuo Munefusa, er lebte im Japan des 17. Jahrhunderts als verehrter Mann. Mögen Sie Haikus?«

»Was ist das?«, fragte sie.

»Wenn Sie es nicht wissen, können sie es auch nicht mögen, daher ist dieses Thema nun für mich uninteressant, aber ich will Ihnen einen weiteres Bashō-Gedicht schenken.«

Er ließ einen Moment vergehen.

»Nur das Sommergras ist noch da von den Träumen früherer Helden.«

»Was wollen Sie mir damit sagen? Sind Sie Bashō?«

»Ein ideelles Abbild von ihm. Was Ihnen die Worte sagen können, müssen Sie selbst herausfinden. Die Antwort ist für jeden Menschen anders.«

Blue überlegte, was sie sagen konnte, um endlich ihren Auftrag abschließen zu können, aber ihr Grübeln wurde beendet, als sich in Bashōs Hand ein Schwert materialisierte. Ein kunstvolles Katana in glänzender Holzscheide. Bashō betrachtete es liebevoll, dann reichte er es ihr. Blue nahm die Waffe mit ausgetreckten Armen entgegen und verbeugte sich respektvoll.

»Das ist das Schwert *Chīsana sasayaki*. Der kleine Flüsterer. Bring es nach Golem City.«

Blue wollte etwas antworten, aber da erwachte das Schwert in ihren Händen zum Leben, wurde zu einem Datenstrom, der in ihren Geist floss. Bilder und Töne wurden in ihre VR-Brille projiziert. Ein Video.

Das Abbild … nein … der Querschnitt von … einem Lebewesen wurde gezeigt. Eine Strichzeichnung auf einem Flipchart. Die Kamera zoomte zurück und ein Mann wurde sichtbar. Er trug einen weißen Arztkittel und begann zu sprechen.

»Was Sie vor sich sehen, ist die Abbildung eines genveränderten Tiefseebakteriums, das in der Lage ist, einen neuartigen Biotreibstoff zu erzeugen. Es –«

Vollkommen unerwartet löste sich vor ihr Bashōs Hologramm auf. Die Stimme im Video sprach von einem Code und dass sich diese Nachricht nun selbst verschlüsseln würde. Blue fasste sich an den Kopf. Alles drehte sich und sie verstand nicht, was vor sich ging.

Plötzlich spürte Blue die Anwesenheit einer weiteren Person im Raum. Sie wandte sich um. Am Eingang des Schreins stand jemand. Ein Ninja. Golden gekleidet. Nur die dunklen Augen waren zu sehen. Er starrte sie an.

»Gib mir das Schwert«, forderte er.

Blue sprang auf, rannte los. Etwas flog an ihrem Kopf vorbei und schlug ins Holz des Altars. Ein *shuriken.*

Der Wurfstern hatte sie nur knapp verfehlt und schon zischte der nächste an ihr vorbei.

Ohne zu zögern zog der Ninja nun sein Schwert und kam mit großen Schritten auf sie zu.

Mist, und wohin jetzt?

Ich muss aus dem Schrein raus. Wo ist der verdammte Wächter?

Sie gab sich selbst die Antwort. Tot. Der maskierte Attentäter war wie sie durch den Haupteingang gekommen. Eigentlich hatte sie keine Wahl. Vorwärts.

Blue umklammerte das Katana fester.

Etwas traf sie mit unglaublicher Wucht im Rücken und sie wurde nach vorn geworfen. Sie stolperte, dann fiel sie zu Boden. Blue versuchte wieder hochzukommen, schaffte es aber nicht. Sie keuchte auf. Ihre Gliedmaßen schienen plötzlich Tonnen zu wiegen, trotzdem versuchte sie weiter zu fliehen, indem sie vorankroch. Sie konnte den Ninja nicht sehen, spürte aber, dass er näher kam.

»2030«, sagte der Mann in der Videoaufzeichnung plötzlich und verschwand. Das Bild flackerte. Eine metallene Stimme meldete sich. »Der Code wird aktiviert. Verschlüsselung in 5 …«

Leise Schritte näherten sich ihr.

»4 …«

Dann war der Ninja bei ihr. Sie konnte seine Füße sehen, die ihr ganzes Sichtfeld einnahmen.

»3 …«

»Zeit, mir zu geben, was mir gehört«, sagte er.

»2 …«

Er beugte sich herunter, griff nach dem Katana. Noch hielt sie es eisern umklammert.

Er darf es nicht bekommen!

»1 …«

Alles wurde blendend weiß.

Und Blue hatte das Gefühl, in eine Sonne zu stürzen.

4.

Hamburg (reale Welt)

Jonas erwachte wie jeden Morgen, lange bevor sein Wecker klingelte. Er fasste zum Nachttisch hinüber und warf einen Blick auf das altmodische Gerät, das seine Mutter ihm einmal vom Flohmarkt mitgebracht hatte. Er liebte das Ding, aber nur selten hörte er es klingeln.

5.30 Uhr.

Müde, mit schmerzenden Gliedern humpelte er ins Bad. Noch immer tat ihm das Bein an der Stelle weh, an der ihn in der Simulation der Pfeil getroffen hatte. Verdammter VR-Anzug!

Jonas wusch sich das Gesicht. Er versuchte, seine verstrubbelten Haare in Form zu bringen, gab es aber auf. Egal, dann setzte er eben eine Cap auf.

Er ging zurück ins Zimmer und zog sich an. Verblichene Jeans, weißes T-Shirt. Weiße Sneaker. Okay.

Der Kühlschrank war leer, bis auf eine Flasche Milch. Er trank in großen Zügen und stellte sie wieder zurück.

Ich muss unbedingt einkaufen, dachte er und machte sich eine gedankliche Notiz.

In zwei Stunden würde die Schule beginnen. Er hatte Harley nicht widersprochen, als der gesagt hatte, man würde sich in der Schule sehen, aber Jonas wusste bereits jetzt, dass er heute nicht die Kraft dafür aufbringen würde, sich stundenlang in ein Klassenzimmer zu setzen und dem langweiligen Unterricht zu folgen.

Die Nachwirkungen des gestrigen Walks machten ihm immer noch zu schaffen und heute war »Suchtag«.

Einmal in der Woche nahm sich Jonas den Stadtplan vor und durchstreifte die Straßen Hamburgs nach seiner Mutter. Auch wenn sie nicht zurückkam, nicht mehr mit ihm leben wollte, musste er doch wissen, wie es ihr ging. Da er im Internet keine Hinweise auf ihren Aufenthaltsort gefunden hatte, suchte er die Stadt zu Fuß ab. Ging in Supermärkte, Bäckerläden, Apotheken, überall hin, wo man Dinge des täglichen Bedarfs bekam, um sie zu finden.

Mom hatte kein neues Telefon, zumindest hatte er keinen Eintrag gefunden. Ihr Handy hatte sie dagelassen. Es gab keine Meldungen über unbekannte verletzte oder ermordete Personen, seit sie verschwunden war, also ging er davon aus, dass sie noch lebte. Er hatte wochenlang sämtliche Krankenhäuser in der weiteren Umgebung angerufen, aber es gab da keine Patientin mit dem Namen Decker.

Eine Vermisstenanzeige aufzugeben war aus zwei Gründen nicht infrage gekommen. Zum einen war seine Mutter freiwillig gegangen, hatte einen Abschiedsbrief hinterlassen und es gab keinen Verdacht auf einen kriminellen Vorfall, und zum anderen hätte die Meldung das Jugendamt auf ihn aufmerksam gemacht.

Und Jonas wollte glauben, dass es seiner Mutter gut ging. Vielleicht versuchte sie wieder auf die Füße zu kommen oder machte einen Entzug. Bis sie wieder gesund war, musste er sich eben allein durchschlagen. Er hoffte, dass es noch eine Chance für sie beide gab, also zog er durch die Stadt und suchte nach ihr. Folgte jeder schlurfenden Gestalt, sah unter jeder Brücke nach, durchforstete die Parks.

Nichts!

Seine Mutter war wie vom Erdboden verschluckt.

Warum hat sie das getan?

Die immer gleiche Frage.

Sie wollte dich schützen. Vor sich selbst.

Die immer gleiche Antwort.

Aber stimmte das überhaupt? War das die Wahrheit?

Er wusste es nicht, also suchte er weiter. Jede Woche. Einen Tag lang. Mehr war nicht drin, wenn nicht auffallen sollte, dass er allein lebte. Zudem musste er hin und wieder die Schule schwänzen, wenn er auf einem Walk war. Auftraggeber scherten sich nicht um Unterrichtszeiten, wussten nicht einmal davon, dass Moondancer noch ein Jugendlicher war. Vielleicht hätten sie dann auch Skrupel gehabt, ihn loszuschicken – das durfte nie ans Licht kommen, denn er brauchte das Geld.

Dringend!

Jonas streifte seinen blauen Hoodie über und verließ die Wohnung, nicht ohne alle drei Schlösser abzuschließen. Auch wenn das eine der besseren Gegenden von Hamburg war, niemand war mehr sicher. Einbrüche, Raub und Diebstähle standen an der Tagesordnung und wer sich nicht vorsah, landete mit dem Gesicht im Dreck. Einen Stiefel im Nacken und mit leeren Taschen.

Er humpelte die Treppe hinunter und machte sich auf den Weg. Bevor er jedoch die Suche nach seiner Mutter begann, gab es noch etwas anderes für ihn zu tun. Ein festes Ritual, ohne das er nicht sein konnte.

Das Grab seines Vaters besuchen.

Der Friedhof lag nicht weit von seinem Wohnort entfernt an der Elbchaussee. Seit über zweihundert Jahren wurden hier die Menschen der umliegenden Gegend bestattet. Auch sein Vater hatte zwischen den alten Bäumen seine letzte Ruhestätte gefunden.

Jonas passierte das alte Torhaus. Ein leichter Nieselregen hatte eingesetzt und die Grabsteine glänzten im frühen Morgenlicht.

Überall gab es Statuen, marmorne Engel und verwitterte Grabsteine, aber der Friedhof wirkte nicht düster oder unheimlich. Seine Zeitlosigkeit war tröstend für Jonas' aufgewühlte Seele und nur hier fand er die Ruhe, er selbst zu sein.

Unterwegs hob er einen Stein auf, der ihm ins Auge gefallen war. Auch das war Teil des Rituals. Er musste etwas mitbringen. Mal war es eine Vogelfeder, dann wieder ein kleiner Ast oder ein Blatt von einem der alten Bäume, die den Friedhof säumten.

Immer stammte das Geschenk aus dem Friedhof selbst, sodass er nichts Fremdes in diese stille Welt hineinbrachte – und nie wusste er, was es sein würde, bevor er sich bückte und es aufhob.

Der Stein war kaum größer als sein Daumen. Schwarz, mit feuchter Oberfläche. Darin zogen sich feine weiße Linien, wie winzige Flüsse, die durch ein Tal strömten. Es war ein guter Stein.

Jonas durchschritt mehrere Reihen, dann stand er vor dem Grab seines Vaters.

Martin Decker. Ruhe in Frieden.

Jonas schluckte. Tränen stiegen in seine Augen.

Mal hatte er sich besser im Griff, mal nicht. Heute war so ein Nicht-Tag.

Ich hoffe, du hast deinen Frieden gefunden.

Obwohl die Frage in seinem Kopf immer präsent war, ihn nie losließ, hier auf dem Friedhof stellte er sie nicht. Die Frage nach dem »Warum«.

Nein, darüber konnte er an jedem anderen Ort grübeln, nur nicht hier.

Dies war der Ort der Zusammenkunft. Der einzige Ort, an dem er seinem Vater nah war. Nichts sollte dieses Gefühl stören.

Jonas trat an den Grabstein heran und legte den mitgebrachten Stein ab. Neben all die anderen Gaben, die die Geister und seinen eigenen Geist versöhnen und Trost spenden sollten.

Dann machte er einen Schritt zurück.

Stumm wandte er sich ab und ging den Weg zurück, den er gekommen war.

Es war Zeit seine Mutter zu suchen.

Durch das schlechte Wetter waren nur wenige Menschen unterwegs. Heute hatte er sich erneut Hamburg Mitte als Suchgebiet vorgenommen. Es war einer der größeren Stadtteile und wenn jemand von der Bildfläche verschwinden wollte, wahrscheinlich der geeignetste Ort. Dort lebten über 400.000 Menschen und hinzu kamen noch all diejenigen, die dort zur Arbeit gingen.

Er war schon oft hier gewesen. Heute ging er über den Gertrud-von-Thaden-Platz zum Haupteingang des Wilhelmsburger Inselparks. Sein Ziel war der See Mahlbusen, von dem er wusste, dass viele Obdachlose in seiner Nähe wildcampten.

Nichts konnte darüber hinwegtäuschen, dass Hamburg immer mehr verfiel und besonders Hamburg Mitte unter der schweren Rezession litt. Auf dem Weg zum Park waren die Häuserwände mit Graffiti beschmiert. Überall lag Müll herum. Wilde Katzen streunten durch die Straßen, waren eine regelrechte Plage geworden.

Als er noch klein gewesen war, hatte es hier anders ausgesehen, aber der Zerfall der Europäischen Union und die daraus resultierenden Streitereien, in deren Folge Mitgliedsländer Strafzölle gegeneinander erhoben, hatte Europa in eine schwere Krise gestürzt.

Von dem ganzen Chaos profitierten die USA und China, die die Gelegenheit nutzten, ihre wirtschaftliche Machtposition in der Welt auszubauen.

Jonas wusste durch den Politikunterricht einigermaßen über die Zustände Bescheid und fragte sich eigentlich nur noch, warum Politiker so dumm waren, die Interessen ihrer eigenen Länder über die der anderen zu stellen. Letztendlich litten alle unter den Folgen.

Jonas warf einen Blick die Straße hoch, dann wischte er alle Gedanken an Politik beiseite und konzentrierte sich auf seine Mission.

Die Obdachlosen am See kannten ihn inzwischen und waren nicht mehr ganz so misstrauisch, wenn er auftauchte, das Bild seiner Mutter zeigte und nach ihr fragte.

Die Leute hier kamen viel herum und vielleicht hatte sie

einer gesehen. Bisher hatte er kein Glück gehabt, aber alles war besser als Nichtstun.

Jonas ging am Ufer des Sees entlang, überquerte eine Bogenbrücke und hielt auf eine Gruppe von Männern und Frauen zu, die ungeachtet des Nieselregens vor ihren Zelten hockten und auf einem Esbitkocher Kaffee aufbrühten.

Müde Gesichter hoben sich langsam und betrachteten ihn.

Es waren fünf Personen, drei Männer und zwei Frauen. Alle heruntergekommen, zwischen vierzig und sechzig Jahre alt.

Sie wirkten ausgemergelt und erschöpft, trugen verschlissene Kleidung, die an ihren dürren Körpern schlotterte. Jonas kannte sie alle.

Ein Typ, der sich ihm mal als Karl vorgestellt hatte, sagte: »Du schon wieder.«

Jonas verzog den Mund und nickte.

»Ja.«

»Suchst du immer noch deine Mutter?«

»Ja.«

»Hab sie nicht gesehen. Tut mir leid.«

»Willst du dir noch einmal das Foto anschauen?«

Karl schüttelte den Kopf. »Weiß ja, wie sie aussieht.«

»Irgendwelche neuen Leute im Park?«, fragte Jonas.

»Jede Menge. Es ist ein Kommen und Gehen.«

»Wen könnte ich fragen?«

Karl deutete zu einer Parkbank, vor der mehrere junge Männer standen. »Die Typen da kommen rum. Haben uns gestern ein bisschen Stoff verkauft. Haben vorher im Stadtpark abgehangen, wurden aber von dort vertrieben. Vielleicht wissen die was.«

»Danke.«

Jonas zog einen zehn Eurodollar-Schein aus der Hosentasche und gab ihn Karl. »Trinkt einen auf mich.«

Karl lachte. »Wir trinken auf alles. Gott, das Land und die Freiheit. Scheiße. Und auf das nächste Wirtschaftswunder. Weißt du, ich war mal Bauingenieur. Damals, als es noch etwas zu bauen gab. War verdammt okay, hab gut verdient, Brücken entworfen und saniert, aber irgendwann blieben die Aufträge aus. Den Rest kannst du dir denken. Kredit fürs Haus gekündigt, Scheidung und Alkohol.« Er klopfte einem Mann mit grauen Haaren und weißem Kinnbart auf die Schulter. »Das ist Hermi. Hermi war mal Sportdirektor bei St. Pauli, als die noch in der zweiten Liga gespielt haben.« Er lachte. »Warst ein hohes Tier, Hermi. Immer mit den feinen Leuten gegessen. Maybach gefahren, und jetzt?«

»Halt die Schnauze«, kam es leise zurück.

Karl wandte sich einer Frau in mittleren Jahren zu. Sie trug einen dicken schwarzen Mantel und hatte grellrot gefärbte Haare.

»Gisela«, stellte er sie vor. »Wer zum Geier gibt einem Kind so einen Namen, aber egal. Gisela hat früher eine soziale Kindertagesstätte geleitet. Als die Stadt keine Zuschüsse mehr zahlen konnte, war es aus damit. Jetzt putzt sie Autoscheiben an Kreuzungen und hofft, sie bekommt einen mickrigen Eurodollar dafür. Ist ein Scheißleben.« Er griff nach einer Flasche Bier und öffnete sie. Karl nahm einen tiefen Zug aus der Flasche und rülpste. »So und jetzt muss ich mich ums Geschäft kümmern«, sagte er.

Für Jonas das Zeichen zu gehen. Er hob die Hand und trottete davon. Die Geschichten dieser Menschen hatten ihn berührt und ein wenig von seinem eigenen Leid abgelenkt, doch nun war es an der Zeit, weiter nach seiner Mutter zu suchen.

Die Typen standen eng beieinander und hielten die Köpfe gesenkt. Es sah aus, als unterhielten sie sich. Es waren drei. Keiner beachtete ihn, als er hinzutrat.

»Hi«, sagte Jonas.

Köpfe drehten sich zu ihm um. Die Jungs waren etwa in seinem Alter. Anscheinend hatten sie heute – ebenso wie er – beschlossen zu schwänzen.

»Was gibt's?«, fragte einer. Er war etwas größer als Jonas, schlank, gut aussehend. Kurze schwarze Haare. Weiche Gesichtszüge, offener Blick. Sah eigentlich nicht wie ein Dealer aus. Auch die beiden anderen Jugendlichen nicht, die seine Brüder hätten sein können.

»Willst du was kaufen?«, fragte er.

»Nein. Nur etwas fragen.«

»Ey, Fragen mögen wir nicht. Dafür gibt es Google.« Er lachte.

Der Typ neben ihm kniff die Augen zusammen und betrachtete Jonas misstrauisch. »Bist du ein Bulle?«

Bevor er etwas antworten konnte, meinte der dritte: »Nee, ist er nicht. Viel zu jung.«

»Nein, bin ich nicht«, bestätigte Jonas. »Ich suche meine Mutter.«

Alle drei brachen in brüllendes Gelächter aus.

Jonas wollte sich schon abwenden, als der erste Sprecher ihn am Arm festhielt.

»Sorry, Alter. Ist nicht so gemeint. Wir waren nur nicht auf so etwas gefasst. Ich bin Tim. Das sind meine Cousins Mark und Felix. Jetzt mal ernsthaft, was ist los?«

»Meine Mom ist verschwunden.«

»Was meinst du damit? Entführt?«

»Nein, sie hatte psychische Probleme und hat getrunken. Ist einfach gegangen.«

»Und du denkst, sie könnte hier irgendwo sein?«

»Wäre möglich.«

»Wie heißt deine Mom?«

»Ramona Decker.«

»Ist sie …?« Tim brach ab.

»Nein, sie nimmt keine Drogen.«

»Okay, gut für sie und gut für dich, aber das sind halt die Leute, die wir so kennen.«

»Dealt ihr?«

»Alter, was ist das denn für eine Frage?« Tim grinste, seine Cousins sahen weniger begeistert aus.

»Sorry«, sagte Jonas.

»Alles gut. Ich kenne allerdings keine Ramona.«

»Ich habe ein Foto von ihr dabei.«

Jonas zog sein Handy aus der Hosentasche, rief ein Bild seiner Mutter auf und reichte es Tim. Der betrachtete es und gab das Handy an die anderen weiter. Keine Reaktion.

»Die Lady haben wir noch nie gesehen«, sagte Mark. »Tut mir leid, Mann.«

»Okay, trotzdem danke«, seufzte Jonas.

»Brauchst du was?«, fragte Tim. »So zum Abschalten. Einfach abhängen und vergessen?«

»Nein, komme auch so klar.«

Tim hielt ihm die Faust hin. Jonas stieß mit seinen Fingerknöcheln dagegen.

»Viel Glück. Bleib aufrecht.«

Jonas nickte stumm.

Nach dem Rundgang durch den Park versuchte Jonas sein Glück in der Innenstadt. Hamburg Mitte hatte schon weitaus bessere Zeiten gesehen. Der wirtschaftliche Verfall war auch hier überall sichtbar.

Viele der kleineren Geschäfte, aber auch größere Kaufhäuser standen leer, wurden zur Miete oder zum Kauf angeboten.

Jonas schlenderte die Straßen entlang. Er wusste, dass nur der Zufall oder das Schicksal ihn zu seiner Mutter führen würde, daher machte ein gezieltes Vorhaben keinen Sinn. Wichtig war einfach, unterwegs zu sein, öffentliche Plätze und Parks in Augenschein zu nehmen, zu schauen, ob seine Mutter irgendwo saß und um Geld bettelte.

Da er ihr Konto und ihre Kreditkarte überwachte und es keine Transaktionen oder Abhebungen an Geldautomaten gab, wusste er, dass sie über keinerlei finanzielle Mittel verfügte. Die Frage war also, wie sie sich über Wasser hielt.

Natürlich bestand die Möglichkeit, dass sie inzwischen tot war, aber dieses Szenario verdrängte er.

Irgendwann würde er sie schon finden.

Eine Zeit lang hatte er darüber nachgedacht einen Privatdetektiv zu engagieren, aber der würde seine Situation vielleicht den Behörden melden und außerdem konnte er letztendlich auch nicht mehr tun, als Passanten das Foto seiner vermissten Mutter zeigen.

Jonas streifte umher. Leute, die hier shoppen gingen, beachtete er nicht, er suchte einen speziellen Menschenschlag. Menschen, die auf der Straße lebten. Vor einem kleinen Blumenladen wurde er fündig.

Ein Mann, vom Aussehen her weit über siebzig, mit weißen Haaren und einem langen weißen Bart hockte neben dem Eingang und hielt jedes Mal ein Pappschild hoch, wenn jemand den Laden betrat oder ihn verließ. Darauf stand: *Haben Sie Hunger?*

Ganz schön clever, dachte Jonas. *Er fordert die Leute nicht auf, ihm etwas zu geben, er fordert sie auf, darüber nachzudenken, wie viel sie und wie wenig er hat.*

Der Mann trug eine Kapitänsmütze, eine dicke gesteppte Jacke und eine ausgebeulte Cordhose von unbestimmter Farbe. Entweder war sie grau oder braun oder beides. Sein Gesicht war wettergegerbt und trotz des wuchernden Bartes konnte man Grübchen in den Wangen erkennen, die ihm das freundliche Aussehen eines Weihnachtsmannes verliehen.

Jonas ging zu ihm hinüber. Er deutete auf die Treppenstufen.

»Darf ich mich setzen?«, fragte er.

Der Mann sah ihn überrascht an, nickte aber, und fragte: »Gibt es einen Grund, warum du dich hier hinhockst und nicht da drüben auf die Parkbank?«

Jonas zückte das Foto und reichte es dem Mann.

»Ich suche meine Mutter.«

»Was ist mit ihr?«

Manchmal erzählte Jonas in dieser Situation eine erfundene Story, aber er merkte, dass er den Alten nicht täuschen konnte.

»Hat nach dem Tod meines Vaters mit dem Saufen angefangen und nicht mehr aufgehört. Eines Tages kam ich von der Schule und sie war nicht mehr da.«

»Traurige Geschichte.«

»Haben Sie sie gesehen?«

»Nein.«

»Ist das Ihr Gebiet?«

»Manchmal, hänge mehr am Hafen ab. Weißt du, ich bin früher zur See gefahren, habe die ganze Welt gesehen, da braucht man das Flair eines Hafens wie die Luft zum Atmen.«

»Was ist passiert?«, fragte Jonas.

»Nichts. Bin einfach alt geworden. Wurde ausgemustert. Weißt du, wenn man jung ist, glaubt man immer, das ganze Leben liegt vor einem, aber plötzlich liegt alles hinter einem und nichts mehr vor dir. Außer das hier.« Er deutete auf das Pappschild. »Hab nie vorgesorgt. Dachte nicht daran … Wollte immer nur alles genießen. Weiber in jedem Hafen und Saufen bis zur Bewusstlosigkeit, dann wieder sechs Wochen auf See und harte Arbeit. So war das. Ich habe es geliebt.«

»Haben Sie keine Familie?«

»Dazu kam es nie. Wer will schon einen Mann, der monatelang über die Ozeane schippert. Nein, Junge, das macht keine Frau mit und der Rest meiner Familie ist längst tot.«

Eine Weile sprach niemand. Währenddessen kam eine Frau mit einem kleinen Kind aus dem Laden. Sie sah den Alten, drückte ihrer Kleinen einen Eurodollar-Schein in die Hand, den das Mädchen mit ernstem Gesicht dem Kapitän übergab. Er tippte sich an die Mütze und sagte: »Danke, kleine Lady.« Der Mutter nickte er freundlich zu und lächelte

»Noch früh, aber schon fast acht Eurodollar zusammen. Ist ein guter Tag. Wenn die Sonne scheint, gehen alle an dir vorbei, aber wenn es regnet, tut man den Leuten leid.«

»Muss hart sein«, meinte Jonas.

Der Alte schaute ihn an. »Was? Das hier? Nein, ist okay.

Ich habe so gelebt, wie ich es wollte, jetzt zahle ich den Preis dafür. Weißt du, Junge, am Ende wird immer abgerechnet.«

»Ja, so ist es wohl«, sagte Jonas und stand auf. Er fischte einen Zwanzigeurodollar-Schein aus seiner Jeanstasche und drückte ihn dem Kapitän in die Hand, der starrte erstaunt auf den grünen Schein.

»Wofür? Ich konnte dir doch gar nicht helfen.«

Jonas lächelte. »Weil Sie über das Meer gefahren sind und frei waren.«

Dann ging er.

Als Jonas in seine Wohnung zurückkehrte, war es Nacht geworden. Stunde um Stunde hatte er seine Mutter gesucht und darüber die Zeit vergessen. Nun war er hungrig und durstig.

Jonas tappte in die Küche, öffnete den Kühlschrank und seufzte. Komplett leer. Nicht einmal mehr Milch war noch da, den letzten Rest hatte er morgens getrunken.

Jetzt fiel ihm wieder ein, dass er eigentlich hatte einkaufen wollen, es dann aber auf später verschoben hatte.

Er blickte auf die Wanduhr.

23.16 Uhr.

Hmm, normale Supermärkte hatten da schon geschlossen, aber der 24/7 Laden an der Ecke sollte offen sein.

Jonas schnappte sich seine schwarze Lederjacke und humpelte wieder die Treppe hinunter.

5.

Hamburg (reale Welt)

Es regnete in Strömen, als Blue durch die Straßen Hamburgs taumelte. Im düsteren Licht der Straßenlampen glänzten schwarze Pfützen auf ihrem Weg. Sie fröstelte in ihrem dunklen VR-Anzug.

In ihrem Kopf war alles durcheinandergewirbelt. Hinter ihrer Stirn hämmerten pochende Schmerzen, die ihr Tränen in die Augen trieben.

Was ist passiert?

Blue wusste nicht, wie sie hierhergekommen war, warum sie draußen auf der Straße herumirrte, und sich nicht im sicheren Bunker in Hellboys Keller befand, von wo aus sie ihre Walks ausführte. Nur selten nutzte sie mit ihrem VR-Anzug das mobile Netz, weil es einige Risiken mit sich brachte, da man seinen Zugang nicht zu einhundert Prozent schützen konnte. Hellboys Keller hingegen war geschützt. Zehn Meter tief unter der Erde. Gesichert durch mehrere Stahltüren. Und Firewalls.

Warum war sie nicht dort?

Sie presste beide Hände gegen ihren Schädel, der kurz vorm Bersten schien. Bilder tauchten darin auf und verschwanden wieder. Stimmen flüsterten auf sie ein.

Werde ich verrückt?

Blue schwankte, beugte sich vor, stützte die Hände auf den Knien ab und übergab sich.

Sie würgte, und als nur noch bittere Galle kam, richtete sie sich auf und wischte sich über den Mund.

Irgendetwas war beim letzten Walk schiefgegangen. Sie versuchte sich zu erinnern. Sie *musste* sich erinnern.

Die Welt *Oicho-Kabu* erschien vor ihrem geistigen Auge. Stahl und Beton. Ein Baum mit silbernen Blättern. Dann ein Schrein.

Sie sah den zeitlosen Mann vor dem Altar knien.

Er hat mir ein Schwert gegeben.

Sie blickte auf ihre Hände.

Nein, ein Datenpaket, das in der virtuellen Welt als Schwert getarnt war.

Blue rief über den direkten Zugang ihren implantierten Gedächtnisspeicher auf und sah nach, ob sie irgendwelche Daten während des Walks heruntergeladen hatte.

DATA: *Chīsana sasayaki* (3 Gigabyte)

Sie versuchte die Datei zu öffnen.

CORRUPT …

Der Speichergröße nach zu urteilen, konnte es keine Text-Datei sein, sondern musste Video- oder Audio-Daten enthalten. Was war da drauf?

Es gelang ihr, einen Teil der Daten zu extrahieren und

abzuspielen. Das Bild eines Mannes im weißen Kittel tauchte auf. Die Augen weit aufgerissen, schien er etwas sagen zu wollen, aber die Aufnahme besaß keinen Ton und stoppte nach wenigen Sekunden.

Wer war dieser Mann? Er kam ihr bekannt vor, aber sie wusste nicht mehr, woher sie ihn kannte. Und was war das für eine Datei und wer hatte sie beauftragt, sie zu sichern?

Ein heftiger Schreck durchfuhr sie, ließ sie zittern.

Warum weiß ich das nicht mehr? Was ist los mit mir?

Sie schaute in die Pfütze vor sich und zog die VR-Brille ab. Kurze schwarze, asymmetrisch geschnittene Haare. Augen, die silbern glänzten, aber in Wirklichkeit stahlblau waren. Sie betrachtete ihr Abbild, spürte, dass etwas nicht mit ihr stimmte. Warum wusste sie so vieles plötzlich nicht mehr?

Bleib ruhig. Irgendetwas ist schiefgelaufen, aber kein Grund zur Panik. Du musst dich nur erinnern.

Sie beschloss, es langsam anzugehen und fragte sich, was sie heute zum Frühstück gehabt hatte.

Nichts.

Die Antwort kam schnell.

Ich frühstücke nicht, trinke nur zwei Tassen Kaffee. Schwarz. Ungesüßt.

Blue fuhr sich nachdenklich über den Mund.

Was ist das Letzte aus der realen Welt, an das du dich erinnerst?

Auch nicht schwer. Sie war die Treppe zu Hellboys Reich hinuntergestiegen, hatte ein wenig mit ihm gequatscht, dann hatte sie sich im Bunker eingeschlossen. Außerhalb des sicheren Raumes nutzte sie das allgemeine Drahtlosnetz, aber da kam es immer wieder zu Verbindungsproblemen oder die Datengeschwindigkeit wurde drastisch vom System reduziert, wenn es entdeckte, dass sich jemand über das Darknet eingeloggt hatte.

Besser war Hellboys schnelle Datenverbindung, die es mit jedem Großkonzern aufnehmen konnte. Allerdings ließ er sich diesen Service teuer bezahlen und forderte manchmal auch einen kleinen Walk von ihr, der zwar nie schwierig, aber doch gefährlich war. Alles hatte seinen Preis im Leben.

Okay, ich habe mich eingeloggt. Oicho-Kabu. Alles ging glatt, bis ...

Ja, bis wann? Was war noch geschehen? Sie glaubte, eine Erinnerung zu erhaschen, und versuchte, sie scharf zu stellen. Doch bevor sie sie fassen konnte, erlosch sie.

Blue seufzte.

Okay, der Auftrag war irgendwie schiefgelaufen. Sie war aus der virtuellen Welt rausgeflogen und das Datenpaket war nun beschädigt. Ganz schlecht! Ihr Auftraggeber würde nicht begeistert sein.

Sie zuckte zusammen.

Mein Auftraggeber? Wer ist das?

Blue zermarterte sich das Hirn, aber da war nichts. Nur Leere. Wenn sie sich nicht daran erinnern konnte, wer ihr den Job gegeben hatte, wie sollte sie ihn dann darüber informieren, was geschehen war. Zumindest über die Details, an die sie sich noch erinnerte.

Vielleicht ist die defekte Datei ja noch zu retten.

Sie selbst hatte nicht die Fertigkeiten dazu, das zu prüfen. Aber mit Sicherheit war alles anonym übers Darknet gelaufen und da Blue noch wusste, dass sie niemals Persönliches oder etwas über ihre Jobs abspeicherte – schon gar nicht aufschrieb – wurde die Sache langsam dramatisch.

Sie hatte sich stets viel auf ihr überragendes Gedächtnis eingebildet, nun ließ es sie im Stich.

Ein weiterer Gedanke blitzte in ihrem Geist auf.

Mein Geld! Alles ist auf anonymen Nummernkonten im Darknet gespeichert.

Die Kontonummer war der Zugang zu all dem, was sie in den letzten Jahren mit ihren Walks verdient hatte.

Wie viel ist das?

Sie wusste es nicht.

Wie lautet die Kontonummer?

Sie hatte keine Ahnung.

VERDAMMT!

Was ist bloß mit meinem Gedächtnis passiert?

Tränen der Verzweiflung stiegen in ihre Augen. Sie versuchte, sie zurückzuhalten, aber dann gab sie jeden Widerstand auf.

Scheiße, dann flenne ich halt.

Ihre Tränen vermischten sich mit den Regentropfen, die ihr über das Gesicht liefen.

Ich lebe allein, habe weder Verwandte noch richtige Freunde. Das Einzige, was ich kann, ist Ghostwalken, *darin bin ich ziemlich gut, sogar die Beste – zumindest bis heute. Ich habe Geld, vielleicht ist es sogar viel, aber komme nicht dran, weil ich mich an die beschissene Kontonummer nicht erinnern kann.*

Blue fiel auf, dass sie nicht wusste, wie viel Geld sie besaß. Die Summe war ebenso eine Zahl wie die Kontonummer. Da musste der Fehler liegen. Sie versuchte sich an weitere Zahlen zu erinnern. Telefonnummern, das heutige Datum, ihre Hausnummer.

Nichts.

Sie wusste zwar den Wochentag und konnte sich auch den Eingang des Hauses vorstellen, in dem sie wohnte, aber die Zahlen blieben wie hinter einem Schleier verborgen.

Sie zog die Nase hoch und spuckte wütend auf den Boden. Irgendetwas war bei der Datenübergabe schiefgelaufen. Ihr fehlte ein Teil ihres Gedächtnisses oder konnte Zahlen nicht mehr verarbeiten, dafür hatte sie ein korruptes Datenpaket im Speicher ihres Anzugs. Es musste also einen Austausch gegeben haben. Ihre Erinnerungen waren mit dem Datenpaket des Schwertes verschmolzen und befanden sich nun in dieser Datei, während ein Teil der dortigen Informationen auf sie übertragen worden war.

Es gab also eine Lösung.

Das Schwert.

Sie musste es in der virtuellen Welt finden und sich erneut mit ihm verbinden, damit die Daten ausgetauscht und repariert werden konnten. Danach würde sie sich wieder an alles erinnern und wenn vielleicht nicht an alles, dann doch hoffentlich zumindest an ihre Kontodaten.

Sie presste entschlossen die Lippen zusammen.

Ein leises Platschen ließ sie herumfahren. Ein Mann tauchte aus den Schatten der Nacht auf. Mittelgroß. Asiate, wahrscheinlich Japaner. Er trug ungeachtet des Regens einen schwarzen Anzug mit weißem Hemd und Krawatte, und keinen Regenschirm. Blue sah, dass seine teuren Lederschuhe komplett durchgeweicht waren, was den Typen aber nicht zu stören schien.

Für einen Moment überlegte sie abzuhauen, aber vielleicht war das ja ihr Auftraggeber und sie waren hier verabredet gewesen. Das erklärte zumindest, warum sie durch die Nacht stolperte.

Der Mann blieb vor ihr stehen. Ein kaltes Lächeln umspielte seine Lippen. Die dunklen Augen musterten sie abschätzig.

»Das Schwert!«, forderte er mit leiser Stimme. »Gib mir die Daten!«

Er streckte seine linke Hand aus. Blue bemerkte sofort zwei Dinge. Zum einen die implantierte Datenbuchse, zum anderen, dass der kleine Finger fehlte.

Yubitsume.

Die rituelle Fingerverkürzung als Strafe für ein Vergehen oder Versagen.

Blue schluckte trocken.

Der Typ vor ihr war ein Yakuza und wenn Blue vieles vergessen hatte, eines sicherlich nicht – sie machte niemals Geschäfte mit den Yakuza.

6.

Hamburg
(reale Welt)

Jonas betrat den Supermarkt, dessen grellgrüne Beleuchtung über dem Eingang flackerte, als läge sie im Sterben. Der Laden war alt, dreckig, aber hier gab es alles, was er brauchte.

Bill Durmatt, der Ire, dem der Supermarkt gehörte, saß wie immer wie festgewachsen auf seinem alten Bürostuhl hinter einem vergitterten Fenster, wo sich auch die Kasse befand, und löste Kreuzworträtsel auf seinem Tablet. Dünne weiße Haarsträhnen fielen ihm wie Spaghetti in die Stirn und sein Gesicht war so bleich und faltig wie altes Papier.

Noch einen Holzstab in der Hand und er kann bei der nächsten Neuverfilmung von »Herr der Ringe« den Gandalf geben. Jonas schaute sich um. Zum wiederholten Mal fragte er sich, wie so ein Laden existieren konnte, ohne dass die Behörden einschritten.

Hinter ihm schloss sich die automatische Glastür mit einem protestierenden Ächzen. Jonas griff sich einen Einkaufskorb und ging die Reihen entlang. Über dem offen daliegenden Obst und Gemüse summte eine elektrische Fliegenfalle, die ständig laut aufploppte, wenn sie wieder einmal Beute gemacht hatte.

Ein Blick in die Auslage und Jonas entschied sich spontan, nur abgepackte Ware zu kaufen.

Im Kühlregal schnappte er sich eine Milchflasche, Käse und zwei Joghurts, die noch nicht abgelaufen waren. Er ging weiter zur Tiefkühltruhe. Eine Salamipizza und gefrorene Chicken Nuggets wanderten in den Korb. Jetzt noch Brot, Ketchup und eine Cola.

Er schleppte alles zur Kasse und breitete die Sachen vor Bill auf der Ablage aus, der in Zeitlupe die einzelnen Beträge in seine mechanische Kasse eintippte. Kein Scanner. Kein Strichcodeleser. Nein, gute, alte Handarbeit, wie man sie aus Filmen des letzten Jahrhunderts kannte.

»Siehst scheiße aus«, knurrte Durmatt freundlich.

»Immer wieder nett, wie du deine Kunden begrüßt. Ein schlichtes ›Hallo‹ hätte es auch getan.«

»Hallo.«

»Na, geht doch. War gar nicht so schwer, oder?«

»Du solltest nicht diesen Tiefkühlfraß essen.«

»Echt jetzt? Mal ehrlich, Bill, wann hast du das letzte Mal in deine Gemüseauslage gesehen?«

»Gestern früh, als ich alles aufgefüllt habe.«

»Dir ist aber schon klar, dass ungekühlte Ware verdirbt? Hat etwas mit Bakterien zu tun.«

»Nur gut, dass du immer schön aufpasst in der Schule. Wann warst du eigentlich das letzte Mal dort?«

Jonas biss sich nachdenklich auf die Lippe. Woher wusste der Alte, dass er hin und wieder schwänzte?

Wahrscheinlich drückt er jeden Morgen eine Stunde lang seine Nase am Schaufenster platt und bekommt so alles mit, was im Viertel läuft.

Nienstedten hatte zwar schon bessere Zeiten gesehen, aber es war immer noch einer der teuersten Stadtteile Hamburgs. Wie sich der alte Ire mit seinem merkwürdigen Lebensmittelladen hier halten konnte, war ihm ebenso ein Rätsel wie die Tatsache, dass das Gesundheitsministerium den Schuppen nicht schloss.

»Wie lange hast du den Laden schon, Bill?«

»43 Jahre«, brummte Durmatt. »Eine fucking Ewigkeit.«

Da bekommt man natürlich so einiges mit und er kennt wahrscheinlich all die kleinen und großen Geheimnisse der Leute in der Gegend. Darum ist er noch hier.

»Wie geht es deiner Mom?«, fragte der Alte mit lauerndem Blick.

Weiß er etwas?

Unmöglich.

»Nicht so gut. Sie verlässt kaum noch das Bett.«

»Hab sie lange nicht mehr gesehen.«

»Wie gesagt –«

»Du kaufst seit geraumer Zeit keinen Wein und Schnaps mehr.«

»Sie hat mit dem Trinken aufgehört.«

»Mit dem Essen anscheinend auch«, meinte Bill. Er deutete auf die Lebensmittel.

»Was willst du von mir?«

»Ich?« Der alte Mann zuckte mit den Schultern. »Nichts. Ich plaudere nur, aber du würdest gut daran tun, dich etwas weniger auffällig zu benehmen. Die Leute stellen Fragen.«

»Wer stellt Fragen?«

»Na, die Leute eben.«

»Jemand spezielles?«

»Nein.« Ein Moment verging in Schweigen, dann sagte Durmatt unvermittelt: »Ich mochte deinen Vater. War immer freundlich, der Mann. Hatte noch Respekt vor dem Alter.«

»Er ist tot. Hat sich umgebracht«, sagte Jonas hart, als ihn ungewollt Zorn überkam. Die Menschen sollten aufhören über seinen Dad zu sprechen, egal ob mit ihm oder hinter seinem Rücken. Immer die gleiche Leier.

So ein guter Mann. Kaum zu glauben, dass er das seiner Frau und seinem Sohn angetan hat. Einen Revolver in den Mund geschoben und sich erschossen. Man sagt, er habe keine Lebensversicherung gehabt und der Familie gehe es gar nicht gut.

Nein, tat es auch nicht, denn sein Vater hatte nicht vorgesorgt. Es gab keine Ersparnisse, keine Versicherung. Zudem hatte er lange studiert und nur wenige Jahre gearbeitet.

»Alles gut, mein Junge. Reg dich nicht auf. Von mir erfährt keiner was.«

Er tippte noch eine letzte Ziffer ein, dann drückte er auf einen Knopf. Es ratterte. Ein Bon wurde herausgeschoben. Durmatt betrachtete ihn, dann reichte er den Zettel an Jonas weiter.

»26,52 Eurodollar.«

Jonas reichte ihm drei Zehner.

Der alte Mann fummelte in seiner Kasse herum und gab ihm das Rückgeld.

»Brauchst du 'ne Tüte?«

Jonas nickte und Durmatt reichte ihm einen Jutesack. Mit Henkeln.

»Geht aufs Haus«, sagte er.

»Danke, Bill.«

Jonas wandte sich um und ging zum Eingang, dessen Glastür sich erneut nur unter Protest öffnete.

»Grüß deine Mutter von mir«, rief ihm Durmatt hinterher.

Jonas drehte sich nicht um, sondern zeigte ihm den Mittelfinger.

»Das habe ich gesehen«, lachte der alte Sack meckernd.

Na hoffentlich, dachte Jonas.

Er trat hinaus in die Nacht.

Der Regen hatte inzwischen nachgelassen. Graue Dampfschwaden waberten über die Straße. Morgen früh, wenn die Sonne aufging, würde die Luftfeuchtigkeit atemraubend sein.

Er atmete tief ein und versuchte sich zu beruhigen. Das Gespräch und die Erwähnung seiner Eltern hatten ihn aufgewühlt.

Es war nicht leicht, allein zu leben, sich selbst zu versorgen und gleichzeitig die Fassade aufrechtzuerhalten, dass alles okay war. Hin und wieder kam selbst er an seine Grenzen. Er seufzte.

Jonas wollte sich schon auf den Heimweg machen, als er nicht weit entfernt von sich zwei Personen unter einer Straßenlaterne ausmachte. Eine kräftige, gedrungene Gestalt und eine zierliche Person. Mann und Frau. Oder Mann und Kind, wobei die Größe der zweiten Person dagegensprach. Irgendetwas an der Haltung der beiden erregte seine Aufmerksamkeit.

Jonas ging langsam auf sie zu. Die zwei bemerkten ihn nicht.

Als er näher kam, konnte er Details ausmachen: Die Frau war noch jung, vielleicht in seinem Alter, mit kurzen schwarzen Haaren, die ihr durch den Regen an der Stirn klebten. Sie trug einen eng anliegenden blauen Anzug, der wie eine zweite Haut an ihrem schlanken Körper wirkte.

Der Mann streckte gerade seine Hand nach dem Mädchen aus, das vor ihm zurückwich. Was lief da ab?

Jonas starrte hinüber. Sie sagte etwas, woraufhin der Mann ein langes Messer zog, das er unter seinem Jackett verborgen hatte.

Das Mädchen schrie auf.

»Hey!«, brüllte Jonas. »Aufhören!«

Der Mann wirbelte auf dem Absatz herum. Sein Blick fixierte ihn, das Messer ruckte hoch und deutete nun auf Jonas.

»Tomare!«

Jonas verstand das Wort zwar nicht, aber es musste wohl so was wie »nicht näher kommen« bedeuten. Die auf ihn gerichtete Messerspitze unterstrich die Aufforderung noch.

»Ganz ruhig«, sagte er beschwichtigend. »Ich wollte nur helfen.«

»Ippo wo chikazukuna!«

Der Mann bellte die Worte geradezu. Jonas überlegte, was er jetzt tun sollte, und schaute zu dem Mädchen hinüber. Das machte plötzlich einen unerwarteten Satz nach hinten und rannte los. Der Angreifer war ebenso überrascht wie Jonas. Er fluchte laut – ohne dass Jonas verstand, was er sagte –, dann stürzte er dem Mädchen hinterher.

Kurz darauf lag die Straße still und verlassen da und Jonas fragte sich, ob er die Szene nur geträumt hatte. Er schüttelte den Kopf, so als wolle er alles gerade Geschehene aus seinem Kopf verbannen – aber das war nicht möglich.

Die Sache war bizarr gewesen.

Fast wie in einem Agenten-Film.

Und nicht ungefährlich. Der Typ hatte ein ziemlich großes Messer gehabt und auch so ausgesehen, als sei er bereit, es einzusetzen. Er würde dem Mädchen gerne helfen, aber jetzt war es eh schon zu spät: Sie war in den dunklen Gassen Hamburgs abgetaucht. Außerdem durfte er keinen Ärger riskieren, damit das Jugendamt nicht auf ihn aufmerksam wurde. Shit!

Jonas verzog den Mund. Er dachte an das Mädchen. Sie war hübsch, nein, außergewöhnlich in jeder Hinsicht, und dann fiel ihm dieser seltsam glatte Anzug ein, den sie getragen hatte. Als er sich ihr Bild ins Gedächtnis rief, erinnerte er sich an weitere Details. War das eine VR-Brille gewesen, die um ihren Hals gehangen hatte?

Ja! Bleibt die Frage, was sie damit auf der Straße gewollt hatte.

Am meisten irritierte ihn der merkwürdige Anzug, der wie Latex und mit Sicherheit vollkommen ungeeignet für dieses Wetter war. Das Ding schien aus einem Stück zu bestehen, bedeckte Hände ebenso wie Füße. Erst jetzt wurde ihm bewusst, dass das Mädchen keine Schuhe getragen hatte. Alles sehr seltsam.

Jonas seufzte. Es begann wieder zu regnen und es brachte nichts, sich hier draußen weiter den Kopf zu zerbrechen. Außerdem knurrte sein Magen hörbar. Es war an der Zeit, eine Pizza in den Ofen zu schieben und die Coke zu trinken.

Grübeln konnte er später immer noch.

Er wollte sich gerade abwenden, als ein Mann auf ihn

zukam. Eine Baseballcap der New York Yankees tief ins Gesicht gezogen, Jeans und eine schwarze Blouson-Jacke ohne Aufdruck oder Stickerei. Jonas dachte zunächst, er würde an ihm vorbeigehen, aber nein, der Kerl blieb direkt vor ihm stehen. Er war nicht größer als er selbst, ebenso schlank und sportlich, und obwohl Jonas sein Gesicht nicht sehen konnte, hatte er das Gefühl, der Mann konnte nicht älter als vierzig sein.

»Guten Abend, Jonas«, sagte der freundlich.

Jonas zuckte zusammen. Kannte er den Typen?

»Wer sind Sie?«

»Das tut nichts zur Sache. Ich habe dich gesucht.«

Jonas versuchte einen Blick auf das Gesicht des Mannes zu erhaschen, aber der hatte die Straßenlaterne im Rücken und die Mütze tief in die Stirn gezogen.

»Warum?«

»Du sollst einen Walk für mich unternehmen.«

»Ach ja? Und da kommen Sie persönlich vorbei? Normalerweise …«

»… läuft so etwas über das Darknet ab, ich weiß, aber es sind ungewöhnliche Zeiten.«

»Wer sind Sie?«

»Ein Freund.«

»Ich kenne meine Freunde, und Sie sind keiner von ihnen.«

»Nun hast du einen weiteren.«

»Freunde verbergen ihr Gesicht nicht und stellen sich vor.«

Der Fremde lachte leise. »Entschuldige bitte mein schlechtes Benehmen, aber es muss sein.«

Die Stimme des Mannes klang ruhig und selbstsicher.

Jonas konnte keine Bedrohung darin erkennen, trotzdem blieb er wachsam.

»Sind Sie sicher, dass Sie mit mir sprechen wollen?«

Ein Moment des Schweigens, dann sagte der Fremde: »Dein Name ist Jonas Decker, du bist siebzehn Jahre alt, übrigens alles Gute zum Geburtstag, und wohnst in der Lindenallee 47. Du nennst dich im Netz Moondancer, ein fast schon poetischer Name, mein Kompliment. Dein Vater hat sich –«

»Okay, ich glaube Ihnen. Sie wollen also mit *mir* sprechen. Warum?«

Dass der Typ seinen Avatar-Namen kannte, verunsicherte Jonas. Außer Harley wusste niemand, wer Moondancer in Wirklichkeit war, und der würde es keiner Menschenseele erzählen. Sein Gegenüber musste über beträchtliche Geldmittel und Informationen verfügen, wenn es ihm gelungen war, die Identität eines Ghostwalkers aufzudecken.

»Ich habe einen Auftrag für dich«, sagte der andere.

»Einen Walk?

»Ja, was sonst? Hatte ich doch schon gesagt.«

»Um was geht es?«

»Kennst du Golem City?«

Jonas versuchte, sich seine Überraschung nicht anmerken zu lassen. Diese virtuelle Welt gehörte der *BioCom Corporation*, der Firma, für die sein Vater bis zu seinem Tod geforscht hatte. Wer war dieser Typ?

Jonas nickte. »Aber ich war noch nie dort.«

»Ich weiß«, sagte der Mann geheimnisvoll und wieder stellte sich Jonas die Frage, wer ihm da gegenüberstand.

»Ich begehe keine Datendiebstähle.«

»Ist mir bekannt. Du sollst auch nichts stehlen, sondern etwas abliefern. Ein normaler Walk eben.«

»Wieso ich?«, fragte Jonas.

»Mir gefällt die Art, wie du deine Jobs erledigst. Du bist zuverlässig, mutig und ehrlich. Eine Kombination, die man im Darknet nicht allzu oft findet. Außerdem hat mich beeindruckt, wie du den Auftrag in North Guard erledigt hast. War nicht einfach.«

»Das können Sie nicht wissen. Ist erst einen Tag her.«

»Genauer gesagt 25 Stunden und 7 Minuten.«

»Sind Sie ein Walker? Waren Sie dort?«

»Nein, ich habe alles live verfolgt.«

»Das ist unmöglich, außer Sie –«

»Sagen wir, ich habe Beziehungen.«

»War North Guard ein Test?«

»Nein, ich hatte mich schon zuvor für dich entschieden, aber es war beruhigend zu sehen, dass du auch diesen Job erfolgreich abgeschlossen hast.«

Jonas zögerte, dann sagte er: »Wie viel?«

»100.000 Eurodollar auf ein Konto deiner Wahl.«

Die Summe war so unglaublich, dass Jonas vergaß zu atmen. Dieser Auftrag war die Antwort auf all seine Probleme!

Mit so viel Geld konnte er locker einen Anwalt beauftragen, der für ihn einen Antrag auf eine Green Card in den Vereinigten Staaten von Amerika stellen würde. Sein Traum von einem Leben in Kalifornien würde Wirklichkeit werden.

Dann holte ihn die Wirklichkeit ein. Niemand bezahlte so viel Geld für einen einfachen *Walk*. Irgendwie musste es doch um Diebstahl gehen.

Firmen, die Ghostwalker beauftragten, benutzten sie als interne Boten, die Informationen im Firmennetz von einem

Ort zum anderen brachten. Keine E-Mails, keine Chats, kein Garnichts, so war es sicherer.

Wenn der Leiter einer Firma in München sensible Daten an den Konzernchef in Hongkong senden wollte, beauftragte er einen Walker, der in der virtuellen Welt das Datenpaket übernahm und an den angewiesenen Ort brachte. Wie der gute alte Fahrradbote, aber nun eben im Netz. Für solche Jobs wurde viel Geld bezahlt, aber keine Unsummen.

»Vergessen Sie's«, sagte Jonas laut und wollte gehen, aber der Mann trat einen Schritt vor.

»Die Sache hat mit der Arbeit deines Vaters zu tun. Es ist nicht alles so, wie es scheint.«

»Was wollen Sie damit andeuten?«, zischte Jonas.

»Mehr kann ich dir nicht sagen. Entweder du übernimmst den Auftrag oder du lässt es. Deine Entscheidung.«

Mist! Jonas war sich so sicher gewesen, den Job abzusagen, aber die Erwähnung seines Vaters erstickte jeden rationalen Gedanken. Wusste der Typ etwas über seinen Vater, was er nicht wusste? Es schien so, aber ohne Gegenleistung würde der Mann nicht mehr sagen.

Was soll ich jetzt machen?

In seinem Magen begann ein Feuer zu brennen und das Blut rauschte in seinen Adern. Seine Hände zitterten und er spürte einen Schweißfilm auf seiner Stirn.

Verdammtes Adrenalin.

Die Stresssymptome kannte er schon lange. Irgendwann würde er an einem Herzinfarkt sterben.

Jonas blickte den Fremden an, der sich noch immer nicht rührte und geduldig auf seine Antwort wartete. Jonas traf eine Entscheidung.

»Okay, ich mache es.«

Der Fremde streckte seine Hand aus. Auf der Handfläche lag eine kleine Spielzeugfigur aus Plastik. Ob der Typ geahnt hatte, dass Jonas nicht ablehnen würde? Egal, wenn er etwas über seinen Vater herausfinden konnte, und vielleicht hinter die nagende Frage des Warums kam, war es der Walk wert.

Im Halbdunkel konnte Jonas nicht erkennen, was oder wen die Figur darstellte. Er griff danach.

»Was soll ich damit?«

»Es ist alles, was du brauchst«, sagte der Fremde geheimnisvoll.

»Golem City? Was erwartet mich dort?«

»Für 100.000 Eurodollar solltest du auf alles vorbereitet sein.«

»Unter einer Bedingung.«

»Welche?«

»Wenn der Job erledigt ist, werden Sie mir eine Frage beantworten. Okay?«

»Ich kann mir denken, was du wissen willst. Das geht in Ordnung.«

Der Mann wandte sich ab.

»Halt, wie lautet mein Auftrag?«, rief ihm Jonas hinterher.

»Das wirst du in Golem City erfahren. Begib dich so schnell wie möglich dorthin.«

»Und wie mache ich das?«

Ohne eine Antwort verschwand der Fremde in der Nacht.

7.

Hamburg (reale Welt)

Blue versteckte sich hinter zwei überlaufenden Müllcontainern und beobachtete, wie ein Paar teure schwarze Lederschuhe an ihrem Versteck vorbeigingen. Dann verschwanden sie aus ihrem Blickfeld.

Obwohl sie bereits vollkommen durchnässt war, ließ sie sich auf die Knie sinken und atmete tief durch. Das war gerade noch mal gut gegangen, trotzdem wagte sie es nicht, hervorzukriechen und nach Hause zu gehen. Noch nicht. Der verdammte Yakuza schlich mit Sicherheit weiterhin da draußen herum und suchte nach ihr.

Sie legte den Kopf in den Nacken und öffnete den Mund. Der Regen auf ihrer Zunge tat gut. Blue hatte das Gefühl, vollkommen dehydriert zu sein, aber das war die Folge des Walks und der Rennerei der letzten zehn Minuten.

Ihr Verfolger hatte zwar nicht besonders sportlich ausgesehen, war aber ein ausdauernder Läufer, der mühelos ihr Tempo mitgehalten hatte.

Erneut tauchte die Frage auf, was in Oicho-Kabu passiert war. Es war die Welt der Yakuza, in die sie heimlich eingedrungen war. Dass einer ihrer Gangster ihr auflauerte, war nur folgerichtig. Entweder um sie zu bestrafen – die japanische Mafia mochte es nicht besonders, wenn man in ihrer Welt herumschnüffelte – oder wie in diesem Fall, um ihr die gestohlenen Daten abzunehmen.

Dann wissen sie also, was es mit dem Schwert auf sich hat. Vielleicht kann ich einen Deal mit ihnen aushandeln.

Ein unangenehmer Gedanke, denn sie hatte nicht das komplette Datenpaket, sondern nur einen defekten Teil davon. Die Yakuza würden vordergründig auf die Abmachung eingehen, bis Blue ihnen gab, was sie verlangten, aber sobald sie die Daten hätten, würden sie sie trotzdem umlegen. Als Warnung für andere Ghostwalker, dass Versagen nicht geduldet wurde.

Diese Option fiel also weg. Blieb die Frage, wie der Killer sie gefunden hatte.

Woher wusste er, wo ich bin?

Blue grübelte darüber nach, fand aber keine einleuchtende Erklärung. Die einzige Möglichkeit, die ihr einfiel, dass sie getrackt worden war … Eigentlich unmöglich, Hellboys Datenverbindungen waren sicher. Niemand konnte dort eindringen und sie aufspüren.

Und trotzdem haben sie es geschafft. Vielleicht ist es ihnen gelungen, nachdem ich aus dem Keller raus war. Ich weiß nicht mehr, ob ich mich ausgeloggt habe.

Okay, vorerst war sie in Sicherheit, aber sobald sie wieder online ging, war sie in Gefahr.

Der VR-Anzug klebte unangenehm an ihrer Haut. Sie musste unbedingt aus dem Regen raus. Etwas trinken und essen. Duschen und sich umziehen. Blue dachte darüber nach, ob es zu Hause sicher war.

Niemand weiß, wo ich wohne. Nicht einmal Hellboy. Und da ich von dort noch nie auf einen Walk gegangen bin, sollte auch keiner wissen, wo er mich findet.

Eigentlich war jetzt die Zeit unterzutauchen, bis sich die Sache beruhigt hatte, aber diese Möglichkeit kam für sie nicht infrage. Sie musste das Schwert finden, bevor es im Netz auf Nimmerwiedersehen verschwand. Nur eine erneute Verbindung mit dem Katana konnte ihr die fehlenden Teile ihres Gedächtnisses zurückbringen. Gelang ihr der Datenaustausch nicht, war das Geld der letzten drei Jahre für immer im Darknet verloren.

Okay, tief durchatmen, und die nächsten Schritte planen. Zunächst also zurück in ihren Unterschlupf und sich etwas ausruhen. Den VR-Anzug checken, ob alles in Ordnung war. Die Systemanalyse konnte sie offline vornehmen. Wenn alles okay war, musste sie Hellboy aufsuchen und sich von seinem Keller aus im Darknet einloggen.

Vielleicht hatte jemand etwas über ihren Walk gehört oder wusste über das Schwert Bescheid. Hellboy konnte sich ja mal umhören. Er kannte alles und jeden und hörte das virtuelle Gras im Netz wachsen, aber wie immer würde er es nicht umsonst machen und diesmal konnte sie ihn nicht bezahlen. Nun ja, vielleicht gab er ihr ja einen Kredit, sie musste es einfach versuchen, eine andere Möglichkeit hatte sie nicht.

Blue richtete sich langsam auf. Sie starrte in die Nacht. Irgendwo bellte ein Hund. Sonst … nichts.

Kein Mensch war um diese Uhrzeit unterwegs. Sie gab ihre Deckung auf und huschte an einer mit Graffiti verschmierten Wand entlang. Im nächsten Hauseingang presste sich Blue gegen die Tür und sondierte erneut die Umgebung. Sie überquerte die Straße und erschrak, als etwas vor ihr davonhuschte. Sie hatte eine Katze aufgeschreckt.

Blue atmete tief durch. Ihr Herz klopfte wie wild in der Brust. Dann schlich sie in die nächste Gasse.

Drei Straßen weiter versteckte sich Blue hinter einem Baum und beobachtete den Eingang des Hauses, in dem sie wohnte. Zehn Minuten lang rührte sie sich nicht, dann war sie sicher, dass ihr niemand auflauerte oder ihr gefolgt war. Mit großen Schritten ging sie zur Tür und legte ihre rechte Hand auf den Scanner. Ein Summen, das kleine Kontrolllicht wechselte von Rot auf Grün, dann entriegelte sich das Schloss mit einem hörbaren Klicken.

Blue schob die Tür auf und huschte hinein.

Links und rechts des Ganges befanden sich sechs Wohnungen. Darüber gab es vier weitere Stockwerke. Alles in keinem besonders guten Zustand. Die Wände waren verschmiert. Volle Abfallsäcke standen neben den Türen, die der Hausroboter morgens um vier Uhr abholte und automatisch entsorgte. Es roch nach verrottendem Gemüse und gefüllten Windeln.

Sie schaute zum Aufzug hinüber, aber da hing noch immer das »Außer Betrieb«-Hinweisschild. Das verdammte Ding funktionierte seit drei Monaten nicht und sie wohnte ganz oben unterm Dach. Also die Treppe. Die lag allerdings am Ende des Flures. Blieb zu hoffen, dass niemand um drei Uhr morgens zur Arbeit musste, denn mit ihrem nassen, blau glänzenden VR-Anzug gab sie ein groteskes Bild ab.

Sie verharrte regungslos im langen Flur und checkte, ob einer der anderen Mieter im Mehrfamilienhaus noch wach war.

Keine Geräusche. Kein flackerndes blaues Licht, das unter dem Türspalt hervorschien.

Mit schnellen Schritten und sehr vorsichtig ging Blue den Gang entlang. Ihre nassen Füße machten tappende Geräusche, die in der Stille unnatürlich laut klangen. Sie fluchte stumm. Als sie zurückblickte, erkannte sie im Licht der trüben Neonleuchte feuchte Fußabdrücke auf dem Boden. Es war eindeutig, dass hier jemand ohne Schuhe entlanggelaufen war, aber dagegen konnte sie jetzt nichts tun, nur darauf hoffen, dass die anderen Mieter sich wie sonst auch um ihren eigenen Kram kümmerten.

Als Blue endlich vor ihrer Wohnung stand und der Sicherheitslaser ihre Iris abscannte, war sie vollkommen erschöpft.

Sie stolperte in die Wohnung und warf die Tür hinter sich zu. Dann tappte sie ins Bad, öffnete den Wasserhahn und trank in gierigen Schlucken, bis es in ihrem Bauch gluckste. Blue richtete sich auf und blickte in den Spiegel.

Sie sah furchtbar aus. Eingefallene Wangen, blasse Lippen, klatschnasse, schwarze Haare, die an ihrer Stirn klebten.

Blue tapste in die Küche, zog ein Fertiggericht aus dem Gefrierfach ihres Kühlschranks, riss die Plastikfolie ab und schob es in die Mikrowelle. Zwei Minuten später verkündete ein *Ping*, dass die Mahlzeit fertig war. Blue stellte die Spaghetti Bolognese auf den Tisch, nahm sich eine Gabel und machte sich ausgehungert über das Essen her.

Als ihr Magen gefüllt war und sie bei einer Dose

Energydrink die Füße auf den Tisch legte, ging es ihr schon besser. Den Rest würde eine heiße Dusche erledigen. Dann ein wenig Schlaf und die Welt sah gleich ganz anders aus.

Nach der Dusche fühlte sie sich sogar noch besser, aber auch müde und schlapp. Blue wusste, sie würde trotzdem nicht einschlafen können, daher schaltete sie ihren Beamer an und rief über den Streamingdienst einen Uralt-Film mit Audrey Hepburn auf. *Frühstück bei Tiffany.*

Sie hatte den Film dutzende Male gesehen. Die Geschichte um Holly Golightly, die einen reichen Ehemann suchte, löste etwas in ihr aus, das sie nicht benennen konnte. Nein, sie selbst suchte keinen Ehemann, egal ob reich oder nicht, sie war allein, weil sie allein sein wollte, fühlte sich aber mit Holly über Raum und Zeit hinweg verbunden. Außerdem konnte sie bei dem Film gut einschlafen.

Sie befahl dem Beamer, den Film in der Originaleinstellung abzuspielen, also ohne künstlich erzeugte 3D-Effekte, dann kuschelte sie sich unter eine dicke Decke und lehnte sich auf dem Sofa zurück, bis ihr Kopf Halt an der Lehne fand.

Als der Film begann, dachte sie an ihre Eltern und wie sehr sie die beiden wichtigsten Menschen in ihrem Leben vermisste. Wie wenig Zeit sie miteinander gehabt hatten. Tränen schlichen sich in ihre Augen und sie weinte stumm.

Schließlich schniefte Blue, wischte sich mit dem Bademantel über das Gesicht und konzentrierte sich auf den Film.

Kurz darauf fielen ihr die Augen zu.

»Gleich wird das Flugzeug starten«, sagte Anne neben ihr und deutete auf das Flugfeld. »Siehst du deine Eltern? Schau mal, Blue. Sie winken.«

Blue hielt Teddy im Arm und versuchte Mama und Papa zu erkennen, aber andauernd liefen Erwachsene an ihr vorbei und selbst auf Zehenspitzen war es schwierig, über die Absperrung zu schauen.

»Warte, ich heb dich hoch.« Anne, die beste Freundin ihrer Mutter, hievte sie auf ihre Hüfte, damit sie besser sehen konnte, dabei fiel ihr das Stofftier aus der Hand.

»Teddy!«, rief Blue mit heller Stimme.

Anne bückte sich und gab ihn ihr zurück. »Jetzt besser?«

»Ja.«

Sie konnte Mama und Papa deutlich sehen. Sie standen neben dem kleinen Flugzeug und sprachen mit dem Piloten. Papa hatte Mama den Flug zum Hochzeitstag geschenkt. Blue wäre auch gern mitgeflogen, aber Mama hatte gesagt, mit drei Jahren sei sie zu klein dafür.

Okay, dann schaute sie eben mit Anne und Teddy zu.

Papa winkte erneut herüber und Blue winkte wie wild zurück. Dann stiegen ihre Eltern mit dem Piloten ein. Der Propeller begann sich zu drehen und das Flugzeug rollte auf die Startbahn.

Blue hob Teddy hoch, damit auch er alles überblicken konnte. Anne machte mit ihrem Handy ein Foto.

Dann startete die Maschine, aber sie flog nicht sehr weit, sondern fiel gleich wieder vom Himmel. Direkt in eine Halle am Ende des Flugfeldes.

Ein Feuerpilz mit viel schwarzem Qualm stieg auf.

Blue blickte zu Anne, um zu sehen, ob das in Ordnung war.

Anne hatte die Augen weit aufgerissen.
Dann schrie sie.
Und Blue schrie mit ihr.
Dann wachte sie auf.

8.

Hamburg (reale Welt)

Jonas schob den Teller mit dem Rest der Fertigpizza von sich, dann griff er in seine Hosentasche und zog die Plastikfigur heraus. Er hatte das Ganze bewusst auf später verschoben, damit er in Ruhe etwas essen konnte, ohne dass sich sein Magen vor Aufregung zusammenzog.

Die Figur war vielleicht acht Zentimeter groß und zeigte ein Mädchen in alter Cargohose, weißem T-Shirt und ledernem Fliegerhelm mit hochgeschobener Schweißerbrille. Jonas erkannte sie sofort.

Kim Uriel.

Der Star des Animes »The Monkey Princess«.

Ihr rechter Arm war nicht menschlich, sondern glich dem eines Schimpansen, war also doppelt so stark wie der andere und vollkommen behaart. Kim war das Ergebnis eines Genexperiments und lebte als jugendliche Schrottsammlerin im zerstörten New York des 22. Jahrhunderts.

Alle Kinder liebten die Geschichte um die mutige Abenteurerin, die auf der Suche nach ihren verschwundenen Eltern war. Auch er hatte fast alle Folgen der Serie online verfolgt und mit seinem 3D-Projektor abgespielt.

Diese kleine Plastikfigur in Händen zu halten, berührte ihn sehr. Außerdem wusste er als Fan der Reihe, dass es sich um eine Figur der ersten Auflage handelte. Kaum noch erhältlich und im Darknet mehr als eintausend Eurodollar wert. Sammler mordeten dafür, aber was sollte er in Golem City damit anfangen?

Jonas betrachtete Kim sorgfältig. Alles an ihr schien ihm vertraut: Das rote Halstuch um ihren Nacken, der Handschuh, der ihre rechte Hand verbarg. Die alte Ledertasche, die über ihrer Schulter hing, in der sie die gefundenen Artefakte verstaute, bevor sie diese Hooker, dem alten Griesgram, brachte, der ihr den Krempel abkaufte.

Was ist dein Geheimnis?

Er drehte sie in alle Richtungen, dann um einhundertachtzig Grad. Wie bei allen Figuren der ersten Auflage stand dort die Produktionsnummer, mit der man die Echtheit der Figur verifizieren konnte.

TMP-12.465.7773.1A

TMP stand für »The Monkey Princess«.

Die neunstellige Nummer gab verschlüsselt den Produktionsort, das Datum und die hergestellte Anzahl an.

1A wiederum bezeichnete die erste Auflage.

Niemandem war es jemals gelungen, den Code der neunstelligen Zahlenfolge zu entschlüsseln, daher wusste auch keiner, wie viele Figuren der ersten Auflage es gab. Es ging aber das Gerücht um, es wären nur zwanzig Figuren gewesen, die damals Cornflakes-Packungen beigefügt worden waren.

Jonas war sofort klar, was die Nummer für seinen Auftrag bedeutete: Sie stellte den Zugangscode für einen Server im Darknet dar.

Ganz schön clever. Jemand, der durch Zufall die Figur in die Hände bekommt, hat keine Ahnung von der Doppelbedeutung, denn mit Sicherheit ist die Produktionsnummer korrekt und das hier eine echte Figur.

Ein anderer Gedanke kam ihm in den Sinn. Sein Auftraggeber wusste also, dass er ein Fan der Anime-Serie war, denn sonst hätte er die Informationen nicht auf diese Art und Weise vermittelt. Man musste schon einiges über Kim Uriels Welt und die Anfänge der Serie wissen, wenn man die Bedeutung der Figur erkennen wollte. Trotzdem warteten jede Menge Probleme auf ihn. Jonas trank einen Schluck Cola.

Er kannte weder die virtuelle Welt von Golem City, die nichts mit dem Anime zu tun hatte – denn der spielte in einem zerstörten New York –, noch wusste er, was tatsächlich sein Auftrag war. Den würde er wahrscheinlich erst erfahren, wenn er die andere Seite erreichte. Somit konnte er vorher niemandem etwas verraten. Ungewöhnlich zwar, aber doch nachvollziehbar.

Er hatte also keine Ahnung, auf was er sich da einließ. Jonas bekam ein flaues Gefühl im Magen, das nicht von der Pizza stammte. Er spürte Angst, aber auch Aufregung. Das Ganze versprach ein großes Abenteuer zu werden und irgendwie fühlte er sich geehrt, dass der unbekannte Auftraggeber ihn und nicht einen anderen Walker ausgewählt hatte. Und dann waren da noch die 100.000 Eurodollar.

So viel Geld. Er würde die Schule zu Ende machen und dann gehen. Für immer. Ins Land seiner Träume. Amerika. Dort konnte er dann das Leben führen, für das er bestimmt war, und wenn das mit dem Profisurfen nicht klappte, hatte er immer noch genug Geld, um etwas anderes zu versuchen. Nur raus hier. Aus dieser Stadt, diesem Land und diesem Leben.

Nach dem Tod seines Vaters und dem Verschwinden seiner Mutter war Hamburg ein Ort der Düsternis für ihn geworden. Alles hier erinnerte ihn an seinen Verlust und daran, dass er einmal glücklich und unbeschwert gewesen war. Nun gab es nichts mehr, das ihn hielt.

Und dann war da noch die Sache mit seinem Vater. Ob sein Auftraggeber wirklich etwas über ihn wusste? Jonas verdrängte den Gedanken, um sich ganz und gar auf seine Aufgabe konzentrieren zu können.

Soll ich den Walk gleich starten?

Eigentlich war er müde und erschöpft, brauchte Erholung, gleichzeitig wusste er, dass er jetzt keinen Schlaf finden würde.

Morgen ist Schule. Du solltest dich dort mal wieder blicken lassen.

Jonas trommelte mit den Fingern auf den Tisch. Baumgärtner würde ausflippen, wenn er einen weiteren Tag fehlte. Das wäre schon der dritte in Folge. Er schaute auf die Wanduhr in der Küche. Es war jetzt kurz nach drei Uhr morgens. Noch über fünf Stunden bis der Unterricht begann, aber er machte sich nichts vor, so einfach und so schnell würde der Walk nicht gehen. Nicht bei einer Bezahlung von 100.000 Eurodollar. Zumindest hatte er etwas gegessen und ausreichend getrunken.

Jonas beschloss, noch zwei Aspirin zu nehmen. Die Acetylsalicylsäure würde sein Blut verdünnen, während er stundenlang fast regungslos im PSI-Stuhl hing, außerdem waren dann die Schmerzen gedämpfter, die ihm der VR-Anzug vermittelte.

Aspirin war ein gängiges Mittel unter Walkern. Viele warfen zusätzlich ganz andere Dinge ein, aber davon wollte Jonas nichts wissen.

Er verfolgte ein eisernes Fitnessprogramm, um die körperlichen Voraussetzungen aufzubringen, die es brauchte, wenn man erfolgreich walken und dabei gesund bleiben wollte.

Andere Ghostwalker, die weniger sorgsam mit ihrem Körper umgingen, brannten aus. Die psychiatrischen Kliniken waren voll von ihnen. In der Szene nannte man sie Zombies, weil sie kaum noch in der Lage waren, sich selbst zu versorgen und oftmals nur vor sich hinbrabbelten.

Es gelang auch nicht jedem, auf Dauer die Schmerzen zu verarbeiten, die der VR-Anzug vermittelte, aber anders ging es nun mal nicht, wenn man eine möglichst realistische Simulation erstellen wollte – außerdem sicherten die Konzerne so ihre Welten gegen unbefugtes Betreten ab.

Ohne VR-Anzug kam man erst gar nicht in die Simulation rein und jeder, der dort nichts zu suchen hatte, erfuhr sehr schnell und auf sehr schmerzhafte Weise, dass es besser war, sich wieder auszuloggen.

Walker, die einen offiziellen Auftrag in der Simulation auszuführen hatten, betraten die Welt durch Tore, die für sie geöffnet und hinter ihnen geschlossen wurden. Wer durch eines dieser Tore reinkam, konnte auch nur durch ein Tor die Welt wieder verlassen. Ein Ausloggen war nicht möglich, diese Funktion wurde vom System beim Eintreten deaktiviert.

So wurde sichergestellt, dass der Walker das Datenpaket nicht einfach stahl und verschwand, sondern gezwungen war, die Daten abzuliefern, bevor er die Welt wieder verlassen konnte.

Natürlich konnte man den virtuellen Tod erleiden und aus der Simulation geworfen werden, aber dann blieb das Datenpaket in der Konzernwelt zurück, wartete dort auf den nächsten Walker, der sein Glück versuchen würde.

Jonas trank die Cola leer, räumte den Tisch ab und stellte den Teller samt Besteck in die Spülmaschine. Er ging zum V-Phone hinüber, nahm das Mobilteil ab und hielt es sich vor das Gesicht, um für Harley eine dreidimensionale Videobotschaft aufnehmen.

»Harley, alter Kumpel, sorry, dass ich dich heute habe hängen lassen. Morgen wird es leider auch nichts mit Schule. Ich habe einen Auftrag reinbekommen. Richtig fettes Ding. Danach kann ich mich zur Ruhe setzen. Um was es genau geht, weiß ich nicht, aber hey, das ist ja nichts Neues. Der Job bringt mich nach Golem City. Du weißt schon, dahinter steht die *BioCom Corporation,* für die mein Vater gearbeitet hat. Der Typ, von dem der Auftrag kam, war etwas merkwürdig. Hat mich auf der Straße aufgespürt und kannte meinen Walkernamen. Er weiß etwas über den Tod meines Vaters, hat aber nicht mit der Sprache rausgerückt. Ich denke, er wird mir mehr verraten, wenn ich den Job erfolgreich erledigt habe.« Jonas holte Luft. »Alter, du musst dich um Baumgärtner kümmern. Erzähl ihm irgendeine Story, sag, ich bin krank. Er wird es dir nicht abkaufen, aber sei überzeugend. Lüg etwas zusammen. Wenn ich den Walk hinter mir habe, besorge ich mir im Darknet ein ärztliches Attest, kostet nur 'nen Fuffi. Also sorg dafür, dass er keinen Stress macht. Ich kann nicht gebrauchen, dass das Jugendamt hier auftaucht. Die rufen sofort die Bullen, wenn die meine Ausrüstung sehen und dann ist das Zeug weg. Ich zähl auf dich. Bis dann, Bud.«

Okay, das war erledigt. Der Rektor würde Harley zwar nicht glauben, aber das war nicht so wichtig, Hauptsache, er hielt die Füße still, bis er mit dem Attest auftauchte.

Jonas ließ sich aufs Sofa fallen und verschränkte die Hände im Nacken.

»Metis, spiel die Aufnahme vom 14. Juni 2032 ab. Titel: Ferien auf Amrum.«

»Aufnahme wird abgespielt«, meldete eine weibliche, körperlose Stimme.

Mitten im Raum entstand ein lebensgroßes Hologramm.

Er selbst, zwei Jahre alt, mit Schaufel und Plastikeimer bewaffnet, wie er auf die Brandung zustolperte, um Wasser für seine Sandburg zu holen.

Im Hintergrund, nicht sichtbar, seine Mutter an der 3D-Kamera, die ihrem Mann zurief: »Martin, geh ihm nach. Ich will nicht, dass er reinfällt.«

Das Lachen seines Vaters. Dann rannte er ins Bild. Damals war er vollkommen schlank gewesen, noch ohne das kleine Bäuchlein, wegen dem ihn später seine Frau ständig neckte. Er winkte in die Kamera, dann schnappte er sich seinen Sohn und wirbelte ihn durch die Luft. Jonas jauchzte hell auf. Dann stürzte sich sein Vater mit ihm in die Wellen.

»Martin!«, rief die Stimme seiner Mutter, aber ihr Mann reagierte nicht, sondern tobte mit Jonas im Wasser herum.

Seinen kleinen Sohn in den Armen, der glücklich Eimer und Schaufel zum Himmel streckte.

»Das ist der perfekte Tag«, rief sein Vater laut aus.

Die Aufnahme stoppte.

Jonas traten Tränen in die Augen, aber im Gegensatz zu sonst wischte er sie nicht weg. Nie wieder war er so glücklich gewesen. Niemals wieder hatte er sich so geborgen gefühlt wie in diesem Moment. Damit war es vorbei. Er würde nicht mehr zurückkommen.

Warum hast du es getan?

Jonas konnte sich nicht mehr daran erinnern, wie oft er sich schon diese Frage gestellt hatte. Eine Frage, auf die es keine Antwort gab, aber heute hatte sich etwas verändert. Heute hatte es einen Hoffnungsschimmer gegeben, doch noch zu erfahren, was seinen Vater zu dieser Tat bewogen hatte.

Warst du nicht glücklich mit uns?

Waren wir nicht genug?

Gab es da etwas, von dem wir nichts wussten?

Warum hast du keinen Brief geschrieben?

Das überwältigende Gefühl der Einsamkeit brach über ihm zusammen und nun gab es kein Halten mehr. Jonas schluchzte laut auf.

Dass seine Mutter ihn verlassen hatte, wog schwer auf seiner Seele, aber schon in der Zeit ihres Verfalls hatte er von ihr Abschied genommen. Am Ende war sie nicht mehr der Mensch gewesen, den er gekannt und geliebt hatte. Nur noch eine geistlose Hülle, um die er sich hatte kümmern müssen.

Danach war er zwar allein gewesen, aber auch von der Last befreit, nicht mehr mit ansehen zu müssen, wie sie ihr Leben fortwarf.

Warum ist mir das alles passiert? Steckt womöglich irgendein Sinn hinter all dem?

»Nein!«, brüllte er laut. »Es ist alles nur ein Haufen Scheiße.«

Er stieß den Wohnzimmertisch mit den Füßen von sich, der durch das Standbild der 3D-Aufnahme flog und sie zum Flimmern brachte.

Jonas stand auf. Er presste die Kiefer aufeinander, bis seine Zähne schmerzten, aber es half, die Trauer zurückzudrängen. Wut erfasste ihn stattdessen.

Zeit für den Walk.

Er ging hinüber ins Nebenzimmer, schlüpfte in den VR-Anzug, setzte die Brille auf und schnallte sich auf dem PSI-Stuhl an. Eine Vorsichtsmaßnahme, damit er bei wilden Bewegungen in der Simulation nicht aus dem Stuhl fiel und sich verletzte. Einen Nachteil hatte das System allerdings, er konnte den Gurt erst wieder lösen, wenn er in die Realität zurückkehrte, aus der Simulation heraus war das nicht möglich.

»Einloggen!«, befahl er.

Die VR-Brille erschuf ein realistisches dreidimensionales Bild vor seinen Augen, das ein großes, mit Eisen beschlagenes Holztor zeigte, über das dunkle Wolken waberten. Es stand frei schwebend im schwarzen Nichts. Ein Dämon, so groß, dass Jonas den Kopf in den Nacken legen musste, um sein Gesicht zu sehen, hielt Wache. Aus seinem menschlichen, nackten Körper wuchsen am Rücken gigantische Fledermausflügel. Sein Kopf war der eines Ziegenbocks, nur dass er vier, statt zwei Hörner besaß. In seiner rechten Faust hielt er eine zwei Meter lange Lanze, deren Spitze sich nun auf Jonas richtete.

Dies war *Hamuran*, das Wächterprogramm des Darknets. Eindrucksvoll konnte es Zugang gewähren oder ablehnen.

»Wer begehrt Einlass?«, dröhnte die Stimme des Dämons wie Donnergrollen.

»Moondancer.«

Nun folgte die Sicherheitsabfrage, die jeder Nutzer des Darknets selbst erstellen konnte, um seinen Zugang vor unbefugten Nutzern zu schützen. Jonas hatte sich damals gegen ein Passwort entschieden, das die heutigen Algorithmen in Sekundenschnelle knacken würden, sondern einer Rätselfrage den Vorzug gegeben.

»Wer bist du?«, fragte er und setzte so den Sicherheitsvorgang in Kraft.

»Ich bin der Bauer«, sagte der Dämon.

»Und ich der Bettler.«

»Dann stelle mir die Frage, die dich bewegt.«

»Wie alt sind deine drei Söhne?«

»Wenn man ihr Alter miteinander multipliziert, dann kommt sechsunddreißig heraus. Wenn man ihr Alter addiert, ergibt dies unsere Hausnummer.«

»Jetzt kenne ich deine Hausnummer.«

»Hör doch nur, wie gut unser Ältester Geige spielt!«

»Vielen Dank für die Auskunft – jetzt kenne ich die Lösung.«

»Nenne sie mir.«

»Du hast Zwillinge im Alter von zwei Jahren und einen Sohn, der neun ist.«

Der Dämon verbeugte sich, als Zeichen für die korrekte Antwort. Nicht nur das Ergebnis musste richtig sein – das jedes Mal aufs Neue variierte –, sondern auch der genaue

Wortlaut der Wechselrede Wort für Wort richtig wiedergegeben werden. Es war unmöglich zu knacken.

»Wohin möchtest du, Moondancer?«, ging das Wächterprogramm in den personifizierten Modus über.

Jonas nannte die Produktionsnummer der Anime-Figur.

Die schwarzen Wolken verschwanden, das Abbild des Dämons ebenso.

Das Tor schwang auf.

9.

Golem City

Das Erste, was Jonas nach dem Überschreiten des Tors wahrnahm, war das leise Plätschern von Wasser. Er schaute sich um und stellte fest, dass er am Ufer eines Sees stand. Es war Nacht. Zwei Monde hingen am Himmel, ein blauer und ein weißer. Das Firmenlogo der *BioCom Corporation,* das aus zwei nebeneinanderliegenden Kreisen in genau diesen Farben bestand.

Unter seinen nackten Füßen schmatzte schwarzer Schlamm. Es gab kein Gras, keine Bäume oder Büsche, nur diesen Schlamm.

Jonas ließ seinen Blick über das dunkle Wasser schweifen. Auf der anderen Seite des Sees ragte die Skyline einer modernen Stadt in den Nachthimmel. Funkelnd, aus Tausenden Lichtern und gigantischen Hochhäusern bestehend. Tokio nicht unähnlich.

Und jetzt?

Normalerweise warteten am Tor der Simulation genaue

Informationen dazu, was er zu tun und welches Datenpaket er wohin zu bringen hatte. Aber hier war nichts.

Für einen Moment überlegte Jonas, ob von ihm gefordert wurde, den See zu durchschwimmen und am anderen Ufer zu suchen, verwarf den Gedanken aber sofort wieder. Auch in einer Simulation würde das zu viel Zeit in Anspruch nehmen. Er beschloss, die Umgebung intensiver in Augenschein zu nehmen, doch vorher musste er sich passend einkleiden.

Mit an Sicherheit grenzender Wahrscheinlichkeit würde er auf Wächterprogramme treffen. Wenn etwas an ihm sich zu offensichtlich von dem unterschied, was in der virtuellen Welt üblich war, würden die Charakterprogramme auf ihn reagieren. Außerdem gab es in fast jeder simulierten Welt *Jaeger Bots*, die auf der Suche nach unbefugten Eindringlingen waren, die sie jagten und schmerzhaft aus der Simulation warfen. Keinesfalls durfte ihm das passieren, denn danach war ein weiterer Zugang nach Golem City unmöglich.

Die Produktionsnummer der Anime-Figur erschuf wahrscheinlich ein Tor, das man nur einmal durchschreiten konnte. Das Problem war, dass er im Moment noch keine Informationen zu dieser Welt hatte und die Regeln nicht kannte. Er wusste also nicht, wo die Jaeger Bots patrouillierten und wie er möglichst unauffällig blieb.

Jonas rief das System seines VR-Anzuges auf und wählte aus dem Inventar Jeans, Stiefel, T-Shirt, einen langen schwarzen Ledermantel und eine Baseballcap. Für eine städtische Umgebung, die wie das 21. Jahrhundert wirkte, nicht zu auffällig und außerhalb der City nicht overdressed.

Kurz darauf war er vollkommen bekleidet.

So, was nun?

Noch während er grübelte, hörte er ein Geräusch. Ein Plätschern, aber zu schnell hintereinander und zu regelmäßig, als dass es natürlichen Ursprungs sein konnte.

Er starrte hinaus auf den See und nahm ein kleines, tanzendes Licht wahr, das sich ihm langsam näherte. Ein Boot. Kurz darauf schälte sich auch eine schemenhafte Gestalt aus der Dunkelheit.

Während das Boot näher kam, konnte Jonas im Licht der Monde Einzelheiten ausmachen.

Der Mann stand aufrecht im Kahn, schob ihn mithilfe einer langen Stocherstange vorwärts. Er trug einen alten Frack aus dunklem, dickem Stoff. Graue Strähnen lugten unter einem schwarzen Zylinder hervor. Ein weißer Bart, der das halbe Gesicht bedeckte. Er war nicht besonders groß, eher hager, aber außer der Kleidung gab es noch ein unverwechselbares Detail, das Jonas letztendlich in der Vermutung bestätigte, wen er da vor sich hatte: Der fehlende linke Arm. An dieser Seite war der Ärmel des Fracks hochgeschlagen. Mit nur einer Hand schob der Fährmann das Boot vorwärts.

Hooker.

Der Griesgram aus der Serie »The Monkey Princess«.

Der alte Schrott- und Artefaktehändler, der in einem Museum inmitten der Ruinen des zerstörten New Yorks hauste und dort seine Geschäfte betrieb.

Ein zwielichter Kerl mit goldenem Herz, der für Kim Uriel so etwas wie ein Ersatzvater war und sie heimlich beschützte.

Hooker war ein stimmiges Detail dieser Simulation, eine computergenerierte Figur, die man erwarten konnte.

Sicherlich würde er ihm das Datenpaket übergeben und die Regeln von Golem City erklären.

Der Kahn setzte mit einem knirschenden Geräusch am Ufer auf. Hooker sprang heraus und stapfte auf ihn zu. Jonas wurde wortlos betrachtet.

»Wer bist du?«

Jonas lächelte. »Ich denke, das weißt du. Sonst wärst du nicht hier.«

»Trotzdem, sag mir deinen Namen.«

»Moondancer.«

Hooker deutete auf das Boot.

»Wo bringst du mich hin? Ist das da Golem City?« Jonas deutete auf das gegenüberliegende Ufer.

»Was sonst?«, entgegnete der Fährmann.

»Hast du das Paket? Die Regeln?«

»Das und vieles mehr.«

Jonas' Stirn zog sich in Falten. Vieles mehr? Was sollte das denn bedeuten?

»Dann gib es mir«, verlangte er.

Hooker richtete die Stocherstange auf, die er die ganze Zeit lässig in der Hand gehalten hatte.

»Am anderen Ufer. Nicht hier. Keine Absicherung. Wir müssen erst hinter die Firewall.«

Dann ist also nicht nur das Tor gesichert, dachte Jonas. Es gibt noch einen Schutzschild dahinter.

Der See! Eine Falle. Ein Nullfeld, das meinen Avatar gelöscht hätte, wenn ich versucht hätte, ihn zu durchschwimmen.

Hooker grinste. »Ich sehe, du verstehst. Versuch bitte, während der Überfahrt nicht ins Wasser zu fallen.«

Ganz schön clever. Hooker und sein alter Kahn waren

der einzig legitime Zugang zur Stadt. Niemand anderes konnte ihn nehmen, es sei denn es gelang ihm, Hooker zu täuschen. Die nächste Frage des Fährmanns überraschte Jonas noch mehr.

»Hast du die Figur bei dir?«

Was?

Das war unmöglich. Die Plastikfigur war ein realer Gegenstand aus der realen Welt. Sollte sie wirklich …

»Sieh in deiner Manteltasche nach«, forderte Hooker.

Jonas fasste hinein und tatsächlich: Die Figur war da. Er drehte sie in alle Richtungen. Kim Uriel, genauso wie er sie in Erinnerung hatte, die Produktionsnummer war auch noch vorhanden.

Wie war das möglich? Er hatte seine Kleidung gerade erst erschaffen und in seinem Inventar gab es die Figur nicht. Trotzdem hatten es die Programmierer geschafft, sie nun im Mantel seines Avatars zu platzieren. Unglaublich. Fast schon Magie, denn eigentlich hatte nur er Zugriff auf diese Daten.

Jonas wollte die Figur Hooker geben, aber der winkte ab.

»Nein, ich wollte sie nur sehen.«

»Weißt du, wer du bist?«

»Ich habe einen Auftrag zu erfüllen.«

»Was ist mit Kim? Ist sie ebenfalls hier?«

»Nein, aber ihr Geist ist mit uns.«

Eine ungewöhnliche Antwort. Die Programmierer haben ihn mit künstlicher Intelligenz ausgestattet und ihm eine Geschichte gegeben.

Kein Routinecharakter, der stur seiner Programmierung folgte. Hooker war in der Lage, eigene Entscheidungen zu treffen und sich der Situation anzupassen, falls es nötig war.

»Genug der Worte«, entschied Hooker. »Steig ins Boot.«

Jonas ging zum Kahn und achtete sorgfältig darauf, nicht mit dem Wasser des Sees in Kontakt zu kommen. Das Boot schwankte, als er einstieg und sich auf eine Querplanke setzte.

Hooker schob den Kahn an und sprang dann geschickt hinein, ohne das Gleichgewicht zu verlieren, obwohl für einen kurzen Moment das Boot zu kippen drohte. Erneut kam Jonas nicht umhin, die Simulation zu bewundern.

Der Fährmann tauchte die Stange ins Wasser und stieß sich ab. Sanft glitt das Boot auf den See hinaus.

Als sie ein paar Meter zurückgelegt hatten, sagte Jonas: »Du magst Kim sehr.«

»Sie ist wie eine Tochter für mich.«

»Warum sagst du ihr das nicht, sondern lässt sie in dem Glauben, es wäre anders?«

»Ich bin der, der ich bin. Eines Tages vielleicht.«

Eine fast schon philosophische Antwort. Jonas wollte die Grenzen der KI testen, die hier am Werk war, und verstand nun langsam, welchem Ausmaß von Intelligenz er gegenüberstand. Intelligenz gepaart mit einem Bewusstsein für die eigene Person und die Umwelt, in der sie lebte.

»The Monkey Princess«, sagte Jonas.

Hookers Gesicht verzog sich verärgert. »Ich mag es nicht, wenn man sie so nennt. Sie ist kein Tier.«

Sogar tiefgehende Gefühle hatte man dem alten Fährmann verpasst – oder zumindest Reaktionen, die Gefühle simulierten. Die Welt, die *BioCom* erschaffen hatte, übertraf jetzt schon alles, was ihm bisher in Firmennetzen begegnet war.

Ein Nullfeld, das Avatare auflösen konnte, und alte Männer, die väterliche Gefühle für erfundene Mädchen hegten. Es war mehr als erstaunlich.

Wenn ich mich hier zurechtfinden will, muss ich umdenken. Alles so hinnehmen, wie es ist und als aktuelle Realität anerkennen. Ich darf nicht weiter die Programme und Algorithmen hinterfragen, das wird der Sache bei Weitem nicht gerecht und erschwert nur, dass ich mich zurechtfinde. Ich muss ein Teil dieser Simulation, nein, ein Teil dieser Welt werden, wenn ich meinen Auftrag erfüllen will.

»Sorry, ich wollte Kim nicht beleidigen.«

Hooker schienen die Worte zu besänftigen, denn seine Gesichtszüge entspannten sich.

»Woher kennst du Kim?«, fragte der Fährmann.

Erstaunlicherweise nahm der Fährmann Jonas' Worte nicht einfach als Tatsache hin, sondern hinterfragte sie.

»Ich bin ihr einmal begegnet«, versuchte Jonas auszuweichen.

»Sie hat nie von dir gesprochen.«

»Es war nur dieses eine Mal.«

»Und sie hat dir von mir erzählt?«

Scheiße, warum habe ich bloß seine Beziehung zu ihr angesprochen? Jetzt stellt er natürlich Fragen.

»Es war ein besonderer Moment. Ich bin ihr in einer der Ruinen begegnet. Draußen waren Menschenhändler unterwegs und wir mussten uns die ganze Nacht lang verstecken. Um die Zeit zu vertreiben, haben wir von unserem Leben erzählt.«

Hooker schien mit der Antwort zufrieden zu sein. »Mag sie mich auch?«

Jonas sah ihn an. Sah das stumme Flehen in seinem Blick, das nicht einmal die Nacht verbergen konnte.

»Sie liebt dich.«

Dann schwiegen sie beide. Jonas, weil es besser war, nichts mehr zu sagen, und Hooker, der anscheinend außerhalb seines direkten Auftrags nur darauf reagierte, was Jonas sagte oder tat.

In der Simulation gab es keine Möglichkeit, die Zeit zu messen, aber Jonas hatte das Gefühl, eine Stunde wäre vergangen, als sie endlich am anderen Ufer ankamen.

Gigantische Hochhäuser glänzten im Licht unzähliger Straßenlampen. Überdimensionale 3D-Werbung flimmerte in der Luft.

Dazwischen huschten Menschen und Wesen aller Art umher. Obwohl er noch weit entfernt vom Treiben war, drangen die Gespräche wie das Summen eines Bienenschwarms zu ihm herüber.

Zwischen den Hochhäusern standen kleine, einfache Hütten aus allen erdenklichen Materialien errichtet, die man in einem Baumarkt finden konnte. Zahlreiche Imbissbuden und Essensstände schickten Dampfschwaden in den Nachthimmel. Alles wirkte unheimlich geschäftig und detailliert.

Erneut staunte Jonas über die Komplexität der Simulation. Es war eine Sache, eine Welt aus Schnee, ein paar Bäumen und Verfolgern zu programmieren, die an eine Serie angelehnt worden war, aber etwas ganz anderes, eine so real wirkende Großstadt des 21. Jahrhunderts zu erschaffen.

Der Kahn stoppte mit einem dumpfen Ton und Jonas sprang heraus. Hooker ließ sich Zeit, bevor er sich an Jonas wandte. Erst zog er das Boot auf den Strand, dann vertäute er es an einem Pfosten. Die Stocherstange legte er daneben ab.

Als er sich aufrichtete, hielt er ein Samurai-Schwert in der Hand. Ein Katana, dessen schlichtes Aussehen mit der glänzenden Scheide und dem mit Leder umwickelten Griff nicht darüber hinwegtäuschen konnte, dass es von großem Wert war. Respektvoll verbeugte sich Hooker vor Jonas und streckte es ihm entgegen. Jonas nahm das Schwert aus seiner Hand und rief ein Routineprogramm seines Anzugs auf, um es zu untersuchen.

Natürlich ein Datenspeicher. Offensichtlich ziemlich groß, aber anscheinend defekt, denn Jonas bekam die Warnmeldung, dass es sich dabei um eine beschädigte Datei handelte. Merkwürdig.

»Das Schwert *Chīsana sasayaki. Der kleine Flüsterer.* Dein Auftrag.«

»Wohin soll ich es bringen?«

»Das kann ich dir nicht sagen.«

Was?

Jonas stutzte, die Simulation der Großstadt wirkte gigantisch. Wie sollte er sich hier zurechtfinden, wenn er nicht mal das Ziel kannte?

»Du hast keine weiteren Informationen für mich?«, hakte er nach.

»Nein.«

»Wohin soll ich das Schwert bringen?«

»Ich weiß es nicht.«

Jonas war nun vollkommen verwirrt. Er blickte zur Stadt hinüber, dann wieder auf Hooker. Wo sollte er anfangen, nach Hinweisen zu suchen?

Hooker beugte sich erneut zum Boot hinab. Diesmal hielt er eine alte Ledertasche in der Hand. Abgenutzt, mit einem verblassten fünfzackigem Stern auf der Frontseite.

Kim Uriels Tasche, in der sie die Artefakte aufbewahrte, die sie in den Ruinen sammelte. Jonas schlug die Klappe zurück und blickte hinein. Erst dachte er, die Tasche sei leer, doch dann entdeckte er drei Gegenstände. Er holte sie heraus und musterte sie im Licht der Straßenlaterne.

Eine Busfahrkarte, ein alter Kompass, dessen Zeiger wie wild kreiste, und eine grüne Olive in Folie eingewickelt.

Die Busfahrkarte war ausgestellt für die Linie mit der Nummer 888. Es stand weder darauf, wo die Fahrt begann, noch die Endhaltestelle.

Die Olive war noch merkwürdiger. Und was zum Henker sollte er in einer Simulation mit einem Kompass anfangen?

Ratlos sah er Hooker an, aber der zuckte nur mit den Schultern.

»Du weißt gar nichts darüber?«, fragte Jonas fast schon verzweifelt.

Kopfschütteln.

»Du kannst das Schwert in der Tasche verbergen«, sagte der Fährmann stattdessen.

Jonas blickte auf das Katana, dann auf die Tasche. Unmöglich. Es sei denn …

Er packte das Schwert und schob es in die Tasche. Tatsächlich! Es schrumpfte vor seinen Augen auf Unterarmlänge zusammen. Die Programmierer hatten eine Variable in die Größe eingebaut, die sich automatisch der Umgebung anpasste. Wahrscheinlich hätte er es auch in seine Manteltasche schieben können.

Bei diesem Gedanken erinnerte er sich an die kleine Plastikfigur. Er fischte sie heraus und legte sie ebenfalls in die Ledertasche.

»Ich nehme mal an, ich muss die Buslinie finden«, sagte er zu Hooker.

»Denke ich auch.«

Jonas hielt die Olive hoch. »Irgendeine Ahnung, was das soll?«

Hooker grinste. »Nicht wirklich.«

»Okay, danke für die Überfahrt.«

Der alte Mann nickte nur, ging zurück zum Boot und schob den Kahn ins Wasser. Kurz darauf hatte ihn die Nacht verschluckt.

Jonas seufzte, drehte sich um und schritt auf die Lichter der Stadt zu.

10.

Hamburg
(reale Welt)

Blue war schweißgebadet, als sie aufwachte.

Dieser verfluchte Traum verfolgte sie jede Nacht. Jede Nacht, seit dem Tod ihrer Eltern. Danach war sie ins städtische Waisenhaus gekommen. Viele Jahre hatte sie dort verbracht, denn niemand hatte das kleine traurige Mädchen adoptieren wollen und mit Pflegefamilien hatte es auch nicht geklappt.

Die Menschen mochten lachende, fröhliche Kinder, aber nicht solche wie sie, deren Anblick sie daran erinnerte, dass im Leben nicht alles eitel Sonnenschein war.

Hinzu kam, dass sie die ersten Jahre nach dem Unglück nicht gesprochen hatte.

Ihre Worte waren ihr an diesem Tag abhandengekommen und es hatte lange gedauert, bis Blue sie wiederfand – aber auch danach war sie oft in tagelanges Schweigen verfallen und niemand konnte sie dazu bringen zu reden, wenn sie es nicht wollte.

Nur mit Teddy hatte sie gesprochen. In Gedanken. Ihm erzählt, wie traurig sie war.

Ab und zu hatten Anne und ihr Mann sie im Heim besucht, aber die hatten selbst drei Kinder.

Immer wieder beteuerten sie Blue, sie würden sie aus dem Waisenhaus holen, wenn es ihnen finanziell besser ginge, aber das war nie geschehen und irgendwann waren sie auch nicht mehr zu Besuch gekommen. An Weihnachten gab es eine Karte und ein Geschenk, das Blue immer an andere Kinder weitergab. Sie brauchte nur Teddy. Nichts weiter.

Mit fünfzehn war sie dann abgehauen, hatte genug von den alten Mauern und dem Geruch nach Schweißfüßen gehabt. Die nächsten zwei Jahre schlug sich Blue auf der Straße durch. Eine bittere, gefährliche Zeit, bis sie schließlich das Ghostwalken für sich entdeckte und Hellboy online kennenlernte.

Er war damals eine genauso verlorene Seele wie sie gewesen, lebte in einem Elternhaus, in dem ihm nicht viel Beachtung geschenkt wurde.

Hellboy hatte zwei ältere Brüder, aber die saßen beide im Knast. Tankstellenüberfälle, Einbruch und Diebstahl. Nichts Großes, aber genug, um für Jahre im Bau zu verschwinden, wenn man sich oft genug schnappen ließ – und die beiden waren zu blöd, um nicht geschnappt zu werden. Hellboy hatte ihr mal erzählt, dass er sich früh entschieden habe, nicht wie seine Familie zu werden. Keine krummen Dinger auf der Straße. Dafür jede Menge Kartoffelchips, Cola und krumme Dinger im Netz.

Hellboy war ein Virtuose, ein Komponist, der Datenströme dirigierte, wie er wollte. Er kaperte Bankkonto um Bankkonto. Dabei war er ziemlich clever, stahl nur kleine

Beträge, für die sich niemand die Mühe machte nachzuforschen, wohin sie geflossen waren. Zwei oder drei Eurodollar taten niemandem weh, aber wenn seine kleinen »Lemminge«, wie er sie nannte, zur Felskante flitzten, darüberfielen und in seinem Schoß landeten, machte ihre Masse die fehlende Größe wett.

Zusätzlich verhökerte er Informationen im Netz. Immer anonym und immer an den Meistbietenden. So hatten sie sich auch kennengelernt. Blue hatte für einen anstehenden Walk Informationen benötigt, er hatte sie ihr verkauft. Zum Wucherpreis.

Damals war sie noch ein kleiner Fisch in der Szene gewesen, heute war das anders. Mit dem Geld, dass sie für die Walks bekam, bezahlte sie ihre eigene Wohnung und irgendwann würde sie sich vielleicht sogar einen richtigen Job suchen. Oder einen Freund. Oder beides. Aber noch war sie nicht so weit.

Blue schaute zu Teddy, den sie noch immer im Arm hielt. Inzwischen war sein Plüschfell ziemlich dünn geworden und ein Ohr hing nur noch halb am Kopf, aber das musste so sein. Niemals würde sie etwas an ihm verändern wollen, denn Teddy war genauso tief verletzt wie sie. Blue legte ihn vorsichtig auf dem Kissen ab.

Sie stand nackt auf, ging hinüber ins Bad. Der Anblick im Spiegel war nicht besser geworden. Sie putzte sich die Zähne und grübelte noch einmal darüber nach, was sie jetzt tun sollte.

Eigentlich war die Antwort einfach: Sie musste das Schwert finden, um ihre Erinnerung zurückzuerhalten. Klang simpel, aber sie hatte keine Ahnung, wie sie die Sache angehen sollte. Nach Oicho-Kabu konnte sie nicht zurückkehren, denn der Zugang war ihr nur für diesen einen Walk gewährt worden und mit Sicherheit befand sich das Schwert auch nicht mehr dort.

Allerdings waren die beschissenen Yakuza hinter ihr her und das war mit Sicherheit ernst zu nehmen.

Blue überlegte, ob sie in akuter Gefahr schwebte und ob es der japanischen Mafia gelingen konnte, ihren Klarnamen aufzudecken und ihren Wohnort damit zu finden. Aber eigentlich glaubte sie nicht daran.

Niemand außer Hellboy wusste, wer sie war und wo sie lebte, allerdings bestand noch immer die unwahrscheinliche Möglichkeit, dass sie getrackt worden war. Blue entschied, den VR-Anzug erst wieder in Hellboys Keller zu aktivieren, wenn sie sich über eine gesicherte Direktleitung ins Netz einloggen konnte. Ihrer eigenen Verbindung traute sie nicht. Es war besser, vorsichtig zu sein.

Mit der Zahnbürste im Mund setzte sie in der Küche Kaffee auf und spuckte beiläufig den Schaum in die Spüle. Im Bad zog sie sich Slip und T-Shirt an und begann das Aufwärmprogramm ihres Fitnessprogramms.

Die nächsten zehn Minuten trabte sie auf der Stelle, machte Dehnübungen und Hampelmänner. Dann wurde es härter. Bauchaufzüge. Einhundert am Stück. Anschließend Liegestütze, zweimal dreißig.

Blue keuchte und schnaubte, aber sie hielt durch, obwohl ihr die Arme brannten. Fitness war wichtig, wenn man stundenlang in einem Stuhl saß oder auch wenn sie mobil ins Netz ging. Dann wurde es noch schwieriger, denn es galt, sich in der realen Welt zu bewegen, während sie gleichzeitig in der virtuellen Welt einen Avatar steuerte.

Diese Walks forderten ein Höchstmaß an Konzentration, das nur ein gesunder Geist in einem gesunden Körper erbringen konnte.

Sie war der einzige Walker weltweit, der über einen mobilen VR-Anzug verfügte. Vorteil und Nachteil zugleich. Es bedeutete, man konnte von jedem Ort in der Realität aus einen Walk starten, gleichzeitig hatte Blue aber manchmal das Gefühl, sich damit zu überfordern, in zwei Welten gleichzeitig agieren zu müssen. Außerdem blieb die Gefahr des unsicheren Zugangs.

Als sie mit dem Fitnessprogramm durch war, wechselte sie zu ihren Kampfsportübungen. Karate. Zunächst ging sie alle Kampfstellungen durch, dann übte sie Fauststöße und Fußkicks. Schließlich lief sie noch zwei Katas, Kämpfe gegen unsichtbare Gegner, bei denen jede Bewegung festgelegt war.

Dreißig Minuten später war sie vollkommen verschwitzt und keuchte schwer, fühlte sich aber gut und fit für das, was vor ihr lag.

Blue tappte ins Bad und duschte, danach überlegte sie vor dem Kleiderschrank stehend, was sie anziehen sollte. Den VR-Anzug würde sie in ihren Rucksack packen, ebenso ihre Handschuhe und die VR-Brille.

Blue entschied sich für Jeans und ein dickes, weißes Sweatshirt mit der Aufschrift *California Republic* und dem berühmten Bären samt rotem Stern darauf. Sie schlüpfte barfuß in ihre Sneaker.

Während sie ihre Ausrüstung einpackte, trank sie den Kaffee, der noch viel zu heiß war, und verbrannte sich die Zunge. Laut fluchend hielt sie danach den Mund unter den Wasserhahn. Als es besser wurde, war der Kaffee abgekühlt. Sie trank die Tasse leer und stellte sie in die Spüle. Dann schnappte sie sich ihren Rucksack und machte sich auf den Weg zu Hellboy.

Er würde nicht begeistert sein, wenn sie kurz nach Sonnenaufgang bei ihm auftauchte, aber letztendlich schlief er ja sowieso nie.

Behauptete er jedenfalls ständig.

11.

Hamburg (reale Welt)

Blue beobachtete den Zugang zu Hellboys Keller und die unmittelbare Umgebung seit zwanzig Minuten. Ein paar Menschen waren aus den Nachbarhäusern herausgekommen oder hineingegangen, aber da war niemand, der sich auffällig verhielt. Schließlich entschied sie sich, es zu riskieren.

Schnell überquerte sie die Straße, stieg die Treppenstufen hinunter und blieb vor der fünf Zentimeter dicken Stahltür stehen.

Es gab keine Klingel, aber einen unsichtbaren Bewegungsmelder, der dem Hausherrn signalisieren würde, dass jemand da war. Ein Surren erklang über ihr. Blue blickte zur Kameralinse hoch, die sich gerade justierte, und hob den Mittelfinger.

Das tat sie nicht nur, um Hellboy zu ärgern, es war auch ihr verabredetes Signal, dass sie allein war und niemand sie gezwungen hatte, hier aufzutauchen.

Es klickte. Blue drückte die schwere Tür auf und schlüpfte hinein. Sie durchquerte einen kurzen Gang, bevor es über mehrere Treppen weiter in die Tiefe ging. Dann stand sie erneut vor einer Stahltür, nur dass diese nicht alt und zerkratzt aussah und dieses Mal *zehn* Zentimeter dick war. Hellboy schien vor irgendetwas Angst zu haben oder er war einfach der totale Sicherheitsfreak.

Hier gab es eine Klingel.

Blue drückte sie zwei Mal kurz.

»Passwort«, ertönte Hellboys elektronisch verzerrte Stimme aus einem kleinen Lautsprecher neben der Tür.

»Wie wäre es mit ›Fick dich‹?«

Ein Lachen erklang. »Kann ich gelten lassen. Richtig wäre allerdings gewesen ›Hellboy, ich liebe dich.‹«

»Sehr witzig. Mach auf!«

Wieder ein Klicken, wieder musste sie sich gegen eine schwere Tür stemmen. Dann war sie drin, hinter ihr fiel mit einem lauten Scheppern das Stahl ins Schloss. Vor ihr lag Hellboys Reich: Ein unglaubliches Sammelsurium der seltsamsten Dinge, die man sich vorstellen konnte. Vom ausgestopften Schimpansen bis hin zur lebensgroßen Darth-Vader-Figur gab es hier alles. Von den Decken hingen seltsame Ketten herab, an denen alles Mögliche befestigt war. Rabenschädel, alte CD-ROMs, Partylampen aus den 80ern. Hellboy nannte das seine »Traumfänger«. Sie nannte es »bescheuert« und »ekelhaft«.

Hellboy selbst thronte in einem schweren drehbaren Ledersessel. An beiden Seiten ragten seine Oberschenkel über die Sitzfläche. Auf seinem Kopf saß eine alte Wollmütze: schwarz, mit weißem, grob gesticktem Totenschädel darauf.

Dünne, blonde Haare lugten darunter hervor. Er trug Adidas-Trainingshosen und ein schwarzes T-Shirt mit der Aufschrift *Inklusive Frühstück,* ein Pfeil darunter zeigte auf eine sehr südliche Region seines Körpers. Blue hatte ihn noch nie ohne dieses Shirt gesehen. Wahrscheinlich hatte er es schon bei seiner Geburt getragen und damit die Hebamme provoziert.

Alles hier drin, inklusive Hellboy, war skurril, aber die vielen lebensgroßen Puppen, die in jeder nur denkbaren Pose herumstanden oder -saßen, schossen den Vogel ab. Sogar der untalentierteste Psychiater würde nur einen Blick auf die Sammlung benötigen, um ihn anschließend unverzüglich in eine geschlossene Anstalt einliefern zu lassen.

Bei seiner Sammlung handelte es sich um Durchschnittsmenschen: Männer, Frauen, Kinder.

Alt und jung.

Schlank und dick.

Hässlich und schön.

Hellboy suchte sich dafür 3D-Abbildungen im Netz und produzierte seine »Freunde«, wie er sie bezeichnete, auf einem gigantischen 3D-Drucker, der so groß wie ein Mittelklassewagen war.

Blue hatte keine Ahnung, was so ein Ding kostete und vor allem, wie Hellboy es hier runtertransportiert hatte – aber vielleicht war der Drucker ja auch schon bei seinem Einzug da gewesen. Fragen dazu waren ebenso sinnlos wie die nach seinem Alter.

Blue schätzte ihn auf dreizehn, aber er konnte auch dreiundvierzig sein. Sein Gesicht zierte keine einzige Falte. Warum er hier unten allein hauste, war ihr genauso ein Rätsel, wie er sich mit Lebensmitteln versorgte.

Darüber sprach er nicht – und auch sonst über nichts.

»Bleib da stehen«, sagte er jetzt.

»Was ist los?«

»Mein Ganzkörperscanner tastet dich gerade ab.«

»Arschloch! Du hast keinen solchen Scanner. Das wüsste ich.«

»Ich meinte meine Augen. Du siehst geil aus.«

Blue seufzte. Ging die Anbaggerei schon wieder los?

»Vergiss es, ich werde dich nicht heiraten.«

»Wer spricht von Ehe. Hemmungsloser Sex reicht mir auch.«

»Aus uns wird nichts. Lies es von meinen Lippen ab.«

»Man soll nie ›nie‹ sagen. Ich könnte abnehmen.«

»Die Sonne könnte im Westen aufgehen oder Pizza Dream endlich mal echte Salami auf ihre Hefefrisbees legen.«

»Wo ist der schicke blaue Anzug, der keine Fragen eines Mannes offenlässt?«

Blue deutete mit dem Daumen nach hinten. »Im Rucksack.«

»Kann ich den mal anziehen?«

»Als Fußwärmer? Hellboy, du bist so fett, dass du eine eigene Postleitzahl hast.«

»Das war gemein.«

»Du weißt, ich mag es nicht, wenn man mich von der Seite anquatscht.«

»Steh zu deiner weiblichen Seite.«

»Steh du zu den Schwimmreifen um deinen Bauch.«

»Touché!«

Blue ließ ihren Blick durch den Raum schweifen. Neben einem ausgestopften Leistenkrokodil stand eine neue Puppe. Ein Mädchen in Schuluniform, blonde Haare, die zu zwei Zöpfen geflochten waren.

»Wer ist das?«, fragte Blue.

»Meine Mutter, kurz vor meiner Geburt.«

»Sag schon.«

»Mann, das ist *the one and only* Britney Spears. Kennst du sie nicht? Star der späten 90er.«

»Was hat sie gemacht? War sie Schauspielerin?«

»Oh mein Gott, du weißt ja gar nichts.«

Hellboy begann zu singen. Es klang schrecklich. Das Einzige, was Blue vom Text verstand, war »Baby one more time«. Nun war ihr auch klar, warum ihm das Lied gefiel. Wahrscheinlich ging es gar nicht um die Melodie.

»Wo hast du ihre Abbildung her?«

Die Fotos und Filme der damaligen Zeit waren viel zu niedrigauflösend, als dass man mit ihnen einen anständigen 3D-Druck hinbekam.

»Nachbearbeitet«, meinte Hellboy lässig. »Hat mich einen ganzen Tag gekostet, die Fehler zu retuschieren.«

»Das kannst du? Respekt! Hellboy, du bist immer wieder für eine Überraschung gut.«

»Ich wäre ein wundervoller Vater für deine Kinder.« Er grinste anzüglich. »Unsere Kinder. Wobei es mir mit der Familienplanung nicht eilt.«

»Gibst du eigentlich nie auf?«

»Warum sollte ich?«

»Nun … ich reagiere ja nicht so, wie du dir das vielleicht erhoffst.«

»Ich erhoffe gar nichts, sondern weiß, dass wir füreinander bestimmt sind. Außerdem bist du außer Britney die einzige Frau in meinem Leben.« Er beugte sich vor.

»Und mal ehrlich, sie ist etwas passiv und spricht nicht viel.«

Blue schüttelte den Kopf. Sie sah den Jungen nachdenklich an.

Die vielen Sprüche, dieses ganze Getue war nur Selbstschutz. Hellboy hatte eine Mauer aus Ironie, Sarkasmus und Belanglosigkeiten um sich herum aufgebaut. Sie kannte seine Vergangenheit, fragte sich aber manchmal, ob das alles war oder ob er ihr etwas Wesentliches verschwieg. Allerdings machte es keinen Sinn, nachzubohren, Hellboy sprach nur selten über seine Kindheit und noch weniger darüber, wie er in diesem Keller gelandet war.

Während sie ihn betrachtete, rutschte Hellboy auf seinem Stuhl nervös hin und her. »Was ist?«, fragte er.

»Machst du dir manchmal Gedanken um die Zukunft?«

»Um die was?«

»Du weißt, was ich meine.«

»So etwas wie Zukunft gibt es nicht. Es gibt nicht einmal Zeit. Die ist eine Illusion und hier unten gibt es die schon zwei Mal nicht. Keinen Sonnenauf- oder untergang. Weder Montag noch Freitag. Keine Jahreszeiten. Nichts. Es gibt nur das Netz und den unablässigen Datenstrom. Bits und Bytes, denen wir alle huldigen, und jede Menge Belanglosigkeiten, die uns vom Denken abhalten.«

»Was willst du damit sagen?«

»Ach nichts. Ich plappere nur so vor mich hin. Warum bist du hier?«

»Hellboy, ich brauche deine Hilfe.«

»Hab's schon gehört.«

»Was hast du gehört?«

»Hast einen Walk versaut. Die Yakuza sucht dich.«

Schwindelgefühl erfasste Blue. Etwas rumpelte in ihrem Magen und plötzlich hatte sie einen trockenen Mund.

»Geht es auch genauer?«

»Es gibt verdeckte Anfragen im Netz nach dir. In allen Foren und Chats taucht plötzlich dein Name auf. Ich habe das gecheckt. Meldungen zu dir haben in den letzten zwei Stunden um dreitausend Prozent zugenommen. Plötzlich scheint dich jeder zu kennen und weiß, wer du bist oder wo man dich findet.«

»Echt jetzt?«

»Alles Schwätzer. Wichtigtuer. Aber es geht das Gerücht um, dass die Yakuza eine Belohnung für die Aufdeckung deiner Walker-Identität ausgesetzt hat.«

»Wie viel?«

»Zwanzigtausend.«

»Was?« Blue war schockiert. Das übertraf ja sogar die Belohnung, die man für die Enttarnung eines Internet-Terroristen bekam. Der Yakuza waren die Daten sehr wichtig, wenn sie ein so hohes Kopfgeld für Informationen anboten.

Das Schwert. Was war da drauf?

Mist, sie kannte nur einen kleinen Ausschnitt, der ihr nichts sagte, und noch immer trieb sie die Frage um, welcher Walker ihr das Schwert in *Oicho-Kabu* abgenommen hatte.

»Was sagen die Yakuza, warum sie mich unbedingt haben wollen?«

»Nichts, aber interessanterweise gibt es noch eine zweite Botschaft aus dem Land der aufgehenden Sonne.«

Blue nickt ihm auffordernd zu.

»Der Oyabun des Clans, der Anführer selbst, hat eine Botschaft in die Welt gesetzt.«

»Sagst du es mir oder muss ich raten?«

»In der virtuellen Welt gibt es ein Schwert – das Ding hat sogar einen Namen, aber den habe ich vergessen. Wer das findet und ihm übergibt, erhält einen Finderlohn von zehntausend Eurodollar. Wer allerdings den Aufenthaltsort des Schwertes kennt und es nicht der Yakuza meldet, muss mit schweren Folgen rechnen. Er war da ziemlich unmissverständlich.« Hellboy schaute sie an. »Da stehst du also vor mir und ich muss nicht zweimal raten, wer dieses Schwert wohl gestohlen hat. Was ist passiert?«

Blue erzählte ihm die Geschichte, inklusive der Tatsache, dass ein Teil ihres Gedächtnisses beim Rauswurf aus der Simulation gelöscht worden war.

»Geile Story. Du solltest ein Buch darüber schreiben«, meinte Hellboy, als sie fertig war.

»Ich dachte, es ist ein normaler Job.«

»In *Oicho-Kabu*? Ich hätte dich für klüger gehalten.«

»Der Auftrag klang schlüssig, außerdem habe ich einen offiziellen Zugang erhalten. Es muss also einen Insider geben, der mich auf diesen Walk geschickt hat. Wie sonst hätte er wissen können, wie ich reinkomme und wohin ich gehen muss, um das Schwert zu erhalten? Ich musste es nicht stehlen, in der Simulation hat es mir ein Bot überreicht, der genau wusste, wer ich war, denn sonst hätte er es mir sicherlich nicht ausgehändigt.«

»Sehr merkwürdig das alles.«

»Finde ich auch.«

Hellboy kratzte sich unter der Mütze den Schädel. »Dann muss es ein Hacker gewesen sein, der dich angegriffen hat. Ein Shadow Walker.«

»Kennst du jemanden, der als Avatar einen Ninja benutzt?«

Hellboy lachte meckernd. »Circa eine Million Leute. Hey, das ist wahrscheinlich nach Micky Maus die meistgenutzte Figur.«

»Ich muss das verdammte Schwert finden, damit ich mein Gedächtnis zurückerhalte«, schnaubte Blue.

»Yeah, sieht so aus.«

»Aber ich weiß nicht, wo ich mit meiner Suche beginnen soll. Kannst du dich mal umhören? Du bist die größte Datenkrake, die ich kenne, vielleicht schnappst du was auf.«

»Schon möglich, aber warum sollte ich die Informationen nicht den Yakuza geben, immerhin bieten die zehntausend Eurodollar dafür. Und wenn ich dich an sie ausliefere, sind es noch mal Zwanzigtausend. Ein Arsch voll Geld.«

»So etwas machst du nicht, ich bin deine Freundin. Übrigens die einzige, die du hast.«

»Vorhin klang das noch ganz anders, da hieß es, aus uns würde nichts werden.«

»Tut es auch jetzt nicht, aber du könntest mir trotzdem helfen.«

»Blue, wenn ich dich richtig verstanden habe, kennst du nicht einmal mehr die Nummer deines Bankaccounts und es ist sehr fraglich, ob du dich jemals wieder daran erinnern wirst. Du glaubst, das Schwert könnte dir helfen, aber was, wenn diese Informationen nicht in dessen Datenspeicher stecken, sondern einfach durch die Überladung deines VR-Helms unwiderruflich gelöscht wurden?«

»Dann bin ich im Arsch.«

»Schlimmer noch, du kannst mich nicht bezahlen. Nicht für den sicheren Zugang ins Darknet, nicht für die Ausrüstung, die ich dir zur Verfügung stelle, nicht einmal für die Paprikachips, die du mir nach jedem Walk wegfrisst.«

Blue senkte den Kopf. Hellboy hatte recht, es gab eigentlich für ihn keinen Grund, ihr zu helfen, im Gegenteil: Wenn die Yakuza herausbekamen, dass er sie unterstützt hatte, würden sie ihn ebenso hart bestrafen wie sie selbst.

»Okay, vergiss es«, sagte sie leise. »Du musst das nicht für mich tun. Ich finde einen anderen Weg, nur bitte verrate mich nicht.«

»Hey, Baby, mach mal halblang, der gute alte Hellboy verrät niemanden und schon gar nicht an die Yakuza. Allerdings stellt die Entlohnung tatsächlich ein Problem dar. Hier geht es um meine Geschäftsehre: ›Tue niemals etwas, wenn man dich nicht dafür bezahlt!‹«

»Das weiß ich, du hast es oft genug erwähnt.«

»Ja, aber wer sagt denn, dass es immer schnöder Mammon sein muss.«

Hellboys Augen hatten einen lauernden Ausdruck angenommen, der Blue gar nicht gefiel.

»Vergiss es! Denk nicht mal eine Sekunde daran«, sagte sie.

Er winkte ab. »Na gut, also wie sieht dein Plan aus?«

»Pass auf – sobald ich mein Gedächtnis zurückhabe, bekommst du eine fette Entlohnung. Außerdem zwanzig Prozent Beteiligung an jedem weiteren Walk, den ich im kommenden Jahr mache.«

»Sechzig Prozent.«

Blue schaute ihn ungläubig an. »Spinnst du? Dreißig. Und keinen Cent mehr. Verstanden?«

Hellboy grinste schmierig. »Verstanden. Schlag ein.« Er hielt ihr seine große Pranke entgegen. Blue ergriff sie und musste sich zurückhalten, um die feuchte Hand nicht sofort wieder loszulassen. Er zwinkerte ihr zu.

Plötzlich wurde Blue etwas klar. Dieser Vollidiot wusste etwas, das er ihr bisher verschwiegen hatte.

»Rück raus, was du weißt, Vollidiot.« Angewidert ließ Blue los und wischte sich ihre Handinnenfläche an ihrer Kleidung trocken.

»Ja, ich habe mich schon mal umgehört«, bestätigte er ihre Vermutung. »Mir war klar, früher oder später tauchst du auf und bittest mich um Hilfe.«

»Was weißt du?«, fragte Blue harsch.

»Da draußen gibt es einen Walker, der sich Moondancer nennt.«

Wie originell. Wenn ich für jeden poetischen Namen im Netz zehn Eurodollar bekommen würde, könnte ich die ganze Scheiße mit dem Walken aufgeben und auf einer Insel leben.

»Man munkelt, er habe einen fetten Auftrag von BioCom für einen Walk bekommen. Es gehen Gerüchte von 100.000 Eurodollar um.«

Blue hielt die Luft an. Die Summe war aberwitzig. Noch nie hatte jemand so viel Scheine für einen Walk hingelegt.

»Weißt du, um was es geht?«

Hellboy schüttelte den Kopf. »Aber ich kann zwei und zwei zusammenzählen. Die Yakuza sucht ein Schwert. BioCom bietet eine Riesensumme für einen Walk, da muss man nicht lange überlegen.«

Blue bleckte die Zähne. »Moondancer hat das Schwert.«

»Yeah, sieht so aus.«

»Welche Welt hat BioCom erschaffen?«

»Sie nennen es Golem City. So ein futuristisches Ding. Großstadt. Hochhäuser. Jede Menge skurrile Figuren, sagt man.«

»Sagt man?«, wiederholte Blue.

»Es gibt keine genauen Informationen. Noch nie hat jemand dort einen Walk gemacht. Der Laden ist total abgeschirmt.«

»Was macht die Firma?«

»Betreibt Forschung auf dem Gebiet erneuerbarer Energien. Ich habe mir ihre Website angesehen. Tolle Sache. Sie sind da an etwas dran, von dem sie behaupten, es würde die Welt revolutionieren.«

»Denkst du das Gleiche wie ich?«

»Ja, vielleicht hatten sie einen Durchbruch und Informationen dazu befinden sich auf dem Schwert.«

»Wie sind dann die Yakuza da rangekommen? Das Schwert befand sich doch in ihrer Welt?«

»Na, so wie immer, würde ich sagen. Sie haben es gestohlen.«

»Und nun ist es …«, begann Blue.

»… ihnen entwendet worden«, vollendete Hellboy den Satz. »Sehr witzig, aber auch sehr gefährlich.« Er sah sie eindringlich aus seinen kleinen Schweinsäuglein an. »Vielleicht solltest du die Sache nicht weiterverfolgen. Aus Hamburg abhauen und nie wieder einen Walk machen. Noch wissen die Yakuza nicht, wer du bist, aber früher oder später kommen sie dahinter.«

»Kann ich nicht tun. Mein ganzes Geld wäre futsch.«

»Immer noch besser als tot, oder?«

Blue schüttelte heftig den Kopf. »Ich muss nach Golem City. Kannst du mir da reinhelfen?«

»Ja. Verdammt, ich wusste, dass du das sagst. Ehrlich, Blue, du hast größere Eier als die meisten Typen, die ich kenne. Inklusive mir.«

»Danke.«

»Wenn sie dich schnappen und foltern, sag ihnen meinen Namen nicht.«

Sie sah ihn an. Sah, dass er es ernst meinte. »Ich werde es versuchen.«

»Und falls doch, behaupte ich, ich wäre dein Lover und hätte es aus Liebe getan. Die Japaner stehen voll auf Romantik, du weißt schon dieser ganze Haiku-Scheiß, vielleicht hacken sie mir dann nur ein paar Finger ab.«

»Deine Chipsvorräte werden sie in jedem Fall konfiszieren«, grinste Blue. »Auch die mit Mentholgeschmack, obwohl die niemand außer dir frisst.«

»Das wäre mein Untergang. Alles, aber nicht die.«

»Gehen wir es an?«

»Gib mir einen Moment. Ich muss einen versteckten Zugang nach Golem City erschaffen. Soll ja keiner wissen, dass du dort bist. Das ist hohe Programmierkunst. Schau zu und lerne.«

Hellboy wandte sich seinem Arbeitsplatz zu, auf dem im Halbkreis drei riesige Computerbildschirme standen, über die kryptische Zahlenreihen liefen. Seine Wurstfinger hämmerten auf eine schmale Tastatur. Old school, das Ganze nicht über eine virtuelle Umgebung oder ein Hologramm zu machen.

Zehn Minuten vergingen, ohne dass Hellboy ein Wort sagte, dann verkündete er: »Das ist schwerer, als ich dachte.«

12.

Golem City

Es war ein unglaubliches Gewimmel auf den Straßen. Jede Menge skurrile, aber auch viele normal aussehende Figuren drängten sich darin und gingen irgendwelchen Beschäftigungen nach, die nicht unbedingt programmiert aussahen.

Jonas vermutete auch hier künstliche Intelligenz, konnte sich aber nicht einmal annähernd vorstellen, welche Rechenleistungen dafür notwendig waren.

Gerade eben hatte ihn ein Losverkäufer angesprochen und versucht, eine Unterhaltung mit ihm über die aktuelle politische Lage zu beginnen. Der kleine asiatische Mann in traditioneller Kleidung mit Strohhut auf dem Kopf war auf dem neuesten Stand gewesen und Jonas fragte sich, wie so etwas möglich war.

Zwischen den gigantischen Hochhäusern, die bis in den Nachthimmel hinaufragten, gab es unzählige Spielcasinos, Imbissbuden, Marktstände und kleine rollende Läden, die Elektroartikel oder Zubehör für V-Phones verkauften.

Darunter befanden sich Dinge, die er im realen Leben noch nie gesehen hatte, hier aber vollkommen normal wirkten.

Da war zum Beispiel ein kleines Mädchen, das sich an ihm vorbeidrängte. Dunkler Rock, weiße Bluse mit Krawatte, weiße Kniestrümpfe und schwarze Lackschuhe. Während sie sich ihren Weg durch die Menge suchte, flog ein kleiner Papagei als Hologramm vor ihr her.

Mal flatterte er neben ihr, dann wieder hinter oder vor ihr. Jonas vermutete einen holografischen Beamer, der in ihrer Brille versteckt sein musste – wie der allerdings 360 Grad abdecken konnte, war ihm schleierhaft.

Die Programmierer der Simulation hätten mühelos einen Papageien erschaffen können, der genau das tat, was diese Projektion tat, doch sie zogen es vor, eine unbekannte Technik zu demonstrieren.

Aber es waren nicht nur die optischen Eindrücke, die ihn verwirrten und gleichzeitig begeisterten, auch die Geräuschkulisse konnte da locker mithalten.

Aus jeder zweiten Bude plärrte Musik. Autos hupten. Motoren brummten. Vögel zwitscherten in kleinen Käfigen. Über allem lag das stete Gemurmel einer Großstadt und trotzdem konnte Jonas jeweils die Worte seinem Sprecher zuordnen.

Praktisch in jeder Sprache, die er kannte, wurde hier geschimpft, gefeilscht oder sich unterhalten, und die Gespräche machten Sinn. Er verstand alles.

Einmal war er stehen geblieben und hatte zwei junge Männer belauscht, die sich über eine bekannte Gameshow austauschten. Die beiden waren vollkommen unterschiedlicher Meinung dazu. Der eine hielt sie für Quatsch, der andere sagte, es wäre das Beste, was er jemals gesehen hätte.

In den fünf Minuten, die er neben ihnen stand, hatte es nicht eine Satzwiederholung gegeben. Hier liefen keine Textschleifen ab und man hatte das Gefühl, reale Menschen zu belauschen. Jonas war vollkommen fasziniert.

Irgendwann musste er sich von all den Wundern losreißen, denn er hatte einen Auftrag zu erfüllen.

Jonas blieb stehen, fischte die Busfahrkarte heraus und betrachtete sie erneut, aber das Resultat blieb das Gleiche. Kein Hinweis über den Start der Linie 888 oder ihr Endziel.

Er ging weiter die Straße entlang, hielt nach Haltestellen oder fahrenden Bussen Ausschau.

Das Gedränge wurde immer dichter. Plötzlich hatte Jonas das Gefühl, jemand folge ihm. Ohne seine Schritte zu verlangsamen, spähte er unauffällig hinter sich.

Zwei Männer fielen ihm auf. Eigentlich unscheinbare durchschnittliche Gestalten in normaler Straßenkleidung. So um die vierzig Jahre alt. Einfache Hosen und karierte Hemden. Baseballcaps auf ihren Köpfen. Weiße. Vielleicht zu unscheinbar für diese Umgebung, in der sonst alles skurril und extrovertiert wirkte.

Als die Männer bemerkten, dass er sie entdeckt hatte, bogen sie in eine Seitenstraße ab.

Jonas stellte sich an einen Stand, der gekochte Garnelen anbot, und wartete darauf, dass sie wieder erschienen, aber sie kamen nicht zurück.

Trotzdem war er sich sicher, dass es sich bei seinen Verfolgern um Jaeger Bots handelte. Vielleicht ließ ihn sein Auftraggeber beschatten, vielleicht war aber auch jemand anderes auf ihn aufmerksam geworden. So oder so, nun war bekannt, dass er Golem City betreten und das Paket in Empfang genommen hatte, aber das hatte sicherlich auch schon Hooker an die Zentrale gemeldet. Jonas beschloss, etwas vorsichtiger zu sein.

»Du wollen kaufen? Ganz frisch«, sagte der Standbesitzer, der vom Aussehen her der eineiige Zwillingsbruder des Losverkäufers hätte sein können. Also waren auch in dieser Simulation nicht alle Avatare individuell gestaltet, auch wenn es zunächst den Anschein gemacht hatte. Fast schon ein wenig enttäuscht, schüttelte Jonas den Kopf und ging auf die Straße zurück.

Eine Dragqueen im glitzernden Abendkleid mit Krönchen auf dem toupierten Haar stellte sich auffordernd vor ihn. In ihrer linken Hand hielt sie einen Zauberstab mit Einhornkopf. Die wulstigen Lippen waren grellrot geschminkt und sie hatte zu viel Rouge auf ihre feisten Wangen aufgetragen. Dazu kamen nackte Oberarme, die jeden Holzfäller vor Neid erblassen lassen würden, und künstliche Wimpern, so lang, dass man darunter Schutz vor der Sonne suchen konnte.

»Hallo Süßer«, säuselte die Dragqueen. »Du bist aber schnucklig. Heute schon was vor?« Jonas wollte an ihr vorbeigehen, aber eine Bärenpranke legte sich auf seine Schulter. »Na, na, nicht so eilig, junger Mann. Die Nacht ist noch jung und singt das Lied der Liebe.«

»Ich hab keine Zeit«, knurrte Jonas, fügte aber noch schnell ein »Sorry« hinzu. Gerade als er sich an ihr vorbeidrängeln wollte, beugte sich die Dragqueen vor und flüsterte mit normaler Stimme: »Hallo, Moondancer.«

Jonas zuckte zusammen, wollte zurückweichen, aber die Hand auf seiner Schulter hielt ihn eisern fest.

»Tu so, als flirtest du mit mir«, wurde er aufgefordert.

»Wer bist du? Und woher weißt du, wer ich bin?«

»Wer ich bin, tut nichts zur Sache. Eine Drohne, nicht mehr. Ich brauche keinen Namen, aber ich soll dich warnen.«

Jonas schluckte. »Vor was?«

»Nicht vor was. Vor wem! Jemand ist hinter dir her. Killer-Bots, die mit dem Auftrag losgeschickt wurden, dir größtmöglichen Schaden zuzufügen. Ihnen geht es nicht nur darum, dich aus dem System zu drängen, nein, sie wollen es dir auch unmöglich machen, jemals zurückzukehren.«

»Wer sind die?«

»Ich weiß es nicht, ich bin eine Wächterroutine, die automatisch aktiviert wird, wenn bestimmte auffällige Parameter eintreten. In deinem Fall ist dein Name im System aufgetaucht. Eigentlich dürfte er dort nicht stehen.«

»Ich habe ihn nur Hooker genannt.«

»Das war auch richtig, aber ihn meine ich nicht. Mehrere Routinen im System verwenden nun diesen Namen. Die Nachrichten sind verschlüsselt. Außer »Moondancer« ist nichts lesbar. Das bedeutet, jemand hat sich Zugang zum System verschafft. Entweder ein Hacker oder ein interner Verräter, der sein eigenes Spiel spielt. Meine Überwachungsroutine fordert in diesem Fall, dich zu warnen.«

Jonas war nun vollkommen verwirrt. Erst die beiden Typen, die ihn verfolgt hatten, dann dieses Überwachungsprogramm mit seiner Warnung, dass es einen Verräter im System gab. Hinzu kamen noch die Killer-Bots, vor denen er echt Schiss hatte. Im Netz waren sie ein Gerücht und es wurde bezweifelt, dass es sie überhaupt gab, aber es rankten sich eine Vielzahl von Gerüchten um die unglaublichen Fähigkeiten dieser Programme, die in der Lage sein sollten,

VR-Anzüge derartig zu überladen, dass sie durchbrannten wie alte Toaster und den Träger gleich mitrösteten.

Fuck! Wo bin ich da hineingeraten?

Plötzlich erschienen ihm die 100.000 Eurodollar nicht mehr wie viel Geld. Tot konnte er damit nichts anfangen. Dann doch lieber in Hamburg bleiben und zur Schule gehen.

»Ich hab das Schwert. Warte, ich geb es dir«, sagte er zur Dragqueen.

»Auf keinen Fall! Ich habe keine Speicherfunktion. Außerdem musst *du* das Paket abliefern. Die KI in der Zentrale wird keinen anderen Träger akzeptieren. Unabhängig davon wird man wahrscheinlich versuchen, dir das Schwert abzunehmen und es in dieser Welt zu zerstören, sodass auch in der realen Welt alle Daten für immer verloren wären.«

»Was ist da drauf?«, fragte Jonas fast schon panisch.

»Ich weiß es nicht und will es auch gar nicht wissen. Die Killer-Bots sind auch für mich gefährlich.«

»Du bist bloß ein … ein … Programm.«

»Ich denke, also bin ich«, antwortete die Wächterin lächelnd. »Pass auf dich auf, Kleiner.« Die Dragqueen löste sich von ihm, warf beide Arme in die Luft und rief laut: »Dann halt nicht. Du meine Güte! Es ging doch nur um die Liebe!«

Kurz darauf war sie in der Masse verschwunden. Jonas blieb noch einen Moment stehen und versuchte, einen klaren Kopf zu bekommen, aber die Angst hatte ihn gepackt.

Was lief hier ab?

Er stolperte in den Schutz des nächsten Hauseingangs, versicherte sich, dass er allein war, und zog das Schwert aus der Tasche, das sich sofort auf seine ursprüngliche Größe ausdehnte. Lange sah er es im spärlichen Licht der Lampe über der Tür an, konnte aber nichts Auffälliges entdecken.

Während er in der Simulation auf das Schwert starrte, spürte er in der Realität, wie ihm der Schweiß aus allen Poren brach. Er rann über seine Stirn, in seine Augen und brannte. Durch die klobigen Handschuhe konnte er ihn nicht wegwischen, sondern musste heftig blinzeln, was wiederum die optische Illusion zum Flimmern brachte.

Beruhig dich, sagte er zu sich selbst. *Bring diesen Walk so schnell es geht hinter dich und dann nichts wie weg hier.*

Einfacher gesagt als getan, denn noch immer wusste er nicht, wohin er sich wenden sollte.

Ein kräftiges Hupen erklang. Jonas' Kopf ruckte hoch. Gerade noch rechtzeitig konnte er einen großen silbernen Schemen erkennen, der an ihm vorbeibrauste.

Ein Bus!

Jonas stopfte hastig das Schwert in die Tasche, dann rannte er los.

Einen halben Block weiter blieb der Bus an einer Haltestelle stehen. Jonas ging vor zur Fahrertür, musste aber feststellen, dass er ein autonomes Fahrzeug vor sich hatte. Sein Plan, den Busfahrer nach Linie 888 zu fragen, löste sich in Luft auf. Er schaute auf das Fahrziel des Busses, das über der Frontscheibe in leuchtenden Buchstaben blinkte. Eine Nummer stand dort nicht.

CENTER.

Und jetzt?

Mehrere Personen verließen gerade den Bus, während andere darauf warteten, einsteigen zu können. Normale

Menschen, aber auch einige merkwürdige Gestalten, die eher Außerirdischen ähnelten.

Niemand beachtete Jonas und er nutzte die Gelegenheit, einen Mann mit Engelsflügeln auf dem Rücken anzusprechen.

»Sorry, darf ich Sie etwas fragen?«

Der Mann wandte sich ihm zu. Braune Augen blickten ihn neugierig an. Bis auf diese überdimensionalen Flügel, die aus seinem Rücken ragten, sah er ganz normal aus. So um die dreißig, Typ Physiklehrer.

»Ja?«

»Wissen Sie, von wo die Linie 888 fährt?«

Der Mann schüttelte den Kopf. »Von so einer Linie habe ich noch nie gehört. Dieser Bus fährt durch die ganze Stadt. Er ist auf einem Rundkurs und kehrt immer wieder nach East Town zurück.«

»Ist das hier East Town?«

»Ja. Bist du neu in der Stadt?«

»Kann man so sagen.«

»Wo willst du denn hin?«

»Das weiß ich noch nicht.«

Der andere runzelte die Stirn. »Wenn du vorankommen willst, hast du jetzt die Gelegenheit dazu. Vielleicht kreuzen wir unterwegs deine Buslinie. Dann kannst du ja umsteigen.«

Das war eine gute Idee. Jonas bedankte sich, ließ dem Mann den Vortritt und stieg ein. Er ging ganz nach hinten und setzte sich auf einen freien Platz.

Der Bus war inzwischen zur Hälfte gefüllt, aber die meisten Fahrgäste blieben in der Nähe des Einstiegs stehen, was Jonas recht war, so konnte er alle anderen unbemerkt beobachten. Die Türen schlossen sich und der Bus fuhr los. Nahezu geräuschlos und mit kaum spürbarem Rumpeln. Draußen zogen in endloser Kette Häuserfassaden vorbei.

Etwas später hielt der Bus erneut an. Wieder stiegen einige Passagiere aus, andere kamen herein. Darunter eine alte Frau in schwarzer Bluse und grauem, bodenlangem Rock, die auf ihn zusteuerte und neben ihm Platz nahm. Ihr faltiges Gesicht sah wie die Rinde einer hundertjährigen Eiche aus und die Hände mit den dürren Fingern erinnerten an trockene Äste.

Ihr zahnloser Mund öffnete sich zu einem freundlichen Lächeln.

»Das ist ein schöner Mantel«, sagte sie.

Jonas blickte an sich herunter, dann wieder hoch zu der Alten. »Danke.«

»Ich war auch mal jung. Auch wenn man das kaum glauben mag, wenn man mich jetzt so sieht.«

Jonas überlegte, was er dazu sagen sollte, aber ihm fiel nichts ein, daher schwieg er.

»Ich denke, es wird bald Winter werden.«

Draußen war es Nacht. Eine unbestimmte Jahreszeit. Jonas bezweifelte, dass es in der Simulation so etwas wie Tages- oder Jahreszeiten gab. Das machte keinen Sinn und war viel zu aufwendig. Allerdings hatte ihn diese Welt schon mehrfach überrascht, es war also nicht ausgeschlossen, auch wenn er glaubte, dass die Frau lediglich einem vorgegebenen Text folgte. Verwunderlich war aber, dass sie sich zu ihm gesetzt hatte. Es gab genug andere freie Plätze im Bus, aber sie hatte sich zielsicher diesen ausgesucht.

»Kennen Sie vielleicht eine Linie 888 und wissen, wohin sie fährt?«, versuchte er sein Glück.

Die Alte ging nicht auf die Frage ein, sondern sagte: »Was kann unter freiem Himmel nicht von der Sonne beschienen werden?«

»Ist das ein Rätsel?«

»Was hast du gerade gesagt?«

»Die Frage, die Sie mir gestellt haben, ist das –«

»Ich habe dich nichts gefragt.«

»Aber –«

»Ich muss hier raus.«

Der Bus hielt an und die alte Frau nickte ihm zu, dann ging sie langsam den Gang entlang und verschwand. Jonas blieb zurück und dachte darüber nach, was das Ganze sollte. War die Alte verrückt? Hatte sie sich einen Spaß mit ihm gemacht oder war das ein Hinweis vom System Operator?

Was kann unter freiem Himmel nicht von der Sonne beschienen werden?

»Keine Ahnung«, murmelte Jonas. Die Frage machte keinen Sinn. Die Sonne beschien alles, nichts konnte sich ihrem Licht entziehen.

Jonas hakte diese Begegnung als seltsames Erlebnis ab, und blickte aus dem Fenster. Inzwischen hatte leichter Nieselregen eingesetzt, der Fassaden und die Straßen glänzen ließ.

Draußen war ein Heer von Menschen unterwegs und Hunderte bunter Regenschirme ließen die breite Straße wie einen Seerosenteich wirken.

Erst jetzt fiel ihm auf, wie still es im Bus war. Die Passagiere sprachen nicht miteinander und er fragte sich, ob das etwas zu bedeuten hatte.

Zwei Reihen vor ihm drehte sich ein Mann nach ihm um. Ein alter Kerl mit Pilotenmütze und Bomberjacke. Weiße

Haare drängten unter der Mütze hervor, ein struppiger grauer Bart bedeckte den Großteil des Gesichts. Der Mann grinste Jonas an, hob den Daumen und wandte sich dann wieder ab. Doch Jonas hatte einen kurzen Blick auf das Namensschild werfen können, das in Brusthöhe auf die Jacke genäht worden war.

Colonel Robert W. Shadow.

Die Erkenntnis traf ihn wie einen Blitz.

Was kann unter freiem Himmel nicht von der Sonne beschienen werden?

»Der Schatten«, sagte er zu sich.

13.

Hamburg (reale Welt)

»Und du bist sicher, dass du das tun willst? Ist eine verdammt riskante Sache«, meinte Hellboy.

Zwanzig weitere Minuten waren inzwischen vergangen. Mindestens dreimal hatte er Blue schon verkündet, er wäre drin, war dann aber doch am Sicherheitssystem von BioCom gescheitert.

»Ich habe keine Wahl.«

»Mhmm, irgendwie schon.«

»Ohne das Geld von meinem Konto bin ich erledigt. Noch mal von vorn beginnen, ist nicht drin, wenn mich die verdammte Yakuza jagt. Niemand wird mir mehr einen Job geben. Meine einzige Chance ist, das Schwert zu finden, mich auf virtueller Ebene mit ihm zu verbinden und mein verlorenes Gedächtnis zu erneuern.«

»Das klingt, als wärst du eine Festplatte, die defragmentiert werden muss.«

»Letztendlich ist es so ähnlich.«

»Ist es nicht. Tausend Dinge können passieren. Wenn du einer weiteren Überladung ausgesetzt wirst, könnten alle Informationen, die dir jetzt noch geblieben sind, auch aus deinem Gehirn gelöscht werden. Dann weißt du vielleicht nicht einmal mehr, wie man eine Gabel hält oder warum man sich den Hintern abwischt.«

»Hör mit diesen Gruselgeschichten auf. Ich hab schon Schiss genug.«

»Und danach? Wenn alles geklappt hat?«, wollte Hellboy wissen. »Was machst du dann?«

»Ich gebe das Paket den Yakuza, was sonst. Dann lassen sie mich vielleicht in Ruhe.«

Hellboy runzelte die Stirn. »Es gehört ihnen aber nicht. Wer weiß, was auf dem Schwert für Informationen gespeichert sind. Es könnte etwas Wichtiges sein. Die Yakuza werden es missbrauchen oder verschwinden lassen. So wie sie es immer tun.«

»Darüber will ich mir keine Gedanken machen. Ich kann nicht die Welt, sondern nur mich selbst retten und das wird schwer genug.«

»Die Welt ist am Arsch. Vielleicht sollte mal jemand kommen, der sie rettet. Eine neue Bewegung *Saturday for Future*. Mit dir an der Spitze. Die blaue Greta.«

»Mann, bist du heute wieder witzig. Du solltest Glückskekse backen und damit reich werden.«

»Reich bin ich schon.«

Sie sah ihn misstrauisch an.

Er grinste.

»Was meinst du, wie ich mir den ganzen Krempel hier leisten kann? Und immer die neueste Technik? Alter, das kostet richtig Asche.«

»Dann sag mal, wie viel hast du auf der Kante?«

»Wieso willst du das wissen? Macht Geld doch schön?«

Blue lachte laut auf. »Also los, wie viel ist es?«

»Drei«, kam die schlichte Antwort.

»Was ›drei‹?«

»Drei Millionen.«

»Echt jetzt?«

»Mehr oder weniger.«

»Und das verdienst du mit deinem Informationsdienst oder klaust du es dir zusammen?«

»Sowohl als auch.«

»Hast du keine Angst, dass man dich schnappt?«

Hellboy schob die Mütze aus der Stirn, ohne sie abzunehmen.

»Was würde sich für mich ändern? Ich bin jetzt schon ein Gefangener. Hocke den ganzen Tag am Rechner und erlebe die Welt über einen Bildschirm. Das würde mir auch im Knast zustehen und außerdem hätte ich mindestens eine Stunde Hofgang. Alter, ich würde mal wieder die Sonne sehen und richtiges Essen zu mir nehmen. Kostenlose Gesundheitsversorgung und ein Freizeitprogramm. Vielleicht mache ich sogar eine Ausbildung zum Gärtner oder Mechaniker.«

»Wow!« Blue konnte es kaum glauben, dieser seltsame Typ vor ihr war steinreich. Und was machte er mit seinem ganzen Geld? Kaufte sich 3D-Drucker und irgendwelchen Krimskrams. Dann kam ihr der Gedanke, dass er vielleicht nicht freiwillig so lebte. Hellboy war ein Opfer seiner Kindheit, so wie sie. Im Grunde war er ihr gar nicht so unähnlich.

Bruder und Schwester im Geiste.

»Wann warst du das letzte Mal draußen?«

Hellboy verzog nachdenklich den Mund und kratzte sich am Kopf.

»Muss zwei Jahre her sein oder so. Ich weiß noch, es war Winter. Kalt und matschig auf den Straßen. Bin gleich wieder rein, weil ich gefroren habe.«

»Was ist mit deiner Familie?«

»Was soll mit der sein?«

»Ich mein ja nur.«

»Ab und zu checke ich online, was sie so machen, aber das reicht mir auch. Bin froh, wenn ich von denen nichts höre.«

»Wenn du mal –«

»Da gibt es nichts zu erzählen, außerdem weißt du das meiste schon.«

»Hast du nie daran gedacht, hier wegzugehen und ein neues Leben anzufangen? Das Geld dafür hast du …«

»Draußen bin ich immer noch fett und hässlich. Hier unten sieht mich wenigstens keiner. Niemand lästert über mich oder starrt mir nach.«

»Du bist nicht hässlich.«

»Das sagst du nur, weil die Liebe dich blind macht.«

»Nein, ehrlich. Okay, abnehmen müsstest du echt mal. Vielleicht solltest du ein wenig Sport treiben.«

»Was? Ich komme schon außer Atem, wenn ich FIFA auf der PlayStation 9 zocke.«

Erneut musste Blue lachen. Hellboy war schon eine Marke. Und irgendwie ihr einziger und bester Freund. Und ehrlich gesagt mochte sie ihn ein bisschen.

Aber jetzt musste sie sich erst mal um sich selbst kümmern.

»Hast du endlich Zugang?«

»Moment noch.« Hellboy rutschte aufgeregt auf dem Stuhl hin und her.

Eine Minute verging, dann sagte er: »Jetzt hat es wirklich geklappt. Kannst rübergehen und dich bereit machen. Wenn etwas komisch läuft oder du in Gefahr gerätst, schick mir eine Nachricht, dann hole ich dich raus.«

»Ich benutze keinen offiziellen Zugang, kann mich also selbst ausloggen, wenn ich will.«

»Diesmal nicht. Ich musste das System austricksen und dir einen Zugang über die Firmenserver verschaffen. Sieht echt aus, ist echt, aber wenn einer der Operatoren darauf stößt, wird er sich wundern, dass es ihn gibt. Die haben dort bestimmt streng kontrollierte Zugänge und es werden nicht viele sein, ein weiterer fällt also sofort auf. Das heißt, sie können dich in der Simulation festsetzen und sonst was mit dir tun. Ich meine im übertragenen Sinn. Einen Vorgeschmack davon hast du ja schon bekommen, als der Ninja dich angegriffen und deinen Anzug überladen hat. Noch so ein Ding und deine Synapsen brennen durch.«

»Du verstehst es echt, einem Mut zu machen, Hellboy.«

»Hey, ich bin Realist. Lieber warne ich dich vorher, als anschließend deine Reste aufzukehren. Kommen wir zu Moondancer.«

»Was hast du über ihn?«, fragte Blue.

»Ich hab seine Signatur aufgespürt. Er ist bereits drin. Über einen offiziellen Zugang, eingerichtet vom Master Operator.«

»Wo ist er?«

»Im Osten von Golem City.«

»Kannst du mich direkt da hinschicken?«

»Ich versuche es, aber viel wahrscheinlicher ist es, dass du irgendwo in der Stadt rauskommst und dich zu ihm durchschlagen musst.«

Blue stöhnte auf. »Was erwartet mich dort?«

»Kann ich so nicht sagen. Ich sehe bloß die Daten, keine optischen Eindrücke. Jede Menge Unterprogramme, Routinen und Algorithmen, was das Ganze zusammen ergibt …« Er zuckte mit den Schultern.

»Wie finde ich Moondancer? Was weißt du über seinen Avatar? Wie sieht er aus?«

»Keine Ahnung. Der Typ ist gut. Hält sich bedeckt, aber jetzt hat er es mit mir zu tun. Ich hab seine Signatur getrackt. Über deine VR-Brille kannst du dir jederzeit seinen Standort anzeigen lassen.«

»Immerhin etwas«, ergab sich Blue ihrem Schicksal. »Was mache ich, wenn ich das Schwert habe?«

»Wie gesagt, sende ein Signal, ich hole dich raus.«

Sie sah, wie er sie sorgenvoll betrachtete.

Er trommelte mit seinen Fingern auf die Tischplatte. »Geh jetzt rüber und zieh den Anzug an. Ich verbinde dich dann über eine sichere Leitung mit dem Netz.«

Sie hob ihren Rucksack vom Boden auf und ging in den Sicherheitsraum.

»Mach zu, aber verriegele die Tür nicht, falls ich rein muss.«

»Okay.«

Hinter ihr fiel die Tür ins Schloss.

Der Raum war circa vier mal vier Meter groß und ebenso hoch.

Blue hatte wie immer das Gefühl, einen gigantischen

Würfel betreten zu haben. Hier drin bestand alles aus nacktem Stahlbeton, der sie perfekt gegen eine mögliche Ortung abschirmte.

In der Mitte stand der PSI-Stuhl.

Neuestes Modell.

Natürlich.

Hellboy konnte sich alles leisten, wie sie jetzt wusste. Sie zog ihre Klamotten aus und schlüpfte in den Anzug.

Kühl und glatt schmiegte sich das Material an ihre Haut. Sie wandte sich wieder um und ging mit langen Schritten zum »Kampfstuhl«, wie sie ihn nannte. Sie setzte sich und verband per Drahtlosnetzwerk den Anzug mit dem Stuhl. Sofort fuhren die Anschnallgurte aus ihrer Halterung und zurrten sie fest.

Blue stülpte sich die VR-Brille über und zog die Handschuhe an. Als die Verbindung bestätigt wurde, rief sie über die Brille die Funktionen ihres Anzugs auf und stellte alles auf maximale Sensibilität.

Nicht ganz ungefährlich in Anbetracht dessen, was sie erwartete, aber ihr durfte in Golem City nicht die kleinste Kleinigkeit entgehen.

Blue hatte vor, sich in die Simulation zu schleichen, ohne irgendwelche Aufmerksamkeit zu erregen. Wenn sie niemand sah, würde ihr Aufenthalt dort vielleicht unbemerkt bleiben.

In jedem Fall musste sie den Jaeger Bots ausweichen, die in der virtuellen Welt patrouillierten und nach unbefugten Eindringlingen suchten.

»Bist du so weit?«, fragte Hellboy über den Lautsprecher in ihrer VR-Brille.

»Kann losgehen.«

»Mach dich bereit. Verbindung kommt in drei … zwei … *connect.*«

Die Welt um Blue herum verschwand in einem Meer aus Farben.

14.

Golem City

Als das Bild scharf wurde, erkannte Blue, dass sie sich in einer städtischen Umgebung befand. Sie war in einer schmalen, dunklen Sackgasse gelandet. Überfüllte Mülltonnen standen an schmierigen, schwarzen Wänden. Eine Katze miaute. Irgendetwas klapperte.

Leichter Nieselregen fiel vom Himmel. Blue schaute nach oben und entdeckte ein einzelnes Fenster, hinter dem Kerzenlicht flackerte.

Die Gasse mündete in fünfzig Meter Entfernung in eine größere Straße, auf der ziemliches Treiben herrschte. Selbst von hier aus konnte sie sehen, dass unzählige Menschen und Fantasiewesen dort unterwegs waren.

Blue rief Hellboys Trackersoftware mithilfe ihrer VR-Brille auf. Ein roter Punkt blinkte. Gar nicht mal so weit weg, aber da sie keine Karte der Umgebung hatte, konnte sie die Entfernung nur schätzen. Hinzu kam der Umstand, dass es nicht einfach werden würde, Moondancer in dem

Gewimmel da draußen zu finden, zumal sie ja nicht einmal wusste, wie er aussah.

Plötzlich löste sich ein Schatten aus einer Nische vor ihr, den sie bisher nicht bemerkt hatte. Es war ein kleines Mädchen, das eine Puppe in der Hand hielt. Ihr fehlten der rechte Arm und ein Auge. Stumm kam es auf sie zu, die Puppe baumelte bei jedem Schritt hin und her.

Blue schaute ihm entgegen. Sie hatte kein gutes Gefühl.

Das Mädchen blieb mit zwei Meter Abstand vor ihr stehen.

Es mochte um die sechs Jahre alt sein, mit zerzausten blonden Haaren und einem geblümten, zerschlissenen Kleid. Das Gesicht war schmal, mit einer Stupsnase. Es trug keine Schuhe, sondern stand mit dreckigen Füßen in einer Pfütze, ohne dass es das Mädchen kümmern würde. Dunkle Augen fixierten Blue.

»Ich bin Paula«, sagte die Kleine. Sie hob die Puppe hoch. »Und das ist meine Schwester Marie.«

Blue antwortete nicht. Den Kopf schräg gelegt, betrachtete sie das Kind. Irgendetwas war hier nicht stimmig. Dann wusste sie, was es war und was es bedeutete.

Alles an dem Mädchen war schmutzig und ungepflegt, aber das Gesicht sah aus, als wäre es gerade erst gewaschen worden. Rosige Wangen. Glänzende Stirn. Irgendjemand hatte hier schlampige Arbeit geleistet oder gedacht, es wäre nicht nötig, zu viel Aufwand zu betreiben. Vor ihr stand ein Jaeger Bot, der sie im Moment scannte und über eine stumme Verbindung mit der Zentrale ihre Daten mit denen aller anderen Programme der Simulation verglich. Blue hatte noch nicht viel von Golem City gesehen, aber wenn dieser Bot auf eine hohe Rechenleistung zugreifen konnte, würde die Sache schnell gehen und er herausfinden, dass sie nicht hierhergehörte, sondern ein Eindringling war.

»Wer bist du?«, fragte das Mädchen unschuldig.

Blue antwortete nicht. Eine programmgesteuerte Figur würde jetzt eine Antwort geben, die den Jaeger zufriedenstellte, aber die kannte sie natürlich nicht.

»Bist du meine Freundin?«

Die zweite Abfrage.

Was mache ich jetzt?

Plötzlich wurde der Blick des Mädchens starr. Es hob ihre Puppe, die seltsam zu leuchten begann.

Eine Waffe!

Blue warf sich zur Seite und ein Strahl reiner Energie verfehlte sie haarscharf und schlug in die Wand hinter ihr ein, auf der ein blauschimmerndes Gittermuster erschien, das aufflackerte und kurz darauf wieder die Hauswand zeigte.

Das war knapp.

Blue rollte zur Seite, um einem weiteren Strahl auszuweichen. Dann sprang sie auf die Füße und rannte die Gasse entlang. Hinter ihr kreischte das Mädchen schrill auf. Blue erreichte die Straße und stürzte sich sofort ins Getümmel. Sie schlängelte sich zwischen den Leuten hindurch, bis sie sich inmitten des Stroms befand. Ruckartig stoppte sie ihr Tempo, um in der Masse von schlendernden Personen nicht aufzufallen. Mit ihnen ging sie die Straße hinunter. Wohin auch immer. Erst mal weg hier.

Der Jaeger Bot hatte mit Sicherheit ihre Anwesenheit an die Zentrale gemeldet, auch wenn er vielleicht noch nicht wusste, dass es ein Walker war, der sich im System befand. Andere Jaeger würden nun ausgesandt werden, um sie aufzuspüren und zu eliminieren.

Sie war noch keine fünf Minuten in Golem City und schon aufgeflogen. Das lief ja prima.

Blue ging im Kopf ihre Optionen durch. Es schien so, als sei sie vorerst in Sicherheit. Das kleine Mädchen war nirgends zu sehen und um sie herum verhielt sich niemand auffällig. Eigentlich beachtete man sie gar nicht.

Als Erstes musste sie ihr Aussehen ändern. Zwar galt das nicht für ihr Gesicht oder ihren Körper, die waren bei Eintritt in die Simulation festgelegt gewesen, aber es gab andere Möglichkeiten.

Blue rief ihre Inventarliste auf und stöberte sie durch, während sie langsam weiter die Straße entlangging. Es stand einiges zur Auswahl. Vom Nonnenkostüm bis hin zum Weltraumanzug, aber sie entschied sich für das Outfit einer barbarischen Kriegerin.

Vor ihren Augen entstanden Arm- und Beinschienen aus Silber. Ein Lederkleid bedeckte nun ihren Körper. Mehrere Dolche steckten in einem breiten Waffengurt, der sich über ihre Brust spannte. Ein Pfeilköcher baumelte auf ihrem Rücken. Den dazugehörigen Bogen hielt sie in der Hand.

Um ihr Gesicht zu tarnen, rief sie eine kriegerische Bemalung und ein geflochtenes Stirnband auf. Blue hatte dieses Outfit schon mehrfach bei ihren Walks benutzt und wusste, dass sie nun nicht einmal mehr ihre eigene Mutter erkennen würde. Ein rein optischer Scan würde erst mal erfolglos bleiben und es den Jaegern erschweren, sie zu schnappen.

Zufrieden mit sich selbst, schaute sie sich um.

Sie schien in einer Großstadt zu sein. Hochhäuser, kleine Läden, Imbissbuden, rollende Stände mit Waren und jeder Menge Figuren auf der Straße.

Blue sah einen Mann mit Bullenkopf, der sich mit einer

Frau unterhielt, die aus dem alten Ägypten zu stammen schien.

Nicht weit von ihr entfernt schimpfte ein kleiner, asiatisch aussehender Mann auf eine Gestalt ein, die eine krokodilähnliche Haut besaß, sonst aber wie ein ganz normaler Mensch wirkte.

Ein Engel flog über sie hinweg, leuchtend und durchscheinend, mit einem Gesicht von unvergleichlicher Schönheit. Ihm folgte ein Schwarm seltsamer blauer Krähen. Etwas weiter vorn stapfte ein drei Meter großer Riese durch die Menge, der einen gigantischen Anker an einer schweren Kette hinter sich herschleppte.

Überall um sie herum gingen, schwatzten, schimpften und feilschten Charaktere, die man sonst nur in Büchern fand.

Für einen Moment vergaß Blue ihre Sorgen und die Suche nach dem Schwert und genoss das bunte Treiben, aber dann holte die Realität sie wieder ein.

Sie musste Moondancer finden.

15.

Golem City

Der Bus hielt mit einem Ruck. Die Federung des Fahrzeugs schwang nach. Die Türen glitten zischend auf.

Vor ihm erhob sich der alte Soldat von seinem Sitz und drängte zum Ausgang. Mehrere andere Personen stiegen ebenfalls aus. Jonas zögerte kurz, dann folgte er dem Mann. Letztendlich war Robert W. Shadow der einzige Hinweis, den er hatte, und Jonas sich inzwischen sicher, dass die alte Frau, die ihm im Bus das Rätsel gestellt hatte, vom Main Operator gesandt worden war.

Ganz schön clever.

Man hatte sich gut abgesichert. Erst Hooker, der nur ihn und niemand anderen über das Nullfeld bringen würde, die alte Frau mit ihrem Rätsel und nun der Colonel, der vor ihm die Hauptstraße entlangtrottete, ohne sich umzublicken.

Jonas folgte ihm bis zu einer dunklen Seitenstraße, in die der Mann abbog. Hier gab es nur eine einzelne schwache Funzel, die über einer altmodischen Tür angebracht war.

Shadow stieß sie auf und betrat das Haus aus grob gehauenem Stein.

Als der Alte verschwunden war, schlich Jonas aus seiner Deckung und las das Schild über dem Eingang.

Line 888
Best drinks in town
Open 24/7

Jonas grinste. Linie 888 war keine Busverbindung, sondern eine Bar und das Ticket, das ihm Hooker überreicht hatte, wahrscheinlich der Gutschein für einen Drink.

Colonel Shadow hatte ihn zielsicher hierhergeführt.

Nun gab es zwei Möglichkeiten: Entweder er würde hier das Schwert an einen Empfänger übergeben, den er noch nicht kannte, oder den nächsten Hinweis für seinen Weg erhalten. Jonas stieß die Tür auf.

In der Bar schien man das Wort Rauchverbot noch nie gehört zu haben. Regelrechte Schwaden waberten ihm entgegen, während er sich einen Weg zwischen den eng gestellten Tischen zur Theke bahnte. Überall dunkles Holz, ein riesiges Flaschenregal vor einem wandhohen Spiegel, leuchtende Neonschrift und jede Menge Leute, die herumstanden, saßen oder sich an der Theke drängten.

Jonas suchte nach Shadow, entdeckte ihn aber nicht. Wenn der Alte weitere Informationen für ihn hatte, würde er wieder auftauchen, aber Jonas hatte das Gefühl, dass der Soldat seinen Job erledigt hatte.

Er zwängte sich durch eine Gruppe Menschen, die allesamt wie Studenten aussahen. Neben ihnen tranken Matrosen der Navy um die Wette, am anderen Ende der Bar wiederum saßen Dockarbeiter in dreckiger Montur und schweren Stiefeln. Frauen mit grellrot geschminkten Lippen lachten lauthals, während Männer ihnen Drinks ausgaben. Alles in allem herrschte hier eine ausgelassene Stimmung wie kurz vor Neujahr und dementsprechend laut war es auch.

Jonas erreichte den Tresen und winkte dem Barkeeper. Der Mann in schwarzer Hose, weißem Hemd und roter Weste kam zu ihm herüber und beugte sich vor, damit er Jonas bei dem Lärm verstehen konnte.

»Was darf's sein?«, fragte er.

Jonas fischte das Ticket aus seiner Tasche, von dem er inzwischen wusste, dass man damit nicht Bus fahren konnte, und hielt es dem Mann hin.

»Bekomme ich was dafür?«

»Ist aus unserer Werbeaktion. Wusste gar nicht, dass da draußen noch Gutscheine herumschwirren. Klar doch. Ich bring dir den Drink.«

Der Barkeeper ging davon. Kurz darauf war er wieder zurück und stellte ein kelchförmiges Glas mit dünnem Stil vor ihm ab. Darin befand sich eine klare Flüssigkeit.

»Martini, extra dry. Geht aufs Haus.«

Er lächelte und wandte sich dann wieder anderen Gästen zu.

Jonas starrte das Glas an. Natürlich konnte er in der Simulation etwas trinken, schmecken würde er in der Realität nichts, aber was sollte das bringen?

Eigentlich hatte er geglaubt, der Barmann wäre sein nächster Kontakt, könnte ihm sagen, was er nun tun sollte oder das Schwert in Empfang nehmen, aber so simpel schien es doch nicht zu sein.

Unentschlossen umfasste er das Glas und schaute sich in der Bar um. Die meisten Männer hier drin hielten Bierflaschen in den Händen. Die Frauen tranken Long Drinks oder Martini wie er, aber etwas war bei ihnen anders. In ihren Gläsern lag ein dünner Glasstick, auf den eine Olive gespießt war. Jonas zuckte zusammen. Warum war er nicht gleich darauf gekommen?

Er fasste in die Ledertasche und tastete auf dem ledernen Boden umher. Nichts.

Verdammt, ich hab sie verloren!

Doch dann berührten seine Fingerspitzen die dünne Plastikfolie und er fischte die eingewickelte Olive heraus. Jonas zog die Folie ab und ließ die Olive ins Glas fallen. Sofort stiegen im Getränk Bläschen auf, die sich bei näherem Hinsehen als Binärcode entpuppten. Winzige Einsen und Nullen.

Er zögerte einen Moment, dann setzte er das Glas an die Lippen und trank. Jonas wurde von einem Moment auf den anderen in die Realität geschleudert, allerdings ohne den Kontakt zur Simulation zu verlieren. So etwas hatte er noch nie erlebt!

Er sah sein Zimmer, die Poster an der Wand, sein Bett und all den anderen Kram, der herumlag oder -stand. Dann wurde seine Aufmerksamkeit auf eine Nachricht in seiner VR-Brille gelenkt.

Datei Chīsana sasayaki.

Ein Cursor blinkte.

Der Drink in der Bar hatte die Verschlüsselung der Datei aufgehoben, die er überbringen sollte. Warum? Als Walker musste er deren Inhalt nicht kennen. Er griff in der Simulation in die Ledertasche und umfasste mit einer Hand das Schwert. Augenblicklich wurde eine Verbindung zu seiner VR-Brille hergestellt. Jonas sah, dass es sich um eine Videodatei handelte. Er wollte gerade den Befehl zum Abspielen geben, als das V-Phone im Wohnzimmer klingelte.

»Frau Decker, hier ist Jürgen Baumgärtner, der Rektor an der Schule Ihres Sohnes. Auch heute ist Jonas nicht zum Unterricht erschienen und ich habe die Nase voll. Sie haben sich bisher nicht auf meine Anrufe gemeldet, daher habe ich beschlossen, mir selbst ein Bild Ihrer familiären Situation zu machen. Der Schulsozialarbeiter und ich werden Sie heute um 14 Uhr besuchen. Da ich weiß, dass Sie nicht berufstätig sind, bitte ich Sie, da zu sein und sagen Sie auch Jonas, dass seine Anwesenheit erforderlich ist. Sollte ich Sie und Ihren Sohn nicht antreffen, werde ich das Jugendamt verständigen.«

Klick!

Die Aufnahme endete.

Schweiß brach Jonas aus allen Poren und er begann heftig zu zittern. Sein ganzes Leben flog ihm gerade um die Ohren. Er musste verhindern, dass sein falsches Spiel aufgedeckt wurde, aber dafür blieben ihm nur noch wenige Stunden und er hatte keine Ahnung, wie er das anstellen sollte.

Für einen Moment dachte er darüber nach, die Videodatei des Schwertes abzuspielen. Zwar hatte er nun den Schlüssel dazu, aber einem Ghostwalker stand es nicht zu, Informationen zu lesen, die nicht unmittelbar mit dem Überbringen des Pakets zu tun hatten. Außerdem war dafür jetzt keine Zeit. Er musste den Auftrag so schnell wie möglich zu Ende bringen.

Aber was tun?

Jonas konzentrierte sich wieder auf die Simulation und blendete alle Nachtrichten der VR-Brille aus. Das Video konnte er später immer noch ansehen.

Um ihn herum schwatzten die Leute in der Bar unermüdlich und stießen mit ihren Gläsern an. Jonas suchte noch einmal nach dem Colonel, aber der blieb verschwunden. Irgendwer hier drin musste ihm den nächsten Hinweis geben, damit er wusste, was er zu tun hatte.

Eine junge Frau mit großer Oberweite, die aus ihrem engen roten Kleid regelrecht herauszuplatzen schien, kam zur Bar und setzte sich neben ihn. Wasserstoffblonde Haare und blutrot geschminkte Lippen. Ziemlich hübsch, aber auf eine etwas aufdringliche Art und Weise.

Sie winkte dem Barkeeper und bestellte einen Manhattan. Eine Mischung aus Whisky und rotem Wermut. Süß und kräftig.

Jonas kannte den Drink, seine Mutter hatte ihn vor ihrem Absturz gern getrunken. Nach dem Tod seines Vaters hatte sie sich allerdings nicht mehr die Mühe gemacht, einen Drink zu mixen, sondern den Stoff gleich aus der Flasche getrunken.

Der Barkeeper brachte das Glas und die Unbekannte nippte daran. Dann wandte sie sich Jonas zu und sah ihn an.

»Was trinkst du da?«, fragte sie mit rauchiger Stimme, die ihm in der Realität eine Gänsehaut über den Rücken jagte.

»Martini«, sagte Jonas und fügte noch hinzu: »Extra dry.«

»Bist du neu in der Stadt?«

Sie beugte sich etwas vor und gewährte ihm einen tiefen

Einblick in ihr Dekolleté. Gleichzeitig legte sie wie unabsichtlich ihre Hand auf sein Knie. Jonas begann in seinem Anzug zu schwitzen.

»Ja, bin noch nicht lange hier.«

»Woher kommst du?«

»Von der anderen Seite des Sees.«

»Eine fast schon philosophische Antwort«, erwiderte die Frau. Sie streckte ihm die andere Hand hin. »Ich bin Madeleine.«

Jonas zuckte zusammen. Nicht weil sie seine Hand ergriff und sinnlich drückte. Es war das, was sie gesagt hatte.

Eine fast schon philosophische Antwort.

Genau diesen Satz hatte er zu Hooker am See gesagt. War Madeleine eine Botin? Oder ein Jaeger?

Wer wusste schon, ob er und der alte Fährmann belauscht worden waren. Er musste vorsichtig sein.

Die Frau kam noch näher. Ihre grünen Augen funkelten und ihre Nasenspitze war nur noch wenige Zentimeter von seinem Gesicht entfernt.

»Findest du mich schön?«, fragte Madeleine.

Jonas schluckte. »Äh …«

»Das ist keine Antwort, die ich akzeptieren kann.«

»Doch … sicherlich. Sie sind sehr hübsch«, stammelte er.

»Gut, dass wir das geklärt haben.« Sie wandte den Kopf und sagte leise: »Du bist nicht mehr allein in Golem City.« Jede Sinnlichkeit war aus ihrer Stimme verschwunden. »Ein weiterer Ghostwalker ist aufgetaucht und die Yakuza versucht gerade das System an mehreren Stellen zu hacken. Ich weiß nicht, wie lange ich sie noch abwehren kann. Du musst dich beeilen.«

Madeleine war also doch eine Botin, nein, mehr als das, entweder sprach hier der Main Operator des Systems direkt mit ihm oder sein Auftraggeber hatte Zugang zu Golem City.

»Was –«

Ein betrunkener Soldat kam auf sie zugestolpert. Schwankend blieb er vor Madeleine stehen. Mit einer Hand hielt sich der junge Mann an der Theke fest, mit der anderen versuchte er ihr Gesicht zu streicheln. Sie wischte die Hand des Soldaten weg und stand auf.

»Anfassen ist nicht, mein Freund«, säuselte sie. »Erst mal musst du mir einen ausgeben. Du siehst ja, was ich trinke.«

»Wo muss ich hin?«, fragte Jonas verzweifelt, als sie sich abwandte.

Madeleine hakte sich bei dem Soldaten unter.

»Hey, Barkeeper, noch einmal dasselbe und für meinen jungen Freund ein Bier. Und bitte schalte mal den Fernseher an. Ein bisschen Kultur kann diesem Laden nicht schaden.«

Dann war sie weg und Jonas war genauso ratlos wie zuvor.

16.

Golem City

Der Riese mit seinem schweren Anker machte einen Höllenlärm. Die Kette rasselte und der Anker selbst rumpelte laut über den Asphalt. Blue regulierte die Lautstärke herunter, aber selbst das half kaum.

Doch plötzlich spielte der Krach keine Rolle mehr. Vor ihr, nicht weit entfernt im Getümmel, war eine Gestalt aufgetaucht.

Ein Ninja, in goldenem Outfit.

Sie blieb stehen und starrte die Gestalt an, die ihr keinerlei Aufmerksamkeit schenkte, sondern langsam hinter dem Riesen herging.

Konnte das sein? War es wirklich denkbar, dass sie auf genau den Walker gestoßen war, der sie in *Oicho-Kabu* angegriffen und ihr das Schwert abgenommen hatte?

Der Typ bewegte sich mit der gleichen Geschmeidigkeit wie sie durch die Menge. Er glitt praktisch hindurch, ohne jemanden zu berühren. Blue folgte ihm.

Der Ninja trug ein Katana auf dem Rücken.

War es das Schwert *Chīsana sasayaki*? Der kleine Flüsterer.

Blue konnte es nicht erkennen, aber zumindest sah es dem Schwert aus *Oicho-Kabu* sehr ähnlich und warum sollte sich jemand die Mühe machen, es zu fälschen?

Vielleicht hatte Moondancer das Schwert doch nicht … Und Hellboys Vermutungen waren falsch und der Walker war aus einem anderen Grund in Golem City aufgetaucht.

Blue beschloss dem Ninja zu folgen.

Zielstrebig betrat der Mann eine Kreuzung und wandte sich nach rechts, während die Menge weiter geradeaus strebte. Wäre der Ninja nicht abgebogen, hätte Blue nicht bemerkt, dass der Ninja verfolgt wurde, so aber war es allzu deutlich.

Ein Mann und eine Frau, beide gekleidet im Stil der 70er-Jahre des letzten Jahrhunderts, mit Schlaghosen und Batikhemden, gingen ihm hinterher. Der Mann trug eine runde Sonnenbrille, die Frau hatte sich eine Blüte ins Haar gesteckt. Beide sahen aus wie Mitte zwanzig, daran konnte auch der fusselige Bart des Kerls nichts ändern.

Waffen konnte sie keine entdecken, aber Blue war sich sicher, dass die Verfolger welche unter ihrer Kleidung versteckten.

Ihr erster Gedanke war, dass der Ninja ein Ghostwalker war, genau wie sie, aber dafür schien er sich in der Welt zu gut auszukennen. Er zögerte nicht, wählte immer den kürzesten Weg und ließ sich auch nicht von den ungewöhnlichen Passanten beirren, die ihm begegneten.

Jeder Walker, der das erste Mal in Golem City auftauchte, würde die Simulation bestaunen und von den ganzen

Eindrücken, die auf ihn einprasselten, abgelenkt sein. Der Ninja war es nicht.

Das Pärchen, das ihm folgte, konnten Jaeger Bots sein, die auf den Eindringling aufmerksam geworden waren, aber dann würden sie alles daransetzen, den Ninja einzuholen und zu stellen. Die beiden hingegen versuchten unauffällig zu bleiben, schlichen nah an Wänden oder Schaufenstern entlang und waren zu bemüht zu sehen, wohin ihre Beute ging.

Das sind Killer-Bots von außerhalb, in die Simulation eingeschleust, schoss es Blue durch den Kopf. Es konnte nicht anders sein. Sie lauerten darauf, ihr Opfer an einer Stelle ohne Zeugen zu erwischen, damit sie es angreifen und vernichten konnten, ohne dass die anderen computergesteuerten Figuren der Simulation es mitbekamen und protokollierten.

Blues Hände in ihren VR-Handschuhen begannen unwillkürlich zu zucken.

Der goldene Ninja war in die Yakuza-Welt eingedrungen und hatte das Schwert gestohlen, hinter dem die japanische Mafia so dringend her war. Nun hatte die Yakuza ihn in Golem City aufgespürt und versuchte herauszufinden, wo das Datenpaket war. Anschließend würde sie den Ninja in der Simulation erledigen und sicherlich auch in der realen Welt aufspüren und umlegen. Die Yakuza mochte es nicht, wenn man sie beklaute. Es galt, ein Exempel an ihm zu statuieren, damit nicht andere Leute auf die Idee kamen, man müsse den Clan nicht mehr ernst nehmen. Hier ging es ums Geschäft und sicherlich um sehr viel Geld.

Eigentlich sollte ich abhauen, überlegte Blue. *Die Sache ist gefährlich. Wenn ich mich einmische, gerate ich noch mehr ins Fadenkreuz der japanischen Mafia. Ich bin ihnen letzte Nacht entkommen, aber so wie Hellboy sagt, suchen sie nach mir und haben eine Belohnung auf mich ausgesetzt. Noch wissen sie nicht, wer ich wirklich bin und sie haben sicherlich auch keine Ahnung, dass ich in Golem City herumschleiche, aber das kann sich sehr schnell ändern, wenn ich jetzt nicht vorsichtig bin.*

Andererseits brauchte sie das Schwert, um ihre Erinnerung zurückzubekommen und der goldene Ninja war im Moment ihre beste Option. Blue entschloss sich, den drei weiter nachzugehen. Vielleicht bekam sie die Chance, sich das Schwert zu schnappen und abzuhauen, obwohl Blue immer noch nicht sicher sein konnte, dass es das richtige Schwert war, das der goldene Ninja auf dem Rücken trug.

Er bog erneut ab, dieses Mal in eine noch schmalere Straße und schritt zügig voran. Da es hier wenig Deckung gab, ließ sich das Pärchen etwas zurückfallen, um keine Aufmerksamkeit zu erregen. Blue war gezwungen, es genauso zu halten. Der Abstand wurde größer.

Die Straße endete auf einem großen Platz, in dessen Zentrum ein gigantisches Gebäude in den Nachthimmel ragte. Es sah wie eine zerklüftete, mattschwarze Felsnadel aus, in deren Oberfläche unzählige kleine funkelnde Lichter eingelassen waren. Die Spitze des Gebäudes wies direkt auf die beiden Monde der BioCom-Firma, der Erschaffer dieser Welt.

Der Ninja hielt darauf zu. Hier waren viele Passanten unterwegs und so musste er immer wieder anderen Fußgängern ausweichen. Das Pärchen, das ihn verfolgte, holte nun rasch auf und Blue musste rennen, um selbst noch hinterherzukommen.

Als der goldene Ninja den Platz zur Hälfte überquert hatte, griffen die beiden Verfolger an. Warum sie es nicht in der dunklen Straße probiert hatten, als es keine Zeugen gegeben hatte, blieb für Blue unerklärlich. Vielleicht, weil sie nun wussten, dass ihr Opfer vorhatte, die Zentrale zu betreten, zu der sie keinen Zugang besaßen. Das Verhalten des Ninjas ließ ihnen keine Wahl, denn einmal im Gebäude, wäre er jedem Zugriff entzogen.

Der Mann nahm seine Sonnenbrille vom Gesicht und streckte die Hand aus. Vor Blues Augen verwandelte sich die Brille in eine Pistole mit unnatürlich langem Lauf. Die Frau wiederum zupfte die Blume aus ihrem Haar, die zu einem Dolch wurde. Beide zögerten keinen Moment. Noch während der Mann schoss, schleuderte seine Partnerin ihr Messer.

Die Schüsse machten viel Lärm, verfehlten aber das Ziel. Ganz anders der Dolch, der tief in den Rücken des Ninjas eindrang und ihn zu Boden warf.

Trotz der Verletzung gelang es ihm, sich abzurollen und so weiteren Kugeln auszuweichen. Splitter aus Asphalt surrten in der Luft. Passanten schrien auf und rannten wild durcheinander. Für einen Moment herrschte totales Chaos.

Der Ninja sprang auf die Füße und zog sein Schwert, aber da traf ihn schon ein Schuss mitten in die Brust und er stolperte rückwärts. Das Katana fiel ihm kraftlos aus der Hand.

Blue stand sprachlos da und verfolgte mit Entsetzen das Geschehen. Die Brutalität, mit der die Killer-Bots vorgingen, erschreckte sie, aber noch mehr verblüffte sie der Umstand, dass die Yakuza jede Art von Tarnung aufgegeben hatte. Sie wollte an dem Ninja aufzeigen, dass nichts und niemand ihnen entkommen konnte. Egal, wo er sich versteckte.

Das Pärchen erkannte, dass der Ninja geschlagen war. Langsam gingen sie auf ihn zu. Der Platz war inzwischen menschenleer, außer den drei Personen, die in die Schießerei verwickelt gewesen waren, war nur noch Blue hier. Sie musste etwas tun. Wenn die beiden Killer-Bots das Schwert bekamen, war alles umsonst. Sie würden sich ausloggen und ihre Erinnerungen wären für immer verloren.

Blue hob den Bogen. Zog einen Pfeil aus dem Köcher und legte ihn an die Sehne.

Der Mann und die Frau hatten nun den Ninja erreicht, der zusammengekrümmt dastand und zu Boden blickte. Er schwankte wie ein Blatt im Wind. Die beiden Stellen, an denen er getroffen worden war, schimmerten silbern. Blaues Licht pulsierte in den Wunden. Ein weiteres Indiz dafür, dass es sich bei ihm um einen Ghostwalker handelte, denn bei einer computergesteuerten Figur würde jetzt künstliches Blut fließen.

Blue verließ ihre Deckung. Während sie auf das Pärchen zulief, schoss sie den ersten Pfeil ab, der den Mann von hinten in den Oberschenkel traf. Verdammt, sie hatte auf seinen Kopf gezielt! Er und seine Partnerin wirbelten herum. Blue zog einen weiteren Pfeil aus dem Köcher, aber da traf sie ein Schuss aus der Pistole des Mannes und sie wurde zurückgeworfen.

Der VR-Anzug vermittelte grellen Schmerz und sie schrie auf. Gleichzeitig hatte der Schuss ihr System überladen. Pfeil und Bogen flimmerten in ihren Händen und verschwanden. Das Gleiche geschah mit ihrer Tarnung als Barbarenkriegerin. Lederkleid, Arm- und Beinschienen, alles löste sich auf. Sie trug wieder den eng anliegenden blauen Anzug, die Welt zeigte sie so wie in der Realität auch.

Noch ein Schuss.

Diesmal streifte die Kugel ihre Stirn. Das Bild der VR-Brille flackerte. Blue wurde kurz schwarz vor Augen und sie fiel.

Lächelnd wandte sich das Paar von ihr ab.

Die Frau bückte sich und hob das Katana auf. Triumphierend reckte sie es zum Himmel und genau von dort stürzte ein mächtiger Schatten auf sie herab.

Was immer da über die Frau herfiel, es war schnell. Sehr schnell.

Blue erkannte lodernde Flügel aus Flammen, einen feurigen Kopf mit brennendem Schnabel. Riesige Krallen, die sich in die Brust der Frau bohrten und sie in zwei Teile rissen. Das Schwert fiel erneut zu Boden.

Ein Phönix.

Der Körper des weiblichen Killer-Bots sank in sich zusammen, während der Phönix sich nun dem Mann zuwandte und seinen scharfen Schnabel in dessen Schädel rammte. Er hob ihn hoch und schleuderte ihn davon. Noch in der Luft löste sich der Bot auf. Ebenso verschwand die Frau.

Blue war sprachlos. Alles war unglaublich schnell, präzise und mit äußerster Gewalt geschehen. Der Phoenix musste ebenso wie sie und der Ninja ein Walker sein, wenn auch mit Fähigkeiten, wie Blue sie noch nie zuvor gesehen hatte.

Das ließ nur einen Schluss zu: Dieser Walker entstammte dem System. Sie vermutete, dass es der Main Operator selbst war. Sicherlich hatte er das Eindringen der Yakuza festgestellt und gehandelt, bevor sie größeren Schaden anrichten konnte.

Der Phönix stieß ein lautes Kreischen aus. Sein Schnabel packte das Schwert, dann wandte er sich zu dem goldenen Ninja um. Aber der hatte die Gelegenheit genutzt und war während des Kampfs davongeschlichen und hatte nun fast schon das schwarze Gebäude erreicht.

Während er auf sein Ziel zustolperte, streckte er seine Hand aus und die schwarze Oberfläche des Turms begann zu flimmern.

Der Phönix schwang sich mit einem Satz in die Luft, aber es war zu spät. Kurz bevor er den Ninja erreichte, warf sich der Mann in den neu erschaffenen Eingang hinein, der sich augenblicklich hinter ihm verschloss. Ein enttäuschtes Kreischen folgte ihm.

Für einen Moment blieb der mythische Vogel mit schlagenden Flügeln in der Luft stehen, dann flog er auf seinen mächtigen Schwingen davon.

Blue zögerte nicht. Sie rappelte sich auf und rannte hinterher.

17.

Golem City

Blue rannte so schnell sie konnte. Obwohl ihr realer Körper immer noch an den Stellen schmerzte, an denen die Kugeln sie getroffen hatten, kam sie einigermaßen rasch voran. All die unzähligen Stunden, die sie in Simulationen verbracht hatte, machten sich nun bezahlt und ihre körperliche Fitness in der Realität half zusätzlich.

Den Blick schräg nach oben gerichtet, flitzte sie durch die Passanten hindurch, die ihr entgegenkamen. Oftmals schubste sie einfach denjenigen, der ihr im Weg stand, zur Seite, denn auf keinen Fall durfte sie den Phönix aus den Augen verlieren. Mit mächtigen, langen Flügelschlägen schwebte die mythische Gestalt über den Nachthimmel. Die lodernden Flammen der Flügel waren weithin zu sehen.

Es ging immer geradeaus die Hauptstraße entlang. Vorbei an Häusern und Buden, die denjenigen ähnelten, die sie schon zuvor auf ihrem Weg zum Zentrum des Platzes gesehen hatte.

Auch hier waren menschliche Avatare und Fabelwesen unterwegs, aber dem Himmel sei Dank nicht so viele, dass sie aufgehalten wurde.

Noch während sie rannte, versuchte sie ihr Inventar aufzurufen und erneut ihr Aussehen zu verändern. In keinem Fall wollte sie in Golem City in ihrer normalen Gestalt herumlaufen, aber egal wie oft sie es versuchte, es funktionierte nicht. Der Zugriff auf ihre virtuelle Ausrüstung war durch den Treffer des Killer-Bots gestört. Nur noch ein Dolch, den sie eigentlich nie benutzte, stand zur Verfügung. Blue fluchte keuchend und verschob weitere Anstrengungen auf später. Sie musste sich jetzt konzentrieren, um nicht vom Phönix abgehängt zu werden.

Am Ende der Straße lag ein kleiner Hafen am Ufer eines großen Sees oder eines Meeres. Das schwarze Wasser war vollkommen still. Kein Windzug kräuselte die glatte Oberfläche. Der Phönix kreiste über einem langen Pier, auf dem mehrere Lagergebäude und kleine Hütten standen. Langsam ließ er sich zwischen zwei Hallen herabsinken und landete mit zwei kräftigen Flügelschlägen.

Blue war noch etwa fünfzig Meter entfernt, als sie sah, wie der Phönix seine Fabelgestalt aufgab und sich in einen menschlichen Avatar verwandelte.

Nun zeigte sein Aussehen einen jungen, asiatischen Mann mit glatten, schwarzen Haaren, die zur Seite gescheitelt waren. Er trug eine Jeans und ein T-Shirt der San Francisco 49ers. Jede Deckung ausnutzend schlich Blue vorsichtig näher.

Der Mann hielt nun das Schwert des goldenen Ninjas in Händen, das er misstrauisch betrachtete, so als stimme etwas damit nicht.

Er hob es vor sein Gesicht, drehte und wendete es in jede Richtung, dann verzog er verunsichert den Mund und betrat eine große, mit Wellblech bedeckte Lagerhalle. Blue wartete einen Moment, dann folgte sie ihm.

Die Tür war nur angelehnt und gab ein kaum hörbares Knarzen von sich, als Blue sie öffnete. Sie zögerte kurz, dann schlüpfte sie hinein.

Die Halle war so groß wie ein Flugzeughangar. Neben der Tür lagerten Container. Frachtgut aus aller Herren Länder. Es herrschte trübes Licht von einer einzigen Neonleuchte weit über ihrem Kopf. Ansonsten war die riesige Halle bis auf einen Glastisch in der Mitte leer. Auf diesem Tisch befand sich ein antik aussehender Schwertständer. Kostbar verziert mit Intarsien aus Gold.

Blue presste sich in den Schatten eines Containers und beobachtete, wie der junge Mann auf den Tisch zuging. Ehrerbietig streckte er beide Arme aus und legte das gestohlene Schwert langsam auf der Halterung ab.

Sofort erwachte der Glastisch zum Leben und zeigte Programmroutinen und Algorithmen, die in hastigen Reihen darüberliefen. Kryptische Zeichen. Buchstaben und Zahlen ohne Sinn, aber Blue wusste, was da gerade geschah, sie hatte Hellboy oft genug beim Hacken beobachtet.

Der Mann versuchte die Datei des Schwertes zu öffnen, aber vorerst geschah nichts. Immer hektischer tippte er auf einer virtuellen Tastatur herum, die vor ihm in der Luft schwebte.

Plötzlich tat sich doch etwas.

Eine goldene Buddha-Figur erschien aus dem Nichts, schwebte über Schwert und Tisch. Der junge Mann glotzte sie verblüfft an.

Der Buddha drehte sich einmal um seine Achse und begann schallend zu lachen. So laut, dass Blue die Ohren, trotz heruntergefahrener Lautstärke der VR-Brille, dröhnten.

Der junge Mann brüllte wütend auf. Riss das Schwert aus dem Ständer und schmetterte es zu Boden, wo es zerbrach und sich in Luft auflöste. Er drohte dem Buddha mit der Faust, aber der verschwand so schnell, wie er gekommen war.

Blue hatte genug gesehen.

Das war nicht das richtige Schwert gewesen. Der goldene Ninja hatte sie alle getäuscht und auf eine falsche Fährte gelockt.

Dafür konnte es nur einen Grund geben: Moondancer besaß doch das Schwert, hinter dem alle her waren, und der goldene Ninja hatte ihm Zeit verschafft.

Blue fluchte stumm. Ebenso wie der Phönix und die Killer-Bots war sie auf den Trick hereingefallen, obwohl sie von Anfang an auf der richtigen Spur gewesen war.

Aber sie hatte noch einen Trumpf im Ärmel. Durch Hellboy wusste sie zu jedem Zeitpunkt, wo sich der andere Ghostwalker in Golem City befand.

Sie rief die Tracker-Software in ihrer Brille auf. Moondancers Signal pulsierte stark und regelmäßig und endlich hatte sie mal Glück. Er war nicht weit entfernt.

Vor ihr kam Bewegung in den jungen Mann. Er hob eine Hand in die Luft und vollführte seltsame Bewegungen, dann veränderte sich sein Aussehen.

Plötzlich trug er einen roten Overall und eine Plastikmaske vor dem Gesicht. Die comichafte Abbildung Salvador Dalís. Unter seiner linken Achsel klemmte ein Lederhalfter, aus dem er einen großen Revolver mit silbernem Lauf zog.

Er klappte die Trommel heraus und überprüfte, ob er geladen war.

Zufrieden wandte er sich erneut dem Glastisch zu. Er tippte etwas in die virtuelle Tastatur. Ein Standbild erschien in der Luft.

Es zeigte aus der Vogelperspektive den Platz im Zentrum der Stadt, wo die Auseinandersetzung stattgefunden hatte. Blue erkannte zu ihrem Entsetzen, dass es das Bild einer Überwachungskamera sein musste, das zum Leben erwachte, als der Mann einen Knopf auf der Tastatur drückte.

Sie sah, wie der goldene Ninja den Platz betrat. Beobachtete den Angriff der Killer-Bots und wie sie selbst ins Bild rannte. Den Schuss, der auf sie abgefeuert wurde und wie ihr verkleidetes Abbild zu flackern begann. Anschließend die Verwandlung zurück. Kurze schwarze Haare, blauer eng anliegender Anzug.

Der Maskierte hielt die Aufnahme an und zoomte auf ihr Gesicht. Eine ganze Weile rührte er sich nicht, dann grinste er bösartig.

Blue verstand nicht, was das zu bedeuten hatte, aber der andere Walker wusste jetzt, wie sie aussah – und das war gar nicht gut.

Leise schlüpfte sie durch die Tür hinaus in die Nacht. Sie musste so schnell wie möglich Moondancer finden, ihm das Schwert abjagen und dann nichts wie raus aus der Simulation. Golem City war zu einem sehr gefährlichen Ort für sie geworden.

18.

Golem City

Jonas saß nun schon eine gefühlte Ewigkeit in der Bar und wartete darauf, dass jemand ihm einen neuen Hinweis gab, wohin er sich jetzt wenden sollte.

Madeleine, die ihn vor dem anderen Ghostwalker und den Yakuza gewarnt hatte, war mit dem betrunkenen Soldaten zur Tür hinaus verschwunden. Ihr Auftrag war also erledigt und er hatte nichts mehr von ihr zu erwarten. Das Bier, das ihm Madeleine spendiert hatte, war inzwischen leer. Der Barkeeper hatte ihn bereits drei Mal ärgerlich gefragt, ob er noch etwas trinken möchte, aber Jonas hatte den Kopf geschüttelt.

Unruhig trommelte er mit den Fingern auf der Theke. Sein Blick wanderte umher und blieb am Fernseher hinter dem Tresen hängen. Dort wurde gerade die laufende Sportsendung für eine aktuelle Nachricht unterbrochen. Eine Reporterin, in den Vierzigern mit grauen Strähnen in den braunen Haaren wurde eingeblendet, die aufgeregt etwas in das Mikrofon plapperte, das sie in den schmalen Händen hielt.

Im Hintergrund war ein großer Platz zu sehen, in dessen Mitte sich ein gigantisches Gebäude erhob. Schwarz wie die Nacht glich es einer Felsnadel, an der unzählige kleine Lichter blinkten. Darüber …

… Jonas hielt die Luft an.

Die beiden Monde.

Das Logo der BioCom Corporation.

Nun fiel ihm wieder ein, was Madeleine gesagt hatte, bevor sie gegangen war. Nicht zu ihm, sondern zum Barkeeper.

Bitte schalte mal den Fernseher an. Ein bisschen Kultur kann diesem Laden nicht schaden.

Das war der Hinweis gewesen, nach dem er gesucht hatte!

Sein Ziel war dieses fremdartige Gebäude, das in Golem City die Zentrale von BioCom symbolisierte.

Aber irgendetwas stimmte nicht. Die Reporterin wirkte aufgeregt. Sie sprach hastig und deutete wiederholt hinter sich. Jonas verstand bei dem Lärm in der Bar kein Wort, war aber sicher, dass das hier wichtig für ihn war.

»Hey, Barkeeper«, rief er.

Der Mann schaute vom Spülen der Gläser auf.

»Können Sie das bitte lauter machen?«

Jonas deutete auf den Fernseher. Der Barkeeper nahm eine Fernbedienung in die Hand, richtete sie auf den Apparat und endlich konnte Jonas etwas verstehen.

»*… kam es zu einem gefährlichen Zwischenfall.*«

Die Aufnahme einer automatischen Überwachungskamera wurde eingeblendet.

Zunächst geschah nichts. Dann rannte ein Mann in Gestalt eines Ninjas auf den Platz vor der Zentrale. Er wurde von zwei Personen, einem Mann und einer Frau verfolgt. Der Mann schoss mit einer seltsamen Pistole auf den Fliehenden, die Frau warf irgendetwas. Der Ninja ging zu Boden, rollte sich ab. Weitere Schüsse.

Noch eine Person kam ins Bild.

Eine weibliche Kriegerin. Sie feuerte einen Pfeil auf den Mann mit der Pistole ab. Nun wurde sie von dem Pärchen angegriffen und ebenfalls getroffen. Ihre Gestalt flackerte und verwandelte sich in ein Mädchen mit kurzen schwarzen Haaren, das einen eng anliegenden blauen Anzug trug.

Der Ninja rappelte sich auf …

Dann wurde es komplett verrückt: Wie aus dem Nichts tauchte ein Phönix auf, der kurzen Prozess mit dem Angreiferpärchen machte. Anschließend wollte er sich dem goldenen Ninja widmen, aber der verschwand in diesem Moment im Gebäude.

Die Filmsequenz stoppte. Die Reporterin erzählte etwas über Verbrechen in Golem City, aber Jonas hörte nur noch mit halbem Ohr zu.

Was da passiert war, betraf ihn nicht unmittelbar, aber zwei Dinge in dieser Aufnahme waren außerordentlich wichtig. Er kannte jetzt sein Ziel und wusste nun auch, wer der andere Ghostwalker war, vor dem Madeleine ihn gewarnt hatte.

Dieser Walker war niemand anderes als das Mädchen, das er letzte Nacht vor dem Supermarkt gesehen hatte, als sie von einem Yakuza bedroht worden war.

Alles fügte sich zusammen.

Das Schwert. Das Mädchen. Der Yakuza.

Ein anderer Ghostwalker.

Es war die legendäre Blue, die im Darknet wie eine Göttin verehrt wurde.

Niemand hatte jemals gefährlichere Walks unternommen.

Niemand jemals mehr Geld dafür eingefahren.

Ebenso sagte man, sie benutze einen VR-Anzug, der es ihr möglich machte, unabhängig von einem PSI-Stuhl in Simulationen aufzubrechen. Wenn es diese Technologie tatsächlich gab, musste sie unendlich teuer sein, ihr aber einen gewaltigen Vorteil gegenüber anderen Walkern verschaffen.

Nun war Blue in Golem City aufgetaucht.

Wer auch immer sie für diesen Walk beauftragt hatte, sie war der Feind und würde versuchen, ihm das Schwert abzujagen.

Er durfte keinen Moment mehr verlieren.

Jonas wollte gerade vom Hocker rutschen, als in der Realität das V-Phone klingelte. Da er im PSI-Stuhl festhing, konnte er nicht rangehen und musste warten, ob der Anrufer eine Nachricht hinterließ.

Es piepte einmal, dann hörte er Harleys aufgeregte Stimme: »Jonas. Alter, in was bist du da reingeraten? Ich war gerade im Darknet. Die Yakuza sucht überall nach dir. Im Netz. Im realen Leben. Sie wollen wissen, wer Moondancer ist und haben ein Kopfgeld auf dich ausgesetzt. Das ist nicht gut, Mann. Kein Spaß mehr. Egal, wo du bist, hau ab, und damit meine ich nicht nur raus aus der Simulation, ich meine raus aus Hamburg. Scheiß aufs Geld, ich glaube, die wollen dich echt umlegen.«

Die Nachricht endete.

Jonas war an seinen Stuhl gefesselt und spürte sein Herz wild schlagen, während er in der Simulation regungslos auf dem Barhocker saß und in sein leeres Glas starrte. Der Schweiß brach ihm aus allen Poren.

Die Yakuza jagt mich? Wie zum Teufel hat sie von mir erfahren? Was hat sie auf mich aufmerksam gemacht?

Er hatte keine Ahnung, aber jede Menge Probleme. Da er Golem City durch einen offiziellen Zugang betreten hatte, konnte er die Simulation nur verlassen, wenn er seinen Auftrag erfüllte. Erst dann würde die Zentrale ein Tor für ihn öffnen. Die einzige andere Möglichkeit war der virtuelle Tod, der ihn augenblicklich in die Realität zurückschleudern würde, aber der Schaden, den er dadurch erleiden würde, war nicht abzusehen.

Jonas leckte über seine Lippen. Er hatte brennenden Durst, konnte dagegen jetzt aber nichts machen.

Dann ging er noch einmal seine Optionen durch und kam zum gleichen Ergebnis wie zuvor. Er musste das Schwert abliefern, außer …

Baumgärtner!

Sein Rektor war mit einem Sozialarbeiter auf dem Weg zu ihm. Wenn es ihm gelänge, irgendwie auf sich aufmerksam zu machen, würde der vielleicht die Polizei rufen und ihn aus dem PSI-Stuhl befreien, an den er festgeschnallt war. Jonas beruhigte sich wieder ein wenig.

Das Wichtigste war jedoch, das Schwert so schnell wie möglich zur Zentrale zu bringen. Da er nicht wusste, wo die sich befand, rief er erneut den Barkeeper zu sich.

»Ja?«

»Ich brauche ein Taxi. Können Sie eines für mich rufen?«

»Nicht nötig. An der nächsten Ecke steht immer eines, das die Betrunkenen nach Hause fährt.«

»Danke.«

Jonas hängte sich die Tasche um, rutschte vom Hocker und drängte sich an den Gästen vorbei zur Bar hinaus.

Draußen mussten sich seine Augen erst mal wieder an die Dunkelheit gewöhnen. Jonas blickte sich um. Tatsächlich, am Ende der Gasse stand ein gelbes Fahrzeug mit blinkendem Taxischild auf dem Dach. Jonas atmete tief durch, dann ging er die Straße hinunter.

Schon von Weitem hörte er dumpfe Rockmusik aus dem geschlossenen Fahrzeug, die immer lauter wurde, je näher er kam. Jonas trat ans Fahrzeug heran und klopfte an die Seitenscheibe, die daraufhin surrend herunterfuhr. Schwaden von Zigarrenrauch waberten nach draußen und hüllten ihn ein.

Im trüben Licht der Fahrzeugarmaturen erkannte er einen Mann mit länglichem, bohnenähnlichem Kopf, auf dem eine Baseballcap der New York Yankees saß. Schmale Nase, aber wulstige Lippen, die herunterhingen, als wären sie zu schwer für diesen Mund.

»Wohin?«, fragte der Fahrer.

Hinter ihm beugte sich ein weiterer Kopf vor, der wie ein Zwilling des ersten aussah, aber eine Kappe der Reds aufhatte. Jonas zuckte zurück. Beide Köpfe saßen auf jeweils einem Hals und der saß auf nur einem Körper.

»Jetzt gilt der Nachttarif«, informierte der zweite Kopf. »Ich bin Joe und das ist Jack, mein Bruder.« Die rechte Hand des Fahrers zeigte auf den anderen Kopf. Dann fasste sie rüber und zog Jack die Zigarre aus dem Mund. »Geh mal zur Seite, Junge.«

Die Zigarre flog in hohem Bogen aus dem Wagen und blieb mit glühender Spitze auf der Straße liegen. »Ich habe ihm schon hundert Mal gesagt, er soll das Qualmen sein lassen. Es ist nicht gut für unsere Lunge, aber er hört nicht auf mich.«

»Muss ich auch nicht. Ich bin der Ältere«, knurrte Jack.

»Wie kannst du der Ältere sein, wenn wir nur einen Körper haben?« Joe verpasste seinem Bruder eine Kopfnuss. »Denk mal drüber nach.«

»Du sollst mich nicht schlagen«, jammerte Jack.

»Das tue ich, bis du endlich deinen Kopf zum Denken benutzt und aufhörst, uns den Weg zum Lungenkrebs mit Teer und Nikotin zu pflastern.«

»Das bisschen Rauchen hat noch keinem geschadet.«

»Ach was?« Nächste Kopfnuss. »Sag mal, du siehst doch die gleichen MedDokus wie ich, wie kann es dann sein, dass …«

»Entschuldigung«, mischte sich Jonas ein. »Ich hab es eilig.«

»Du hast noch nicht gesagt, wo du hinwillst, Junge.«, meinte Joe.

»Zur Zentrale der BioCom Corporation.«

»Wohin?«

Jonas begriff, dass die beiden Brüder damit nichts anfangen konnten.

»Gibt es in Golem City ein Gebäude, das wie eine schwarze Felsnadel aussieht?«

»Aah«, sagte Jack.

»Du meinst ›Den Turm‹«, fügte sein Bruder hinzu. »Ist gar nicht weit von hier.«

»Könnt ihr mich da hinbringen?«

»Aber klar doch«, grinste Joe. »Das ist unser Job. Spring rein.«

Jonas öffnete die Tür und setzte sich auf den Rücksitz. Hier drin stand der Qualm so dicht, dass man ihn mit einem Messer hätte schneiden können.

Gott sei Dank vermitteln die Anzüge und Brillen keine Gerüche.

»Könnt ihr die Musik leiser machen?«, rief er nach vorn.

»Wieso? Stehst du nicht auf Rock?«, fragte Joe.

»Ist ein wenig laut.«

»Okay.«

Er fummelte am Radio herum und es wurde leiser im Auto. Jonas hatte geglaubt, dass sie nun endlich losfahren würden, aber die beiden Köpfe begannen erst mal darüber zu streiten, welche Route sie nehmen sollten.

Plötzlich wurde die hintere Tür aufgerissen. Ein Schatten schlüpfte herein. Gleich darauf lag eine dünne Klinge an Jonas' Kehle.

Mühsam drehte er den Kopf und sah in ein Gesicht mit eisgrauen Augen und schwarzen, asymmetrisch geschnittenen Haaren. Ein Mädchen im blauen Ganzkörperanzug.

»Du bist also Blue«, sagte Jonas.

Sie lächelte freudlos. »Und du bist Moondancer«, zischte sie. »Was machst du in Golem City?«

Der rechte Kopf des Taxifahrers drehte sich zu ihnen um, während der linke weiterhin nach vorn schaute.

»Zwei Fahrgäste, doppelter Preis«, knurrte er.

Jonas nickte. »Ist okay. Können Sie sich jetzt wieder um sich selbst kümmern, das hier ist ein Privatgespräch.« Er wandte sich an Blue. »Was ich hier tue, geht dich verdammt noch mal nichts an.«

Sie lächelte und wirkte dabei wie ein Dämon, der ihn gleich verschlingen würde.

»Und ob mich das etwas angeht. Hast du das Schwert?«

Jonas ging nicht auf die Frage ein. »Wer hat dich beauftragt?«

»Niemand. Ich bin aus eigenem Interesse hier.«

»Das ist nicht möglich, du …«

Das Messer wurde härter gegen seinen Hals gepresst.

»Genug geplaudert. Gib mir das Schwert.«

»Kein Blut in meiner Karre«, brummte Joe von vorn. »Wenn ihr etwas zu klären habt, macht das am besten draußen.«

Blues Blick fiel auf die Ledertasche, die neben Jonas auf dem Sitz stand. Sie schlug die Klappe zurück und zog das Schwert raus, das augenblicklich seine richtige Größe annahm.

Das Mädchen lächelte sanft. »Wir sind uns schon einig geworden.«

»Das kannst du nicht machen!«, brachte Jonas entsetzt hervor.

»Du siehst doch, dass ich es kann.«

»Ich brauche das Schwert, sonst kann ich mich nicht ausloggen.«

»Und dir gehen 100.000 Eurodollar verloren. Ich weiß«, sagte Blue ungerührt.

»Ich gebe dir die Hälfte«, schlug er vor.

»Würde ich annehmen, wenn ich eine Wahl hätte, aber hier geht es um mehr als nur ums Geld.« Blue riss die Tür auf. »Mach's gut.«

Dann war sie verschwunden.

Jonas saß wie vom Donner gerührt da und versuchte

zu verstehen, was gerade geschehen war. Und das war eine ganze Menge in so kurzer Zeit.

Er war der legendären Blue begegnet.

Sie hatte ihm das Schwert gestohlen.

Er war vollkommen im Arsch.

19.

Golem City

Blue rannte durch die Nacht. Immer wieder blickte sie zurück, um zu sehen, ob ihr Moondancer folgte, aber niemand schien hinter ihr her zu sein.

Sie kreuzte zwei Querstraßen und flitzte in eine schmale Gasse. Zwischen Müllcontainern und schwarzen Plastiksäcken blieb sie keuchend stehen. Um sie herum raschelte es. Kleine Pfoten trippelten. Fiepen. Sie beachtete es nicht, sondern hob das Schwert ins Licht der zwei Monde, das bleich und schwach in die Gasse fiel.

Chīsana sasayaki. Der kleine Flüsterer.

Sie hatte es geschafft.

Jetzt musste sie sich nur noch mit dem Schwert verbinden und alles würde gut werden. Ihre Erinnerung würde zurückkehren und sie hatte nun auch etwas in der Hand, um sich bei der Yakuza freizukaufen. Sie würde ihnen das verdammte Schwert geben und danach hoffentlich ihre Ruhe haben.

Sie kniete sich auf den Boden, nahm das Schwert in beide Hände und presste es gegen ihre Stirn. Sofort strömten Datenreihen über ihre VR-Brille. Algorithmen, die über ihr Sichtfeld wanderten, sich mit anderen Algorithmen verbanden und neue Befehlsketten erschufen. Blue verstand, was geschah. Ein Self-Repair-Programm war gestartet, das die korrupte Datei wieder in Ordnung brachte, aber immer wieder blieb es mit blinkendem Cursor stehen.

Schließlich tauchte der Dateiname auf.

DATA: *Chīsana sasayaki* (3 Gigabyte)

START …

Vorerst keine Fehlermeldung mehr. Sie griff auf die Videodatei zu und gab den Befehl, sie abzuspielen. Das Video startete. Zunächst erschien lediglich eine Zeichnung auf einem Computerbildschirm.

Eine männliche Stimme erklang.

»Was Sie vor sich sehen, ist die Abbildung eines genveränderten Tiefseebakteriums, das in der Lage ist, einen neuartigen Biotreibstoff zu erzeugen.«

Wissenschaftlicher Kram. Plötzlich blieb das Bild mit einem heftigen Ruck stehen. Blue versuchte die Datei erneut zu starten, aber es tat sich nichts mehr. Eine neue Meldung erschien:

CORRUPT DATA

Sie fluchte. Die Verbindung ihres Systems mit dem Schwert hatte funktioniert, aber einige der Files waren zerstört oder gelöscht worden. Wenn sie ihr Gedächtnis wiederhaben wollte, musste jedoch ein Austausch der Daten stattfinden.

Gefangen in der Simulation mit nur eingeschränkten Mitteln würde sie nichts tun können. Sie musste mit Hellboy sprechen. Nur er konnte ihr helfen.

Blue versuchte, ihn zu kontaktieren.

Doch noch bevor die Verbindung zustande kam, begann das Schwert in ihrer Hand plötzlich zu pulsieren. Erst war es nur ein schwaches Leuchten, dann wurde es immer stärker. Blaue Flammen zuckten darüber. Ihre Hände begannen zu brennen. Heißer Schmerz jagte in der Realität durch ihre VR-Handschuhe. Sie ließ das Katana mit einem Aufschrei fallen. Sofort erlosch das blaue Feuer. Blue starrte entsetzt auf das Schwert.

Was war das?

Eigentlich gab es nur eine Erklärung: Das Schwert verfügte über eine Schutzroutine, die es nicht nur unmöglich machte, die Simulation auf illegalem Weg zu verlassen. Ebenso behinderte es jede Kommunikation nach draußen.

Blue brüllte wütend auf. Ratten stoben davon.

Jetzt hielt sie zwar das Schwert in Händen, konnte aber nicht mit Hellboy sprechen – und nur der konnte sie hier rausholen.

Und wenn sie das Ding ohne Schutz in der Simulation zurückließ, hatte sie nichts, um sich bei der Yakuza freizukaufen. Die japanische Mafia würde sie unerbittlich jagen und zur Strecke bringen. Ihr Leben wäre keine Sekunde mehr sicher.

Natürlich könnte sie versuchen, aus Hamburg abzuhauen, aber der Arm der Yakuza reichte weit und sie hatte keine Lust, sich den Rest ihres Lebens verfolgt zu fühlen. Und mit dem Walken wäre es auch vorbei, und das war so ziemlich das Einzige im Leben, das sie konnte und das ihr Spaß machte.

Was für eine verdammte Scheiße!

Dann rief sie sich zur Ordnung. Es musste eine Lösung geben. Die gab es immer.

Denk nach! Was kannst du tun?

Okay, das Schwert zu verstecken wäre eine Möglichkeit. Mit ausreichend Abstand in der Simulation konnte sie vielleicht Hellboy erreichen und der würde sie aus Golem City herausholen. Anschließend würde sie der Yakuza eine Nachricht zukommen lassen, wo der kleine Flüsterer zu finden war. Dann war es ihr Problem, was sie daraus machten.

Nachteil?

Das Geld auf meinem Geheimkonto im Darknet wäre futsch und außerdem kann das Schwert von jemand anderem gefunden werden, dann fängt alles wieder von vorn an. Vor allem Moondancer wird nicht lockerlassen und die Spur aufnehmen – und ich habe keine Ahnung davon, welche Möglichkeiten er hat, das Ding zu orten. Nein, es muss bei mir bleiben. Kein Versteck ist sicher genug.

Fünf Minuten vergingen. Die Ratten kehrten zurück und wühlten erneut in den Müllsäcken herum.

Schließlich traf Blue eine Entscheidung.

Es gab nur eine einzige Möglichkeit, die Simulation zu verlassen.

Ich selbst muss das Schwert zur Zentrale bringen. Dorthin wollte der goldene Ninja, auch wenn sein Schwert ein Fake war. Vielleicht akzeptiert mich das Portal, wenn ich das echte Katana habe und ich kann mich ohne Hellboys Hilfe ausloggen. Vielleicht erhalte ich dort sogar meine Erinnerung zurück. Die Auftraggeber werden schon wissen, wie man die defekte Datei repariert, und dann kann ich den verlorenen Teil meines Gedächtnisses wiederherstellen. Zwar habe ich dann nichts mehr, um mich bei der Yakuza freizukaufen, aber wenn ich wieder auf mein Konto zugreifen kann, sollte es möglich sein, für lange Zeit unterzutauchen. Irgendwann ist Gras über die Sache gewachsen und die Japaner vergessen mich.

Blue nickte entschlossen. Es war einen Versuch wert. Wenn es nicht klappte, hatte sie mit Sicherheit einen Haufen Ärger am Hals, aber das war ja eigentlich jetzt schon so.

Sie dachte kurz an Moondancer. Der arme Kerl hatte einen einfachen Walk übernommen, und nun saß er genauso tief in der Tinte wie sie. Auch er konnte sich nicht mehr ausloggen und würde alles daransetzen, das Schwert wiederzubekommen.

Ob das ein künstlicher Avatar ist? Oder sieht er so auch in Wirklichkeit aus?

Blonde Haare, schulterlang, markantes Gesicht.

Die Wahrscheinlichkeit, dass er tatsächlich so aussah, war groß, denn die meisten Walker ließen von ihrem VR-Anzug ein künstliches Ebenbild erschaffen, das ihnen sehr ähnlich war. Die Detailgenauigkeit der Figur war einfach größer und Bewegungen sahen realistischer und natürlicher aus.

Jeder Mensch wusste, wie er seinen eigenen Körper am besten steuerte und musste im entscheidenden Augenblick nicht darüber nachdenken. Etwas ganz anderes war es aber, ein Tier oder ein Fabelwesen zu lenken. Selbst mit viel Erfahrung blieb man immer hinter dem natürlichen und leichten Bewegungsablauf des wirklichen Körpers zurück.

Zudem konnte man seinen Avatar in der simulierten Welt mit allem ausrüsten, bekleiden und verzieren, sodass es stets genug Raum zum Entfalten seiner künstlerischen Freiheit, Originalität und Tarnung gab.

Blue verdrängte Moondancers Gesicht aus ihren Gedanken und dachte darüber nach, wie sie zur BioCom Zentrale gelangen konnte, ohne Aufsehen zu erregen.

Sie musste auf jeden Fall zu Fuß gehen. Der Phönix war eine mächtige Figur, die innerhalb des Systems operierte und wahrscheinlich längst alle zur Verfügung stehenden Überwachungsmaßnahmen eingeleitet hatte.

Mit Sicherheit war er einer der Programmierer von Golem City oder bei BioCom selbst weit oben in der Hierarchie. Die Tatsache, dass er einen so auffälligen Avatar verwendet hatte, sprach von Selbstverliebtheit und großer Selbstsicherheit. Trotzdem war es dem goldenen Ninja gelungen, ihm zu entkommen.

Blue hatte den Zorn des jungen Mannes darüber in der Lagerhalle deutlich gesehen.

High Noon.

Alles oder nichts.

Siegen oder Staub fressen.

Die Motive des Mannes lagen im Dunkeln. Blue verstand nicht, warum jemand aus dem System derartig brutal vorging. Der Phönix hatte die Killer-Bots regelrecht zerfetzt. Eine deutliche Botschaft an alle, die hinter dem Schwert her waren. Und welche Rolle spielte der goldene Ninja in dieser Sache?

Er war in der Yakuza-Welt aufgetaucht und hatte ihr das Schwert abgejagt.

Das bedeutet, er gehört nicht zu den Yakuza.

Auf seiner Flucht vor den Killer-Bots und dem Phönix war er in die Zentrale von BioCom geflüchtet und das System hatte ihn nicht abgewiesen. Also stammte auch dieser Walker aus dieser Welt und gehörte zur Firma.

Der Phönix und der Ninja sind Feinde. Beide wollen das Schwert, also ist einer von ihnen ein Verräter. Vielleicht sogar beide.

Die Sache wurde immer komplizierter. Hier waren mindestens fünf Parteien hinter der gleichen Datei her: sie selbst, die Yakuza, Moondancer, der Ninja und der Phönix.

Im Nachhinein verfluchte sie sich, dass sie Moondancer nicht gefragt hatte, wer ihn auf diesen Walk geschickt und ihm das Schwert übergeben hatte.

Dass sie beide jetzt dasselbe Ziel hatten, war klar. Auch er musste die Zentrale erreichen.

Warum ist er nicht auf direktem Weg dorthin gegangen? Er war doch viel früher in Golem City und hatte einen zeitlichen Vorsprung vor allen anderen.

Aber dann erkannte sie das Problem: Moondancer hatte zwar den Auftrag übernommen und man hatte ihm das Schwert übergeben, ihm aber nicht verraten, wohin er es bringen sollte und wie er dorthin gelangte.

Er ist also nur eine Schachfigur und die beiden Spieler sind der Phönix und der Ninja.

Der Ninja konnte Moondancers Auftraggeber sein, denn er hatte versucht, eventuelle Verfolger mit einem falschen Schwert abzulenken, um ihm Zeit zu verschaffen. Mit Sicherheit kannte Moondancer nur wenige Details der Route und musste sich mühsam durch Golem City arbeiten. Der Ninja hatte ihn auf einen Pfad geschickt, der es den Jägern des Schwertes schwer machen würde, ihn aufzuspüren. Eigentlich genial, denn wenn Moondancer selbst nicht wusste, wo er hinmusste, konnte kein Computerprogramm der Welt berechnen, wo er als Nächstes auftauchen würde.

Eine Frage blieb allerdings unbeantwortet: Wozu der ganze Aufwand? Wenn der goldene Ninja zur Firma gehörte, hätte er das Schwert selbst in die Zentrale bringen können. Oder war ihm das nicht möglich? Stand er unter Beobachtung und es war zu gefährlich, selbst zu gehen?

Die Antwort lag vielleicht in der Datei selbst, zu der sie jetzt Zugang hatte. Sie konnte noch einmal versuchen, das Video anzusehen und würde vielleicht mehr erfahren, aber danach war ihr Leben keinen Pfifferling mehr wert. Was immer darauf war, es gab Menschen, die bereit waren, dafür zu töten und sie würden jeden unliebsamen Zeugen oder Mitwisser aus dem Weg räumen.

Nein, es war besser, keine Ahnung zu haben und das Schwert so schnell wie möglich loszuwerden.

Blue atmete tief durch.

Dann machte sie sich auf den Weg.

20.

Golem City

Jonas saß noch immer wie betäubt im Taxi. Joe und Jack hatten ihre Köpfe nach ihm umgedreht und blickten ihn an.

»Was ist nun, Junge? Fahren wir oder nicht?«

»Einen Moment noch.«

»War das deine Freundin? Scharfes Ding, aber ziemlich unhöflich«, sagte Joe.

»Nein, war sie nicht«, meinte Jonas leise.

»Wir hatten noch nie eine Freundin. Und vermissen wir etwas, Joe?«

Der schüttelte den Kopf. »Nein. Hast recht, Jack.«

»Ich muss nachdenken«, erklärte Jonas.

»Okay«, sagte Jack. »Du hast fünf Minuten, aber wenn ein anderer Fahrgast kommt, steigst du aus.«

Jonas nickte.

Er legte seine Hände in den Schoß und sein Blick verlor sich im Nichts.

Was konnte er jetzt tun?

Die 100.000 Eurodollar waren futsch, aber das war noch sein kleinstes Problem. Er konnte sich ohne das Schwert nicht aus Golem City ausloggen. In der realen Welt war ihm die Yakuza auf den Fersen und sein Rektor war dabei herauszufinden, dass sein Leben ein einziger großer Schwindel war.

Das ist ja alles prima gelaufen.

Er steckte fest. Blue war längst über alle Berge und er hatte keine Ahnung, wie er sie finden sollte. Sie galt als der beste Walker der Szene und dass sie ihn in Golem City aufgespürt hatte, sagte alles über ihre Fähigkeiten aus.

Die zweite Zwickmühle: Nur sein Rektor konnte ihn aus dem PSI-Stuhl befreien. Aber gefangen in der Simulation konnte er nicht auf sich aufmerksam machen. Und sollte es ihm dennoch gelingen, würde alles auffliegen und sich das Jugendamt seiner annehmen.

Sollte sein Rektor aber wieder abziehen, ohne etwas zu unternehmen, würde ihn früher oder später die Yakuza aufspüren.

Gefangen in einem PSI-Stuhl. Regungslos. Wehrlos.

Wie auf dem Präsentierteller. Sie können alles mit mir machen.

So viel zu den Pluspunkten. Bitterkeit stieg wie Galle in ihm auf und machte ihn darauf aufmerksam, dass er in der Realität seit Stunden nichts mehr getrunken hatte. Noch war das kein Problem, aber wenn er zu lange in der Simulation festhing, würde sein Körper dehydrieren. Man hatte schon Walker in ihrem Zimmer gefunden, die halb verdurstet und kaum noch am Leben waren, weil es ihnen nicht gelungen war, sich auszuloggen.

Walken war kein Spaß, wenn man es professionell betrieb. Wenn man damit Geld verdienen wollte. Zwar war es nicht verboten, aber doch am Rande der Legalität. Dieser Teil des Netzes blieb den meisten Menschen verborgen, da alles über das Darknet lief und Außenstehende nach wie vor große Schwierigkeiten hatten, darin zu agieren und nicht enttarnt zu werden. Das Netz war eine eingeschworene Gemeinschaft, in dem sich viele geniale Programmierer befanden, die immer neue Sicherheitssysteme erschufen, die das Darknet schützten.

Einfach da hineinzuspazieren und zu spionieren, war nicht möglich, zumal sich jeder Walker einen eigenen Zugang erschuf, den er wie seinen Augapfel schützte, allein schon aus Angst davor, bestohlen oder enttarnt zu werden.

Neben ihm auf dem Sitz lag die Ledertasche, die ihm Hooker gegeben hatte. Er öffnete sie und zog die kleine Plastikfigur heraus.

Nachdenklich hielt Jonas die Figur ins Licht, das von draußen hereinfiel.

Kim Uriel sah aus wie immer, aber irgendetwas war anders als bisher. Aber was? Er drehte die Figur hin und her. Was hatte sich verändert?

Und dann entdeckte er es.

In der Realität, aber auch hier in Golem City, hatte die Figur nichts in den Händen gehalten, aber nun befand sich darin ein winziger Gegenstand.

Jonas brachte die Figur dicht vor seine Augen.

Was ist das?

Ein leiser Ausruf entwich ihm. Es war ein Kompass!

Kim Uriel hielt einen Kompass in der Hand.

Das konnte nur eines bedeuten.

Hastig öffnete Jonas erneut die Tasche und griff nach

dem Kompass, den er gemeinsam mit der Tasche erhalten hatte.

Die Nadel deutete starr in eine Richtung.

In die Richtung, in die Blue verschwunden war.

Es gab also eine Verbindung zwischen dem Kompass und dem Schwert. Sein Auftraggeber hatte vorausgedacht und eingeplant, dass er das Schwert verlieren könnte oder es ihm sonst wie abhandenkam. Mit diesem Kompass war er in der Lage, es aufzuspüren.

Leider war nicht abzulesen, wie weit Blue schon gekommen war und ob er überhaupt noch eine Chance hatte, sie einzuholen – aber er musste es versuchen. Und das ging am schnellsten mit einem Fahrzeug.

»Leute, ich bin so weit, fahren wir los, aber nicht zum Tower.«

»Wohin dann?«, fragte Joe.

»Ich sage euch während der Fahrt, wohin wir müssen.« Er hob den Kompass hoch. »Wir folgen einem beweglichen Ziel.«

»Aah«, machte Jack. »Ich wette, das ist so etwas wie ein Verlorene-Freundin-Kompass.«

»Da magst du recht haben«, antwortete Joe. »Nichts geht über die Liebe, aber davon …«

»… wissen wir nichts«, vollendete sein Bruder den Satz. Er startete den Motor, der knatternd und mit einer Fehlzündung zum Leben erwachte.

Jonas stutzte kurz. Das war ein Benzinmotor. Er drehte sich um und schaute nach hinten. Der Auspuff hatte eine dicke, schwarze Wolke ausgestoßen, die nun im Licht der Straßenlaterne davonschwebte.

Grinsend lehnte er sich wieder im Sitz zurück. Davon

musste er unbedingt Harley erzählen, der würde als Fan alter Fahrzeuge ausflippen.

»Fahrt bitte vor zur Hauptstraße und dann links.«

Das Taxi setzte sich in Bewegung.

Als sie die Ecke erreicht hatten und abbogen, zeigte der Kompass wieder geradeaus.

Es funktioniert. Der Kompass zeigt tatsächlich den Aufenthaltsort des Schwerts an, und nicht nach Norden.

Die Nadel begann leicht zu zittern.

»Langsamer«, bat Jonas den Fahrer.

Joe begann ein Lied zu summen. Jack stimmte mit ein, dann sangen sie zweistimmig irgendeinen Quatsch über Liebe.

»Muss das sein?«, ächzte Jonas.

»Wir dachten, es muntert dich auf«, sagte Jack und fischte eine Zigarre aus der Brusttasche seines Hemdes.

Joe wandte sich ihm zu. »Du willst doch nicht das Ding anzünden, während wir fahren?«

»Bei der Geschwindigkeit spielt das keine Rolle. Wir kommen ja kaum vorwärts.«

»Trotzdem, die Zigarren stinken und ich habe dir –«

»Jetzt nach rechts«, dirigierte Jonas.

Das Taxi bremste abrupt ab, beide wurden erst nach vorn, dann wieder zurück in den Sitz geworfen.

»Junge, kannst du das nicht früher sagen?«, stöhnte Joe.

»Tut mir leid.« Jonas hob den Kompass hoch. »Es ist nicht leicht zu sagen, wohin es als Nächstes geht.«

Joe wandte sich zu seinem Bruder: »Musst du so stark in die Eisen gehen?«

»Das war ich nicht«, verteidigte sich Jack. »Das warst du.«

»Nein, du.«

»Nein, du.«

»Rechts bitte«, fuhr Jonas laut dazwischen.

Das Fahrzeug setzte sich wieder in Bewegung und fuhr in eine schmale Straße. Hier gab es überhaupt keinen Verkehr mehr, nur dunkle, mit Graffiti beschmierte Wände, verrostete Mülltonnen und Ratten, die im Licht der Scheinwerfer davonstoben.

»Gruslige Gegend«, stellte Jack fest, der seine Zigarre nicht angezündet hatte, aber darauf herumkaute und sie von einem Mundwinkel zum anderen schob.

»Das kannst du laut sagen«, meinte nun auch Joe.

»Fahrt bitte langsam die Straße hinunter«, bat Jonas.

»Noch langsamer und wir rollen rückwärts«, knurrte Jack.

Jonas blickte auf den Kompass, konnte die Nadel aber kaum sehen. »Könnt ihr mal die Fahrzeugbeleuchtung anmachen?«

»Die Fahrzeugwas?«, fragte Joe.

»Ich brauche Licht.«

»Das ist ein 47er Lincoln Black Leaf und keine öffentliche Bibliothek. Jack, gib ihm dein Feuerzeug.«

Sein Bruder reichte es nach hinten.

Im Licht der kleinen Flamme erkannte Jonas, dass die Nadel leicht zu tanzen begonnen hatte und keine exakte Richtung mehr anzeigte. Er wusste nicht, was das bedeutete. Vielleicht wechselte Blue beständig die Richtung oder lief Zickzack. Ihr weiterhin mit dem Taxi zu folgen, machte keinen Sinn. Er musste aussteigen und zu Fuß hinter ihr her.

»Anhalten.«

Das Auto stoppte. Jonas öffnete die Fahrzeugtür.

»Hey«, rief Joe. »Wo willst du hin?«

»Sorry, ab hier muss ich allein weiter.«

»Das macht 7,38 Eurodollar«, sagte Jack.

»Tut mir leid, kein Geld dabei.«

»Was? Du steigst in ein Taxi und kannst nicht bezahlen? Was sagst du dazu, Joe?«

»Eine Schweinerei«, gab sein Bruder zornig zu.

Jonas rannte los. »Ich mach's wieder gut, wenn das hier vorbei ist.«

Joe lehnte sich aus dem Fahrzeug und rief ihm hinterher: »Wenn was vorbei ist, Junge?«

»Wenn ich das nur wüsste …«, murmelte Jonas, aber die beiden konnten ihn schon nicht mehr hören.

21.

Golem City

Blue hatte schon die ganze Zeit das Gefühl, dass ihr jemand folgte, aber sie konnte niemanden sehen. Entweder war ihr Verfolger äußerst geschickt oder sie bildete es sich nur ein. Trotzdem beschloss sie, vorsichtig zu sein.

Besser langsam ans Ziel kommen als gar nicht.

Wann immer sich die Möglichkeit bot, versteckte sie sich und blickte die Straße zurück, die sie gekommen war. Hier waren keine Leute unterwegs. Nur sie, die Ratten und vereinzelt eine Katze. Die Gegend schien verlassen zu sein, aber wer wusste schon, wer hinter diesen verschmierten Wänden wohnte.

Vor ihr auf dem Weg saß ein besonders fetter Nager, der sich nur träge davonmachte, als sie auf ihn zuging. Ein Schauer lief ihr über den Rücken.

Irgendetwas klapperte vor ihr in der Dunkelheit. Blue zuckte zusammen. Waren das Ratten, die im Müll wühlten? Sie presste sich an die Wand und lauschte. Ein Kratzen.

Also doch nur …

Ein Flüstern kroch die Gasse herauf.

Da ist jemand!

Sie starrte in die Schatten, konnte aber nichts erkennen.

Natürlich musste es nicht zwangsläufig mit ihr zusammenhängen, dass sich jemand vor ihr aufhielt, aber einen Irrtum durfte sie sich nicht leisten. Also erst mal runter von der Straße.

Blue huschte zum nächsten Hauseingang und versuchte die Tür zu öffnen. Verschlossen!

Sie schlich weiter und hatte Glück. Lautlos schwang die Tür auf. Es war ein dreistöckiges Gebäude, das schon bessere Zeiten gesehen hatte. Hinter keinem der Fenster brannte Licht oder das Flackern eines TV-Hologramms. Entweder die Simulation war in diesem Gebiet nicht so detailliert ausgearbeitet wie in der Nähe der Hauptstraße oder hier wohnte tatsächlich niemand mehr.

Sobald man die wirkliche Welt verließ und in eine Simulation eindrang, setzte ein neues Bewusstsein ein. Dann war das die Realität mit ihren eigenen Gesetzen. In Begriffen wie Programme und Algorithmen zu denken, machte keinen Sinn, denn wenn dir ein zwei Meter großer Gladiator sein Kurzschwert an den Hals legte, um dir die Kehle durchzuschneiden, spielte es keine Rolle, dass er nur in einer programmierten, virtuellen Umgebung existierte und nicht real war – denn die Schmerzen, die er einem zufügen konnte, waren sehr real. Blue hatte diese Erfahrung bereits mehrfach gemacht und oftmals noch Tage nach dem Walk an den Schmerzen gelitten, die ihr der VR-Anzug vermittelt hatte.

Trotz allem war es das aber wert, denn die Empfindungen, die übermittelt wurden, machten das Ganze erst wirklich zu einem Erlebnis. Man wurde Teil einer anderen Welt und die Möglichkeiten waren grenzenlos. Heute war man ein Kaufmann in einer mittelalterlichen Stadt, am nächsten Tag flog man als Raumfahrtpilotin zum Mars oder erkundete Singapurs Nachtleben im 23. Jahrhundert.

Blue merkte, dass ihre Gedanken abschweiften. Sie schlüpfte durch die Tür, schloss sie und drückte sich an die Wand.

Draußen kamen Schritte näher. Leise Stimmen. Zwei Männer. Sie verstand kein Wort.

Dann Stille.

Sind sie weg?

Besser, sich weiter zurückzuziehen. Wenn die Typen stehen geblieben waren und einer von ihnen auf die Idee kam, die Tür zu öffnen, würde er sie sofort entdecken.

Blue tastete sich voran und entdeckte den Handlauf der Treppe. Da es hier so düster war, dass sie nicht einmal ihre eigenen Füße erkennen konnte, ging sie langsam Stufe um Stufe hinauf. Jetzt hinfallen würde Lärm machen, also war sie besonders vorsichtig.

Im obersten Stock angekommen, wurden die Sichtverhältnisse besser, denn hier drang etwas Licht von der Straßenlaterne gegenüber herein. Blue duckte sich unter das Fenster und kroch zur ersten Wohnungstür des Mehrfamilienhauses hinüber. Sie versuchte zu erkennen, ob es irgendeinen Hinweis darauf gab, dass hier jemand wohnte. Schuhe, Mülltüten, eine Zeitung auf der Fußmatte. Nichts.

Sie tippte mit den Fingerspitzen die Tür an und sie schwang auf. Blue schlüpfte hinein. Ihre Finger tasteten innen nach einem möglichen Schlüssel, der im Schloss steckte, aber sie fand keinen. Sie konnte also nicht abschließen.

Für einen Moment blieb sie zusammengekauert am Boden und schaute sich um. Mehrere Schemen deuteten darauf hin, dass hier Möbel standen, aber offensichtlich waren sie mit Laken abgedeckt. Zumindest wusste sie jetzt, dass hier tatsächlich niemand mehr lebte, und sie musste keine Angst davor haben, dass der Wohnungsbesitzer plötzlich auftauchte.

Von unten drangen Geräusche herauf. Jemand hatte das Haus betreten.

Fuck! Was jetzt?

Blue sondierte das Zimmer. Es gab nur ein Fenster und das führte zur Straße hinaus. Kein Fluchtweg. Sie wusste nicht, ob und wie viele Jaeger draußen auf sie lauerten.

Am Ende des Raumes stand eine Tür offen. Vielleicht gab es dort eine Möglichkeit, an der Hauswand hinunterzuklettern und zu entkommen.

So leise wie möglich schlich sie hinüber. Shit, das einzige Fenster im Zimmer war zugemauert. Auch hier abgedeckte Möbel. Kein Ausweg.

In diesem Haus gibt es mindestens zehn Wohnungen und ich gerate in eine Sackgasse. Blue, dein Glück hat dich echt verlassen.

Schritte! Linoleum quietschte.

Panisch sah sich Blue um. Sie musste sich verstecken, aber wo? Vor ihr stand ein abgedecktes Sofa.

Passe ich da überhaupt drunter?

Keine Zeit mehr.

Im Nebenzimmer schwang die Tür mit einem Knarren auf.

Blue rutschte unter die Couch und seufzte in Gedanken auf, als sie erleichtert feststellte, dass sie gerade so darunterkam. Als sie erneut Schritte hörte, schob sie sich noch ein Stückchen weiter unter das Möbelstück. Presste sich an die kalte Zimmerwand.

Diesmal betete sie nicht. Niemand würde ihr helfen.

Schritte, die näher kamen.

Sie verstummten. Blue hielt den Atem an.

Ihre Füße wurden gepackt und sie wurde grob unter dem Sofa hervorgerissen.

Blue stieß den Dolch, den sie umklammert hatte, nach oben. Die Klinge drang mühelos durch den Unterkiefer in den Schädel des Mannes. Eine Sekunde lang hatte sie das Gefühl, ein Standbild anzublicken, dann löste sich der Avatar auf.

Mit einem Satz sprang Blue auf die Beine und wandte sich dem zweiten Mann zu, der neben der Zimmertür stand und mit einem Gewehr auf sie zielte. Ein Feuerstoß zuckte daraus hervor. Kugeln schlugen in die Wand ein, ebenso wie in den Holzfußboden an genau der Stelle, wo sie eben noch gestanden hatte.

Blue war nach vorne gehechtet, machte eine perfekte Rolle und stand unmittelbar vor ihrem Gegner. Der Avatar sah asiatisch aus, also schon wieder die verfluchte Yakuza. Sie rammte ihm den Dolch in den Hals und er löste sich auf. Blue lauschte.

Mit Sicherheit waren da draußen noch weitere Killer-Bots, die ihr auflauern würden.

Ihre Gedanken überschlugen sich, aber letztendlich gab es nur eine Möglichkeit: zum Fenster raus und aufs Dach klettern. Vielleicht konnte sie so ihren Verfolgern entkommen, aber zunächst musste sie die Jaeger ins Haus locken, denn sonst würden die sie einfach abknallen, wenn sie ihren Kopf zum Fenster rausstreckte. Blue riss ein Stück Laken ab und band sich das Schwert auf den Rücken. Den Dolch ließ sie liegen. Sie musste jetzt die Hände frei haben.

Blue huschte zurück ins andere Zimmer, stellte sich ans Fenster, öffnete es einen Spalt und pfiff leise in die Nacht.

Natürlich ging sie nicht davon aus, dass die Killer ein Signal ausgemacht hatten, aber es war ein Zeichen, und eines wussten die Jaeger da unten: Beute pfiff normalerweise nicht, um auf sich aufmerksam zu machen. So dumm würde niemand sein.

Sie zählte bis dreißig und pfiff erneut. Diesmal lauter. Prompt konnte sie Schritte auf der Treppe hören.

Blue setzte sich auf den Fensterrahmen, dann zog sie sich hinaus und richtete sich auf. Im Licht der beiden Monde untersuchte sie die Umgebung. Nach unten schaute sie nicht, entweder war die Straße menschenleer oder ein paar Kugeln würden sie vom Gegenteil überzeugen – und dann wäre es eh zu spät.

Es gab eine Dachrinne direkt über ihrem Kopf. Blue streckte die Hände danach aus, aber es reichte nicht. Ihr fehlte mindestens ein Meter.

Scheiße!

Drinnen schwang die Wohnungstür auf.

22.

Golem City

Jonas musste immer wieder stehen bleiben und im Licht der Straßenlampen den Kompass kontrollieren. Das kostete ihn Zeit, während er der legendären Blue durch Golem City folgte.

Zuerst war er einer Straße nach Norden gefolgt, aber dann hatte die Nadel plötzlich nach Osten gezeigt und er hatte sich durch ein Gewirr aus Gassen einen Weg suchen müssen.

Hier waren weniger Menschen auf den Straßen, die zumeist mit gesenktem Blick an ihm vorbeigingen. Die Häuser waren klein und ohne den Glanz der Metropole. Die ganze Gegend sah aus, als wäre er in China Town gelandet.

Während er durch die Nacht hetzte, ging er seine Optionen durch.

Letztendlich lief es darauf hinaus, dass er Blue das Schwert abjagen musste. Was sicherlich nicht so leicht werden würde, wie es klang. Jonas hatte keine Ahnung, ob sie einen Kampfsport beherrschte oder ob sie sich irgendwelche besonderen Skills antrainiert hatte. Mit Sicherheit konnte sie mit einem Schwert kämpfen, mit Pfeil und Bogen umgehen und mit Waffen jeder Art schießen. Das war üblich für jeden Ghostwalker, aber die Frage war natürlich, wie gut sie darin war.

Mach dir nichts vor, Blue ist eine Legende. Sie wird in allem meisterlich sein. Auf konventionellem Weg bist du ihr weit unterlegen und du wirst schneller sterben, als du »Golem City« sagen kannst, wenn du dich mit ihr anlegst.

Blieb nur ein Hinterhalt. Nicht die feine Art, aber was sollte er sonst machen?

Während er in der Simulation durch die Straßen hastete, rief Jonas das Waffenarsenal seines Anzuges auf. Da hatte sich im Lauf der Zeit eine Menge angesammelt und vor allem die Vielzahl an Waffen war beeindruckend.

Den ganzen Mittelalterkram konnte er gleich vergessen. Das Gleiche galt für alle Schwerter, Lanzen und Dolche. Was er brauchte, war Feuerkraft. Jonas entschied sich für einen Revolver und ein AK-47.

Den Revolver steckte er sich in die Manteltasche. Die Kalaschnikow behielt er in der linken Hand.

Derartig ausgerüstet fühlte er sich gleich besser. Er hatte nicht vor, Blue anzugreifen und sie in der Simulation zu töten. Ihm ging es vielmehr darum, sie zu überraschen, so wie sie es mit ihm im Taxi gemacht hatte.

Ihr das Schwert abnehmen, bevor sie überhaupt realisierte, dass er da war.

Jonas bog nun in eine dunkle Gasse ab. Hier war es so eng, dass er nur die Arme hätte ausstrecken müssen, um die Häuserwände auf beiden Seiten zu berühren.

Das Zifferblatt des Kompasses konnte er nicht mehr erkennen, also steckte er ihn in seine Hosentasche. Es ging sowieso nur geradeaus.

Als die Hälfte der Straße hinter ihm lag und schon die Lichter der nächsten zu sehen waren, trat plötzlich eine Gestalt aus einem Hauseingang.

Es war ein Mensch. Ungefähr so groß wie er selbst. In rotem Overall und mit einer Plastikmaske vor dem Gesicht. Die comichafte Abbildung eines Mannes mit gezwirbeltem Bart. Es brauchte einen Moment, bis Jonas klar wurde, dass er vor einer Figur stand, die aussah wie die Bankräuber einer bekannten Netflix-Serie, die zurzeit ein Remake erfuhr und in vier neuen Staffeln gezeigt wurde. Er kam nicht auf den Titel, wusste aber noch, dass die Protagonisten sich Städtenamen gegeben hatten, um ihre wahre Identität zu verbergen. Ihr Anführer nannte sich »Professor«.

Es war schon eine Weile her, dass er die Serie gesehen hatte, aber trotzdem erkannte er die Anspielung sofort. Der Typ mit der Salvador-Dalí-Maske hielt jetzt einen silbernen Revolver in der Hand, dessen langer Lauf direkt auf seine Stirn zielte.

Computergenerierte Figur? Beiwerk zur Simulation?

Unwahrscheinlich!

Killer-Bot?

Nein, der hätte längst geschossen.

Der Typ war ein Ghostwalker, wie er selbst. Die Frage war, was er von ihm wollte. Wie er nach Golem City gekommen war, darüber machte sich Jonas keine Gedanken. So wie es aussah, traten immer mehr Player ins Spiel ein. Alle auf der Jagd nach dem Schwert.

Das klang fast wie der Titel eines schlechten B-Movies.

Jonas verdrängte die Gedanken und konzentrierte sich auf die Waffe vor seinem Gesicht. Die Mündung bewegte sich keinen Millimeter und noch immer sagte der Typ nicht ein Wort.

Die AK-47 in seiner eigenen linken Hand zeigte zu Boden. Jonas überlegte für einen Moment, die Waffe hochzureißen und zu feuern, aber es war unwahrscheinlich, dass ihm das gelang. Mit Sicherheit würde der Kerl seinem Avatar das Licht ausblasen, bevor er die Knarre auch nur zehn Zentimeter bewegt hatte.

»Gib mir das Schwert.«

War ja klar, dass er nicht im Dunkeln gewartet hat, um mit mir zu plaudern.

»Ich hab es nicht«, gab Jonas wahrheitsgemäß zu. Der Lauf des Revolvers zuckte nach oben, nahm dann aber wieder sofort seine alte Position ein, die klarmachte, es würde ein hässliches Loch in seiner Stirn geben.

»Ich hab es nicht mehr«, sagte Jonas. »Es wurde mir gestohlen.«

»Von wem?«

»Blue.«

Die Maske blieb starr, unbeweglich. »Weißt du, wo sie ist?«

Jonas dachte an den Kompass in seiner Manteltasche.

»Nein«, log er.

Schweigen. Dann: »Dreh dich um!«

»Was hast du vor?«

»Dreh dich um. Ich sag es nicht noch einmal.«

Jonas wandte sich langsam um.

»Hände hoch.«

Er tat es. Die Waffe wurde ihm abgenommen, aber das

war kein Problem. In seinem Inventar hatte er genug andere.

Dann fasste der Mann in seine Manteltasche und zog den Revolver heraus. Er wurde abgetastet.

»Was ist das?«, fragte der Typ. Seine Hand schob sich in Jonas' Gesichtsfeld. Es war der Kompass.

Jonas schluckte. Das war das einzige Mittel, wie er das Schwert in Golem City aufspüren konnte. In keinem Fall durfte er ihn verlieren.

»Nach was sieht es denn aus?«, fragte er so lässig wie möglich.

Der andere sagte nichts. Wahrscheinlich betrachtete er gerade den Kompass im schwachen Licht der Monde und versuchte herauszufinden, ob der Gegenstand irgendeine Bedeutung hatte.

In seinen Augen offensichtlich nicht, denn Jonas hörte das klappernde Metall, als der Kompass über das Kopfsteinpflaster schlitterte. Der Typ hatte ihn einfach weggeworfen.

»Du solltest nicht hier sein«, sagte der jetzt.

»Zu dem Ergebnis bin ich auch schon gekommen.«

»Wer hat dich beauftragt?«

»Keine Ahnung, ich konnte ihn nicht erkennen.«

Pause.

»Wie viel?«

»100.000 Eurodollar.«

Ein leises Lachen erklang. »Du verkaufst dich echt billig. Das Schwert ist einige Millionen wert. Nein, warte, es sind Milliarden.«

Jonas schluckte trocken. Wenn das stimmte, was der Kerl sagte – und es gab keinen Grund, warum er ihn anlügen sollte –, dann war die ganze Sache viel zu groß für ihn. Von

Anfang an gewesen. Er verfluchte sich stumm, dass er sich von all dem Geld und dem Versprechen, etwas über den Tod seines Vaters herauszufinden, hatte blenden lassen. Das hier war gefährlich.

In der Simulation ausgeschaltet zu werden, war noch sein kleinstes Problem. Nun war ihm auch klar, warum ihn die Yakuza in der Realität suchte. Wenn es um so viel Geld ging, würden sie kurzen Prozess machen und laut Harley waren sie ihm schon auf der Spur.

»Wer bist du?«, fragte Jonas.

»Spielt das eine Rolle?«

»Für mich schon. Und du hast nichts zu verlieren: Du hast die Knarre und ich denke, unsere neu entstandene Freundschaft wird sowieso gleich ein jähes Ende nehmen.«

Wieder das leise Lachen.

»Ich tu dir nichts. Du bist unwichtig. Ohne das Schwert hast du keine Bedeutung für das, was da kommt.«

»Und *was* kommt?«

»Ein Sturm«, sagte der andere geheimnisvoll.

»Wie heißt du?«

»Du kannst mich Kaito nennen.«

»Nie von dir gehört.«

»Ich bin kein Ghostwalker.«

Wie bitte?

Jonas war vollkommen verwirrt. Der Kerl in seinem Rücken konnte unmöglich ein programmierter Bot sein, der nach vorgefertigten Routinen agierte. Allein wie er sprach, an welchen Stellen er lachte, und sein ganzes Verhalten sprachen davon, dass sich hinter der Maske ein realer Mensch verbarg.

»Wenn du kein –«

»Denk später darüber nach. Ich muss jetzt gehen.« Es raschelte hinter ihm. »Eines noch …«

Jonas konnte nicht sehen, was der Mann machte, aber plötzlich begann sein eigener Avatar blau zu leuchten. Jonas starrte auf seine Hände. Kleine, blaue Flammen züngelten darüber.

»Keine Waffen«, sagte eine Stimme leise in sein Ohr.

Dann nichts mehr.

Jonas holte tief Luft, zählte bis drei, dann drehte er sich langsam um. Die Straße war leer und verlassen.

Seine Waffen verschwunden. Jonas rief sofort sein Inventar auf, aber er hatte es schon geahnt: Der Zugriff auf seine Ausrüstung war blockiert worden. Er fluchte laut. Nicht nur, dass er nun absolut wehrlos war, auch jede Möglichkeit, Blue zu bedrohen, war ihm genommen worden. Wie sollte er die Diebin jetzt noch unter Druck setzen?

Egal, mir wird schon etwas einfallen.

Immerhin hatte ihn der Kerl im Overall nicht getötet und somit unwiderruflich aus der Simulation geworfen. Es gab also noch eine kleine Chance.

Der Kompass fiel ihm ein.

Der Typ hatte ihn achtlos weggeworfen, aber wohin? In der Gasse war es scheißdunkel.

Jonas ließ sich auf die Knie sinken und begann den Boden abzutasten.

23.

Golem City

Ein Aufschrei. Japanisch. Man hatte sie entdeckt.

Jetzt oder nie!

Blue sprang nach oben. Sie bekam die Dachrinne zu fassen. Noch während sie sich hochzog, wurden mehrere Schüsse auf sie abgefeuert. Einer traf sie in die Hüfte, ein zweiter schlug in ihren Fuß ein. Blue brüllte auf, als der VR-Anzug ihr die Schmerzen übermittelte. Verdammt, sie hätte die Sensibilität nicht auf Maximum stellen sollen. Für einen Moment schien es so, als würde sie den Halt verlieren, aber dann stemmte sie sich aufs Dach.

Ächzend und schnaufend ließ sich Blue auf den Rücken sinken und holte tief Luft. Simulation hin oder her, das war anstrengend gewesen und hatte scheißwehgetan.

Tut noch immer scheißweh, verbesserte sie sich stumm.

Aber es half nichts. Sie musste hier weg und zwar so schnell wie möglich. Allerdings war es wichtig, dafür zu sorgen, dass ihr erst mal niemand nachkletterte.

Hier oben auf dem Dach war das Licht besser. Blue sah sich um und tastete die Dachschindeln ab. Es dauerte nicht lange, dann hatte sie eine gefunden, die locker saß und sich aus dem Verbund lösen ließ. Mit der Schindel in der Hand robbte sie zum Rand des Daches und spähte hinunter.

Wie erwartet, versuchte einer der Killer-Bots einen Stock tiefer ihr zu folgen. Er stellte sich dabei allerdings nicht besonders geschickt an. Der Mann im schwarzen Anzug mit weißem Hemd und Krawatte baumelte an einer Hand hängend an der Dachrinne und mühte sich ab, seine andere Hand ebenfalls ins Spiel zu bringen, rutschte jedoch immer wieder ab.

Blue spürte ein Lächeln über ihr Gesicht huschen. Vielleicht war das der Kerl, der gerade auf sie geschossen hatte. Nun, das würde sie nie erfahren und spielte auch keine Rolle. Sie lehnte sich noch etwas weiter über den Rand und hielt die Schindel ausgestreckt von sich. Zielte sorgsam, dann rief sie leise: »Hallo.«

Der Yakuza schaute tatsächlich nach oben. Die Augen weit aufgerissen. Blue ließ den Dachziegel fallen. Der Typ wurde an der Stelle zwischen Hals und Schulter getroffen und verlor den Halt. Mit einem wütenden Schrei fiel er in die Dunkelheit. Blue konnte seinen Aufschlag auf dem Asphalt nicht hören, aber dafür war jetzt auch keine Zeit, denn die Sache würde ihre Verfolger nur kurzfristig aufhalten. Irgendwann traute sich der Nächste ihr nachzuklettern, und dann war es besser, nicht mehr hier zu sein.

Sie wandte sich um und stieg die Dachschräge hinauf. Der First war ziemlich schmal, stellte aber kein Problem für Blue dar, die mit ausgestreckten Armen darauf entlangbalancierte, bis sie das Ende des Daches erreicht hatte.

Das nächste Haus war schätzungsweise etwas mehr als zwei Meter entfernt. Keine weite Entfernung, wenn man Anlauf nahm, aber aus dem Stand, aus einer Position heraus, in der sich beide Füße hintereinander befanden, war es eine Herausforderung.

Blue rückte das Schwert auf ihrem Rücken zurecht, holte mit den Armen Schwung und sprang.

Der Sprung war nicht schlecht und auch weit genug, aber das Dach war vom Nieselregen feucht. Als sie landete, rutschte ihr linker Fuß weg und sie knallte mit Hüfte und Schulter auf die harten Dachziegel. Schmerzwellen jagten erneut durch ihren Körper und für einen Moment wurde es Blue schwarz vor Augen, aber sie riss sie sofort wieder auf, als sie den Halt verlor und das Dach hinunterschlitterte.

Blue warf sich herum. Versuchte verzweifelt, etwas zu fassen zu bekommen, an dem sie sich festhalten und den Absturz verhindern konnte, aber sie griff ins Leere.

Die Dachkante kam rasend schnell näher. Es war zu spät. Sie schloss die Augen …

… und blieb an einer Taubenabwehr hängen.

Irgendjemand hier oben hatte die Dachrinne durch Taubenspikes gesichert, damit die Vögel nicht darin nisten konnten. Das war jetzt ihre Rettung.

Eine der Dornen war in ihren Anzug eingedrungen und hatte ihren Absturz vollständig abgebremst. Blues Füße baumelten über dem Abgrund, aber ohne hinabzustürzen.

Als Erstes fasste sie nach dem Schwert und stellte zufrieden fest, dass sie es bei ihrem ungewollten Stunt nicht verloren hatte, dann suchte sie sich einen festen Halt am Dach, löste den Dorn aus dem Anzug, zog sich vollends hoch und setzte sich auf den Hintern, die Füße gegen die Taubenabwehr gestemmt. In dieser Position tastete sie ihren Körper ab. Der Anzug hatte mehrere Löcher, aber das war in der Simulation kein Problem. Nur in der realen Welt würde ein solcher Schaden seine Funktion einschränken.

Ihr Körper hingegen schmerzte an mehreren Stellen. Sie stöhnte leise, während sie festgeschnallt im PSI-Stuhl hing und darüber nachdachte, was in dieser Nacht bereits alles geschehen war.

Vielleicht sollte ich mich nach diesem Walk zur Ruhe setzen. Ich suche mir einen Job, so wie alle anderen auch.

Sie wischte sich über den Mund.

Friseurin! Das wäre doch was. Alten Ladies zuhören, die von ihren Hunden und Katzen erzählen und die einzige Gefahr besteht darin, dass die Schere abrutschen könnte. Wer braucht schon Scheißschwerter?

Nun ja, aber selbst für diesen simplen Traum musste sie erst einmal aus Golem City raus und im Augenblick hing sie in zwölf Metern Höhe auf einem Dach fest.

Also weiter.

Das Blöde war, dass sie zurück auf den First musste, um zum nächsten Haus zu gelangen, und wie rutschig das Dach war, hatte sie ja herausgefunden.

Blue ließ sich auf den Bauch sinken, fasste nach oben und schob sich einen Meter hoch. Ihre Füße stemmten sich gegen die Dachziegel und sie konnte den nächsten Meter angehen. Es klappte besser als erwartet. Fünf Minuten nach ihrer unfreiwilligen Rutschpartie war sie wieder an der Stelle, wo alles begonnen hatte.

Vorsichtig richtete Blue sich auf und balancierte weiter. Eine Taube flatterte vor ihr auf und streifte fast ihr Gesicht. Für einen kurzen Moment schien es so, als würde sie erneut den Halt verlieren, aber es gelang ihr mit wild rudernden Armen, das Gleichgewicht zu halten.

Noch zehn Schritte …

Blue erreichte das Ende des Daches und musste mit Entsetzen feststellen, dass das nächste Haus zu weit entfernt war. Zwar lag es unterhalb ihrer jetzigen Position, ein Vorteil bei einem Sprung, aber es war mindestens vier Meter entfernt. Selbst an einem guten Tag bei Sonnenschein auf einem Sportplatz war es unmöglich für sie, wenn sie aus dem Stand springen musste.

Mist! Alles umsonst!

Sie musste den gleichen Weg zurück, den sie gekommen war. Klar hätte sie es versuchen können, aber die Wahrscheinlichkeit, dass sie den Sprung nicht schaffen würde, lag ziemlich hoch. Und wenn sie aus dieser Höhe abstürzte, war ihr der virtuelle Tod sicher.

Zurückgehen bedeutete allerdings, sich wieder in die Reichweite der Killer-Bots zu begeben, die inzwischen sicherlich auch auf das Dach gelangt waren. Irgendwie lief dieser ganze Walk beschissen und es wurde immer schwerer, an ein gutes Ende zu glauben. Blue drehte sich um und ging zurück.

Sie hatte die Hälfte des Weges hinter sich gebracht, als eine Kugel dicht vor ihrem Fuß eine Schindel traf. Splitter wurden herausgeschlagen, die wild durch die Gegend surrten. Gleich mehrere trafen Blue und ließen sie schmerzhaft aufschreien.

Die nächste Kugel flog so dicht an ihrem Gesicht vorbei, dass Blue das Gefühl hatte, den Luftzug zu spüren, die sie erzeugte.

Rasch ließ Blue sich auf die Knie sinken, um ein kleineres Ziel zu bieten, dann krabbelte sie vorwärts zu einem Schornstein, der aus dem Dach ragte.

Blue spähte in die Dunkelheit und entdeckte den Schemen einer Person auf dem Dach gegenüber.

Ein Mündungsblitz. Der Schornstein wurde getroffen. Wieder jagten Splitter in alle Richtungen. Erschrocken stellte Blue fest, dass der Mann näher kam.

Sicherlich würde er weiter auf sie schießen und sie dazu zwingen, in Deckung zu bleiben, während er auf das nächste Haus sprang. Und vielleicht war er geschickter als sie und stürzte nicht ab. Zudem hatte er sicherlich erkannt, dass sie unbewaffnet war, da sie sein Feuer nicht erwiderte und mal ehrlich, was sollte sie mit einem Schwert gegen Kugeln ausrichten?

Nein, ihr blieb nur die Flucht!

Und es gab nur eine Richtung.

Hinüber aufs nächste Hausdach. Das war vier Meter entfernt. Aus dem Stand nicht zu schaffen, aber mit Anlauf könnte es klappen, wenn sie nicht abrutschte.

Eine weitere Kugel traf den Kamin, der ihr auf den ersten Metern Schutz bieten würde.

Blue drehte sich in hockender Position um. Sie legte ihre Hände wie eine Sprinterin vor dem Start auf den Dachfirst, dann richtete sie sich auf und rannte los.

24.

Golem City

Jonas tastete noch immer den feuchten, schmierigen Boden ab, konnte den Kompass aber nicht finden.

Wie weit ist das Ding geflogen? Und in welche Richtung?

Er stand auf und nahm dieselbe Position wie vorhin ein, als der Fremde den Kompass von sich geschleudert hatte. Jonas versuchte sich das scheppernde Geräusch auf dem Asphalt vorzustellen. Schräg rechts vor ihm. Also wieder runter auf die Knie und weitersuchen. Meter für Meter rutschte Jonas vor und suchte Zentimeter für Zentimeter das Pflaster ab. Alles Mögliche geriet ihm in die Hände und bei manchen Dingen schaute er gar nicht erst hin, sondern so schnell es ging weg. Einmal hatte er das Gefühl, eine tote Ratte angefasst zu haben, aber es konnte natürlich auch jedes andere denkbare Wesen gewesen sein.

Endlich stießen seine Fingerspitzen gegen Metall. Mit einem leisen Freudenschrei packte Jonas zu und tatsächlich, es war der Kompass.

Jonas erhob sich und wischte mit dem Ärmel seines Mantels über den Glasdeckel.

Nicht zersplittert.

Er drehte sich im Kreis und die Kompassnadel bewegte sich.

Unbeschädigt.

Zwar hatte er keine Waffen mehr, aber er konnte wieder Blue aufspüren. Jonas checkte die Richtung ab und ging los. Er hatte die nächste Straßenecke noch nicht erreicht, als es in der Realität an der Tür läutete.

Jonas drehte den Kopf, so weit es der PSI-Stuhl zuließ, und schaute auf das Bild der Türkamera.

Baumgärtner, sein Rektor, und noch ein Typ, den er nicht kannte, standen zwei Stockwerke tiefer vor der Tür und blickten zur Kameralinse hoch. Es gab keinen Ton, solange er die Sprechanlage nicht aktivierte, und an die kam er nicht ran. Solange er sich in der Simulation befand, ließen sich die Anschnallgurte des PSI-Stuhls nicht lösen.

Wieder klingelte es.

Baumgärtner sagte irgendetwas zu dem Mann neben ihm. Da das Ganze in Schwarz-Weiß war, sahen die beiden aus, als stammten sie aus einem alten Stummfilm.

Das ist meine Chance! Scheiß auf das Geld! Scheiß auf Blue und das Schwert! Wenn Baumgärtner mich hört, kann er mich aus der Simulation rausholen. Keine Yakuza mehr, keine Killer-Bots und kein Mann mit Dalí-Maske.

Jonas begann laut um Hilfe zu rufen.

Aber nur in Golem City konnte man seine Rufe hören.

In der realen Welt blieb er stumm.

Er konnte sehen, wie sein Rektor erneut auf den Sozialarbeiter einsprach.

»Herr Baumgärtner! Ich bin hier!«, brüllte er immer wieder.

Keine Reaktion, aus der er schließen konnte, dass sie ihn gehört hatten. Im Gegenteil, der Rektor schaute noch einmal wütend in die Kamera, dann verschwand er aus dem Bild. Der andere Mann folgte ihm eine Sekunde später.

Jonas blieb erschöpft im Stuhl zurück. Er spürte heiße Tränen über sein Gesicht laufen. Sein Herz pumpte wild in der Brust.

Was für ein verdammter Mist!

Seine einzige Chance auf Rettung war gerade davongestapft. Sicherlich bestand die realistische Möglichkeit, dass Baumgärtner mit der Polizei wiederkam, aber das würde Stunden dauern und die Gefahr war groß, dass die Yakuza ihn früher aufspürte.

Wenn er doch nur aus diesem Stuhl herauskäme! Jonas bäumte sich in den Anschnallgurten auf, die ihn aber unerbittlich festhielten. Ihn *sicherten*, wie es der Hersteller nannte, damit er nicht während eines Games aus dem Stuhl fallen und sich verletzen würde.

In Spielen, für die der Stuhl ursprünglich gedacht war, stellte das kein Problem dar. Der Spieler konnte sich jederzeit ausloggen, aber bei einem Walk war das anders.

Es gab offizielle Ein- und Ausgänge, die von den Firmen für die angeheuerten Walker bereitgestellt wurden, aber sobald man eine ihrer virtuellen Welten betrat und die Simulation auf die VR-Brille und den Anzug übertragen wurde, übernahm das Programm den Teil des eigenen Systems, der für das Ein- und Ausloggen zuständig war.

Jonas hatte stets gefunden, dass das in Ordnung ging. Irgendwie mussten sich die Firmen ja vor Datendiebstahl sichern, zumal es unzählige Hacker und Data-Jaeger gab, die illegal in Firmenwelten eindrangen, um zu stehlen oder Schaden anzurichten. Auf sie wurden Killer-Bots und Jaeger angesetzt.

In Ordnung oder nicht, er war gefangen. Solange er das Schwert nicht in der Zentrale abgeliefert hatte, konnte er sich nicht ausloggen. Eine andere Möglichkeit gab es nicht. Er musste Blue und das verdammte Schwert finden.

Jonas fokussierte seinen Blick wieder auf Golem City und trat auf eine Straße hinaus, die breiter und besser beleuchtet war als die Gasse, aus der er kam. Die Nadel zeigte stur nach Osten, also bog er rechts ab. Wenige Blocks später lotste ihn der Kompass in eine weitere schmale Straße, ebenso dunkel wie die letzte.

Auch hier sah alles verwahrlost aus. In der realen Welt sicherlich eine Gegend, die er meiden würde, aber auch in dieser Simulation sollte er vorsichtig sein. Programmierer dachten sich die unmöglichsten Sachen aus, um die Welten, die sie erschufen, so realistisch wie möglich aussehen zu lassen. Dazu gehörten oft wilde Tiere und Monster, aber auch Diebe und Mörder.

Eigentlich ist alles ganz gut gelaufen, bis Blue aufgetaucht ist, aber jetzt wird es nicht nur kompliziert, sondern auch gefährlich.

Während er die Gasse hinunterging, dachte er über den Mann im roten Overall nach.

Kaito.

Warum hatte er ihm seinen Namen verraten? Und von was für einem Sturm, der aufziehen sollte, hatte er gesprochen? Was hatte er damit gemeint?

Eines war sicher: Das Schwert enthielt brisante Informationen über jemanden oder etwas, denn sonst hätte dieser Kaito nicht so eine dramatische Metapher verwendet. Und es war sehr kostbar. Kaito hatte von Milliarden gesprochen, die die darauf gespeicherten Daten wert sein sollten.

Kein Wunder sind alle dahinter her.

Das erklärte auch, warum die Yakuza im Spiel war. Wenn es um so viel Geld ging, hatte sie mit Sicherheit ihre Finger drin.

Bei diesem Gedanken wurde Jonas erneut schmerzlich bewusst, dass er in der realen Welt von der japanischen Mafia gesucht wurde und hilflos in seinem PSI-Stuhl festhing.

Können sie mich finden? Herausbekommen, wer hinter Moondancer steckt?

Die bittere Antwort lautete Ja. Auch wenn er sich immer noch sosehr bemüht hatte, unsichtbar zu bleiben, jeder Walker hinterließ Spuren im Netz. Ein Flugzeug am Himmel musste man auch nicht unbedingt sehen, denn die Kondensstreifen, die es hinterließ, verrieten, wohin es geflogen war.

Noch während er darüber nachdachte, wie ihn die Yakuza möglicherweise aufspüren konnte, klingelte in der Realität das V-Phone.

Jonas drehte den Kopf und sah hinüber. Wie erwartet ging nach mehrmaligem Klingeln der Anrufbeantworter an.

»Hallo, hier ist die Familie Decker. Wir sind im Augenblick leider nicht zu erreichen, bitte hinterlassen Sie eine Nachricht. Wir rufen dann gleich zurück.«

Die alte Ansage mit der Stimme seiner Mutter. Er hatte sie nicht gelöscht und neu besprochen, um den Schein aufrechtzuerhalten.

Ihre Stimme nun zu hören, schmerzte. Seine Brust wurde eng und er schluckte schwer. Dann erschien Harleys Hologramm über dem Gerät und verdrängte alle wehmütigen Gedanken.

Das Gesicht seines Freundes war angespannt. Er sah sich immer wieder hektisch um, blickte dorthin, wo bei ihm die Wohnungstür sein musste. Angst stand in seinen Augen.

»Jonas? Bist du da? Geh an das verdammte Phone. Es ist dringend.«

Kurze Pause.

»Alter, wenn du noch auf dem Walk bist, von dem du mir erzählt hast, sieh zu, dass du von dort wegkommst. Die Yakuza steht vor meiner Tür.«

Das Bild wackelte, als Harley zum Fenster hinüberging und das Phone aus dem Fenster hielt, sodass man auf die Straße vor dem Haus sehen konnte. Dort standen drei Männer. Schicke schwarze Anzüge, weiße Hemden und Lackschuhe. Fast schon eine Art Uniform, aber die Yakuza wollte, dass man wusste, wer sie war. Angst war eine mächtigere Waffe als ein Schwert oder ein Revolver.

»Siehst du die Arschlöcher?«, fragte Harley nun panisch. »Die haben schon drei Mal geklingelt. Gott sei Dank sind meine Eltern und meine kleine Schwester nicht zu Hause.«

Jonas spürte, wie sich das Blut in seinen Adern in Eiswasser verwandelte. Harley war in Gefahr. Die japanische Mafia wusste, wo er wohnte.

»Gespräch annehmen«, brüllte er so laut er konnte, aber die Worte drangen nur dumpf unter der VR-Brille hervor.

Inzwischen sprach Harley weiter: »Ich versuche hinten rauszuklettern und über das Garagendach abzuhauen, aber wenn die da jemand postiert haben, bin ich im Arsch. Alter, was soll ich bloß machen? Bald kommt meine Familie nach Hause. Die verdammten Yakuza-Typen werden sie bedrohen, um von mir zu erfahren, wer du bist und wo sie dich finden können.«

»Sag ihnen alles! Gib ihnen meinen Namen und die Adresse!«, schrie Jonas verzweifelt, obwohl er wusste, dass sein Freund ihn nicht hören konnte.

»Ich werde versuchen, dich nicht zu verraten, wenn es nur um mich geht, aber wenn sie …« Harleys Kopf sackte auf seine Brust. »Mach's gut, Spencer. Pass auf dich auf.«

Das Hologramm erlosch.

Zum zweiten Mal innerhalb weniger Minuten versuchte Jonas sich gewaltsam vom PSI-Stuhl zu befreien, aber die Anschnallgurte hielten ihn erbarmungslos fest.

Er brüllte wütend auf.

Sein bester Freund war in Gefahr, ebenso dessen Familie und er konnte nichts zu tun, um zu helfen.

Heiße Tränen der Verzweiflung rannen über sein Gesicht und immer wieder flüsterte er leise Harleys Namen.

Dann tat er etwas, was er seit Jahren nicht mehr getan hatte.

Er betete.

»Vater unser, der Du bist im Himmel …«

25.

Golem City

Die Kugeln pfiffen an Blue vorbei, als sie sich aufrichtete und losrannte. Auf einem schmalen Dachfirst war das alles andere als einfach und mehrfach sah es aus, als würde sie das Gleichgewicht verlieren. Hinter ihr rief der Yakuza etwas, das sie nicht verstand.

Blue erreichte das Ende des Dachs und sprang. Für einen Moment schien sie schwerelos zu sein, im nächsten schien es so, als würde sie ungebremst in die Tiefe stürzen, dann krachte sie auf das nächste Dach. Ihre Füße rutschten weg, aber Blue gelang es, sich an einer Werbetafel festzuklammern, die jemand hier oben angebracht hatte.

Enjoy your life, drink Coke!

Na prima, dachte sie. *Weil mein Leben gerade ja auch so viel Spaß macht und ich Zeit habe, irgendwas zu genießen.*

Sie schüttelte den Gedanken ab und sah sich um. Das schräge Dach, auf dem sie gelandet war, endete nicht weit unterhalb ihrer Füße und ging in ein Flachdach über. Vielleicht eine Garage, aber was auch immer, von dort konnte sie problemlos runter auf die Straße springen.

Sie blickte zurück.

Fuck!

Dort tauchte gerade der Yakuza auf. Wie ein weiterer auf sie abgefeuerter Schuss ihr verriet, hatte er sie ebenfalls entdeckt. Die Kugel schlug nur wenige Zentimeter von ihrer rechten Hand entfernt in die Werbetafel ein.

Blue warf sich herum, ließ ihren Halt los und rutschte das Dach hinunter. Sie landete sicher auf dem flachen Gebäude.

Dass ihr Verfolger nicht weiter auf sie schoss, machte sie stutzig. Sie schaute nach ihm, aber er war verschwunden.

Stopp! War er nicht. Dieser Arsch war zurückgegangen und hatte ebenso wie sie Anlauf genommen, denn sie konnte ihn nun den First entlangrennen sehen. Mit einem Schrei sprang er ab und …

… landete an der gleichen Stelle wie sie zuvor. Auch er hielt sich an der Werbetafel fest. Als er sicher war, nicht abzurutschen, hielt er Ausschau nach ihr und entdeckte sie.

Blue zögerte nicht, rappelte sich auf und sprang auf die Straße hinunter.

Das Schwert schlug ihr beim Rennen heftig gegen den Rücken, aber jetzt war nicht die Zeit, das Leinenband enger zu ziehen, sodass es an Ort und Stelle blieb.

Dem Himmel sei Dank waren hier keine weiteren Verfolger. Allerdings war da immer noch der Yakuza hinter ihr. Sie konnte seine Schritte hören und obwohl sie sich nicht umsah, hatte sie das Gefühl, dass er näher kam. Blue beschleunigte, aber mehr war einfach nicht drin. Na, wenigstens schoss er nicht weiter auf sie. Entweder war ihm die Munition ausgegangen oder er hatte beim Sprung seine Waffe verloren.

Blue erreichte das Ende der Gasse und wandte sich nach rechts. Sie folgte einer Straße, die vollkommen menschenleer war und bog in die nächste Querstraße ein, die in einen weitläufigen Parkplatz mündete, auf dem Hunderte von Fahrzeugen aller Art standen.

Der Platz war offen und es gab keinen Wächter. Blue jagte hinein, schlug mehrere Haken und ließ sich zu Boden sinken. Ihr Brustkorb hob und senkte sich hektisch, sowohl in der Realität wie auch in der Simulation. Sie keuchte. Ebenfalls in beiden Welten. Was für eine Scheiße!

Nachdem sich ihr Herzschlag etwas beruhigt hatte, wagte es Blue, sich aufzurichten und über die Motorhaube des Autos zu spähen, hinter dem sie sich versteckt hatte.

Der Yakuza war nirgends zu sehen. Vielleicht hatte er sie aus den Augen verloren, aber wahrscheinlicher war es, dass er irgendwo geduckt herumschlich und nach ihr suchte.

Blue stieß einen stummen Fluch aus.

Nun, zumindest war sie nicht ganz wehrlos. So leise es ging, zog sie das Schwert aus der Scheide und umfasste den Griff mit beiden Händen.

Wo bist du?

Sie lauschte nach leisen Schritten, schwerem Atem oder einer unbedachten Bewegung, hörte aber nichts. Gar nichts. Es war unglaublich still.

Blue huschte zum nächsten Fahrzeug und versteckte sich dahinter. Sie bückte sich und spähte unter dem Wagen hindurch, in der Hoffnung, die Füße ihres Verfolgers zu sehen, aber es war zu dunkel. Das Licht auf dem Parkplatz reichte nicht aus, um den Boden auszuleuchten.

Sie verharrte einen Moment dort, dann kroch sie aus ihrer Deckung hervor und blickte die Wagenreihe entlang. Kein Schatten. Kein Schemen. Blue schlich weiter.

Hinter einem alten Ford aus den 20er-Jahren hielt sie erneut inne und lauschte. Stille.

Dann scharrte etwas links von ihr über den Asphalt. War das der Yakuza – oder bloß eine streunende Katze? Das Geräusch kam näher.

Was mache ich jetzt? Weitergehen oder hierbleiben und hoffen, dass er mich nicht findet?

In der nächsten Sekunde flog ein Schatten auf sie zu. Blue warf sich zu Boden. Über ihrem Kopf hämmerte der Fuß des Yakuza in die Autotür und hinterließ eine tiefe Delle.

Dieses Arschloch hat nach mir getreten!

Mit einem einzigen Satz war Blue wieder auf den Füßen. Den nächsten Kick blockte sie mit ihrem linken Arm ab. Gleichzeitig schwang sie das Schwert, das surrend durch die Luft zischte, das Gesicht ihres Verfolgers aber um Haaresbreite verfehlte, da dieser mit übermenschlicher Schnelligkeit seinen Körper nach hinten bog, um dem Hieb auszuweichen.

Gut und schlecht.

Gut, das hier war kein menschlicher Walker und sie musste sich keine Gedanken um die Schmerzen machen, die sie ihm zufügte.

Schlecht, weil der Bot natürlich viel schneller, stärker und ausdauernder als jeder Mensch war. Das würde ein verdammt harter Fight werden.

Ohne das Schwert zurückzuziehen, setzte Blue mit einem Fußtritt gegen das Knie des Yakuza nach, der von den

Beinen gerissen wurde und auf den Kies des Parkplatzes sackte.

Doch das war kein Vorteil, wie sie zuerst geglaubt hatte.

Seine Hände schnellten vor, packten Blues Füße und zogen sie mit einem Ruck weg.

Blue krachte auf den Rücken. Die Nano-Marker in ihrem Anzug hatten alle Hände voll zu tun und übermittelten die Schmerzen. Sie stöhnte auf.

Der Killer nutzte den Moment, um ihren Schwertarm zu packen. Seine Finger schlossen sich eisern um ihr Handgelenk, dann schlug er mit der anderen Hand dagegen. Jäher Schmerz durchzuckte Blue. Ihre Finger öffneten sich, das Schwert flog zur Seite, klapperte über den Boden.

Wer auch immer diesen Killer-Bot programmiert hatte, musste ein verdammtes Genie sein, denn noch bevor Blue einatmen konnte, krachte eine Faust gegen ihren Schädel.

Scheiße! Dass tat nun wirklich weh.

Vor ihren Augen tanzten silberne Sterne und das Bild aus der Simulation flackerte so stark, dass sie ihren Gegner nicht mehr sehen konnte.

Fast blind schlug sie nach ihm, traf aber nicht. Stattdessen wurde ihr Kopf angehoben und auf den Boden geknallt.

Aus den silbernen Sternen wurde ein Schneesturm.

Blue keuchte schwer.

Sie musste den Yakuza aufhalten oder sie würde den virtuellen Tod erleiden. Dann wäre das Schwert verloren und mit ihm alle Daten.

Plötzlich wurde sie ganz ruhig. Die Zeit schien stillzustehen.

Was soll's? Ich hätte ihnen das Ding sowieso gegeben.

Kriegen sie das Schwert eben auf diese Art. Hauptsache, danach lassen sie mich in Ruhe.

Ganz so einfach schien es dann aber doch nicht zu sein. Als ihr Blick wieder klar wurde, erkannte sie, dass der Killer-Bot auf ihr kniete und langsam einen langen Dolch aus seinem Anzug zog. Ein Grinsen lag auf dem Gesicht des Mannes, als er ihn mit beiden Händen über den Kopf hob.

»Wir wissen, wer du bist, Blue«, sagte er mit kalter Stimme. »Wir wissen, wo du wohnst und bald werden wir auch herausgefunden haben, von wo aus du dich in Golem City eingeloggt hast. Du wirst hier sterben und dort.«

Blues Gedanken erstarben im Nichts.

Sie starrte den Dolch an, der, ohne zu zittern, über ihr schwebte.

»O yasumi nasai«, sagte der Yakuza. *Gute Nacht.*

Es würde keine gute Nacht werden.

26.

Golem City

Plötzlich ein Zischen in der Luft.

Der Kopf des Yakuza kippte zur Seite weg. Sein Körper löste sich auf.

Ein Schatten trat vor.

Blonde, lange Haare. Alter Ledermantel.

Das Schwert in der Hand.

Moondancer.

»Na, da bin ich ja gerade rechtzeitig gekommen«, sagte er mit einem Lächeln und richtete die Spitze des Schwertes auf sie.

Vom Regen in die Traufe.

»Ich würde sagen, du stehst jetzt langsam auf und machst dabei keine hastigen Bewegungen«, sagte er ruhig. »Ich kann mit einem Schwert umgehen und teile dich in zwei Hälften, wenn du mich angreifst – noch bevor du Hallo gesagt hast.«

»Was willst du?«, fragte Blue.

»Ich habe, was ich will.« Moondancers linke Hand deutete auf das Schwert in seiner rechten. »Du könntest dich übrigens bedanken. Ich glaube, ich habe dich gerade aus einer sehr unangenehmen Situation gerettet.«

»Ich wäre schon klargekommen«, knurrte Blue.

»Ja, genau so sah es aus.«

»Okay, danke.«

»Da ich dir geholfen habe, könntest du mir ein paar Fragen beantworten.«

»Hier auf dem Parkplatz? Es laufen in der Gegend jede Menge Yakuza rum, die mich suchen und da du nun das Schwert hast, auch bald hinter dir her sein werden.«

Der blonde Junge verzog den Mund. »Das sind sie schon die ganze Zeit. Allerdings in der realen Welt, wenn sie mich in Golem City ebenfalls jagen, macht das kaum einen Unterschied.«

»Bist du dir da sicher?«

»Nope. Aber was soll's?«

Blue rappelte sich langsam auf. Die Schwertspitze blieb dabei die ganze Zeit auf ihre Nasenspitze gerichtet.

»Warum hast du mir das Schwert abgenommen? Wer schickt dich?«, fragte der Junge.

»Das hast du mich schon im Taxi gefragt. Die Antwort bleibt die gleiche. Niemand, ich bin aus eigenem Interesse hier.«

»Du verarschst mich. Ohne einen Auftrag ist es beinahe unmöglich, nach Golem City zu gelangen.«

»Merkst du was? Beinahe.«

»Okay, dann erklär mir aber das ›Warum‹?«

»Lass uns lieber verschwinden. Ich hab kein gutes Gefühl dabei, wie auf dem Präsentierteller herumzustehen.«

»Also gut, aber du versuchst nicht abzuhauen. Und keine Tricks.«

Blue nickte. Sie ging voran. Moondancer folgte ihr.

Ohne nach hinten zu schauen, fragte sie: »Wie heißt du richtig?«

Er lachte. »Du glaubst ernsthaft, ich verrate dir das?«

»So wie ich die Sache sehe, stecken wir beide in dieser Sache und sollten zusammenarbeiten.«

»Fällt dir ziemlich spät ein. Du hast mich beklaut, obwohl du wusstest, dass es mir danach unmöglich wird, die Simulation zu verlassen.«

»Ich dachte, du schaffst das schon irgendwie.«

»Blödsinn. Du wusstest genau, was du tust.«

Er ging noch immer hinter ihr. Die Spitze des Schwertes in ihrem Nacken. Sie hatten das Ende des Parkplatzes erreicht.

»Dort hinüber. Zu dem kleinen Haus.«

Blue und er überquerten die menschenleere Straße. Vor der Tür des einstöckigen Hauses, das aussah, als stamme es aus einer Märchenwelt, blieb Blue stehen. Vor ihr Holzwände, ein Spitzdach mit schwarzen Schindeln und eine alte, morsche Tür. Hinter den kleinen Fenstern, an denen weiße Vorhänge hingen, brannte kein Licht. Die Tür war nicht verschlossen. Fragend sah Blue Moondancer an.

»Geh rein.«

»Hältst du das für eine gute Idee? Wir sollten zusehen, dass wir von hier abhauen.«

»Ich will wissen, was los ist und ich denke, du kannst mir so einiges erzählen.«

Blue drückte die Tür auf, die leise knarrend aufschwang. Drinnen war niemand. Das Haus war leer. Es gab keine

Möbel und auch sonst keine Einrichtung. Nur ein einziges großes Zimmer und einen gemauerten Kamin. Moondancer schloss die Tür hinter ihnen und bedeutete Blue, sich auf den Holzboden zu setzen.

Von draußen fiel nur wenig Licht herein, aber es reichte aus, um die Gesichtszüge des Jungen zu sehen.

»Ist das ein Avatar oder siehst du wirklich so aus?«, fragte sie.

»Was denkst du?«, fragte er zurück.

»Natürlich dein richtiges Aussehen. So machen wir es alle.«

»Stimmt.«

Er saß mit untergeschlagenen Beinen vor ihr, das Schwert in seinem Schoß, und wirkte vollkommen entspannt, aber seine Stimme vibrierte leicht, als er sagte: »Ich bin Jonas.«

Dass er ihr nun doch seinen Namen verriet, überraschte sie. Für einen Moment dachte Blue, dass er sie vielleicht belog, aber im Prinzip war auch das egal.

»Ich heiße tatsächlich Blue.« Sie lächelte ihn an. »Der Name ist so abgefahren, jeder hält ihn für erfunden, aber meine Mutter hat ihn mir in Erinnerung an ihre Flitterwochen in Hawaii gegeben. Sie sagte, der Pazifik wäre von einem unglaublichen Blau gewesen und sie hätte sich gar nicht daran sattsehen können.«

Jonas lächelte zurück. »Das ist nett.«

In seiner Stimme lag keine Ironie oder Sarkasmus.

»Blue, ich stecke echt in der Scheiße.«

»Mir geht es ähnlich, aber warum die plötzliche Offenheit?«

Er deutete mit der Hand zur Tür. »Da draußen sind ein Haufen Leute, die alle hinter dem Schwert her sind. Ghostwalker, Yakuza, Killer-Bots. Das ganze fucking Programm. Aber nicht nur das, sie jagen mich auch in der Realität, wollen mir echt an den Kragen, und ich weiß nicht, was ich machen soll.«

»Die Yakuza sind auch mein Problem. Der Killer, der mich auf dem Parkplatz angegriffen hat, war nicht der einzige, und kurz bevor du mich gerettet hast, hat er mir verraten, dass sie wissen, wo ich wohne, und sie mir einen Besuch abstatten werden.«

»Dann bist du in Gefahr. Du musst dich ausloggen und sofort abhauen.«

»Das Schwert hat jede Kommunikation mit der Außenwelt blockiert, ich kann meinem Kumpel nicht sagen, dass er mich rausholen soll und ohne das Schwert gehe ich nicht.«

»Wie bist du überhaupt nach Golem City gekommen und woher weißt du von dem Schwert?«

»Ich hatte es schon einmal in den Händen. Ein unbekannter Auftraggeber schickte mich auf einen Walk in Oicho-Kabu …«

»Der Yakuza-Welt?«

»Ja, warum nicht? Ich dachte, die Yakuza selbst hätte mich losgeschickt, aber so war es dann doch nicht. Wie auch immer, mein Auftraggeber musste ein Insider gewesen sein, denn er hatte mir präzise Anweisungen gegeben und als ich am Übergabeort ankam, überreichte mir ein Avatar das Schwert. Alles schien okay, ich hätte das verdammte Ding nur abliefern müssen, aber dann tauchte plötzlich ein goldener Ninja auf. Mich traf ein Energieblitz und ich wurde zurück in die Realität geschleudert. Das Problem dabei war, dass sowohl die Datei als auch mein Gedächtnis beschädigt wurden. Es hatte ein Austausch stattgefunden.

Meine Erinnerungen waren nun auf dem Schwert, das ich nicht mehr hatte, dafür war ein Teil der Daten in meinem Gehirn.«

»Abgefuckt. So etwas habe ich noch nie gehört.«

»Zurück in Hamburg sind wir uns auf der Straße begegnet. Ich weiß nicht mehr, wie ich dahin gekommen bin, aber plötzlich stand dieser Yakuza vor mir und wollte das Datenpaket. Dann bist du aufgetaucht und ich konnte abhauen.«

Jonas kratzte sich am Kopf. »Okay, so weit klar, aber warum begibst du dich in Gefahr, dringst illegal in Golem City ein und stiehlst das Schwert? Wie hast du das überhaupt gemacht?«

»Sagen wir, ich habe einen Freund mit außergewöhnlichen Fähigkeiten.«

»Und der Grund?«

»Der Teil des Gedächtnisses, den ich verloren habe und der sich wahrscheinlich nun auf dem Schwert befindet, betrifft unter anderem meine Ersparnisse. Ich habe die Nummer meines geheimen Kontos im Darknet vergessen.«

Jonas lachte schallend.

»Das ist nicht witzig«, knurrte Blue. »Da ist mein ganzes Geld, ohne bin ich pleite, und so wie es aussieht, muss ich aus Hamburg verschwinden.«

»Bist du jetzt gerade in deiner Wohnung?«

Blue schüttelte den Kopf. »Ich sitze mehrere Meter tief unter der Erde, gesichert durch zwei Stahltüren und benutze eine geheime High-Speed-Datenleitung, die nicht zu hacken ist. So schnell kriegen die mich nicht, aber irgendwann muss ich ja auch mal raus aus dem Keller und ich habe keinen Bock darauf, dass die Yakuza oben an der Treppe steht, wenn es so weit ist.«

»Aber woher wusstest du, dass das Schwert in Golem City ist?«

»Mein Freund hatte gehört, dass jemand einem Ghostwalker namens Moondancer für einen Job dort 100.000 Eurodollar angeboten hatte. Da war es nicht schwer eins und eins zusammenzuzählen.«

»Okay, aber wie hast du mich gefunden?«

»Tja, dieser Typ, der mir hilft, hat mir einen offiziellen Zugang ins System gehackt und dabei entdeckt, dass du schon dort bist. Du bist ebenfalls über einen offiziellen Zugang reingekommen. Er hat deine Signatur getrackt, so konnte ich dich aufspüren.«

»Dein Kumpel ist ziemlich begabt.«

»Ja, aber er ist pervers.« Sie winkte ab, als sie sah, dass er die Augenbrauen hochzog. »Erkläre ich dir später. Da wir schon beim Frage- und Antwortspiel sind, wie hast du mich aufgespürt?«

Jonas zog den Kompass aus seiner Manteltasche und hielt ihn ins Licht. »Er zeigt die Richtung an, in der sich das Schwert befindet.«

»Cool, woher hast du … Ah, verstehe, dein Auftraggeber hat dir das Ding gegeben, sollte dir das Schwert abhandenkommen. Weißt du, wer er ist?«

»Nein, aber ich vermute, er gehört zu BioCom.«

»Trotzdem ist das merkwürdig. Sag mal, hast du in Golem City zufällig einen Phönix gesehen?«

»Ich hab die Ereignisse auf dem Platz vor der Firmenzentrale in den Nachrichten verfolgt. Du warst dort, und auch ein paar andere Typen. Da war auch der goldene Ninja, von dem du gerade gesprochen hast. Gegen Ende der Übertragung kam der Phönix ins Bild.«

»Ich glaube, er ist der Gegenspieler des goldenen Ninjas. Er stammt wahrscheinlich ebenfalls aus dem System selbst, also ist er ein Programmierer oder ein hohes Tier bei BioCom. Irgendetwas läuft da. Ich glaube, einer von beiden ist ein Verräter und spielt ein doppeltes Spiel – und alles hat mit dem Schwert zu tun.« Blue deutete darauf. »Je schneller wir es loswerden, desto besser.«

Jonas nickte. »Dieser Phönix hat die Killer-Bots ausgeschaltet, die den Ninja gejagt hatten, als wären sie Puppen.«

»Die waren mit Sicherheit von der Yakuza.«

»Dann ist er vielleicht mein Auftraggeber?«

»Möglicherweise, aber der goldene Ninja hatte Zugang zur Firmenzentrale und könnte es genauso sein. Ich bin dem Phönix nach dem Angriff auf dem Platz zum Hafen gefolgt. Dort hat der Typ versucht, die Daten aus dem Schwert zu öffnen, aber das war ein Ablenkungsmanöver. Das falsche Schwert.«

»Woher weißt du, dass es ein Mann war?«

»Er hat sich zurückverwandelt. Ich glaube, das war sein wirkliches Aussehen. Jung, schwarze glatte Haare. Asiatische Gesichtszüge.«

»Das würde doch dafürsprechen, dass er zu den Yakuza gehört.«

»Vielleicht früher einmal, könnte ein Aussteiger sein, der jetzt sein eigenes Ding durchzieht.« Blue fuhr sich nervös durch die kurzen Haare.

»Hast du schon mal davon gehört, dass die Yakuza jemanden am Leben lässt, der nicht mehr dazugehören will?«

»Nein, aber er *muss* etwas mit ihnen zu tun gehabt haben. Er weiß von dem Schwert und versucht mit allen Mitteln daranzukommen. Dafür legt er sich sogar mit der japanischen Mafia an. So etwas tut nur jemand, der nichts mehr zu verlieren hat. Wir können also davon ausgehen, dass er ebenfalls hinter uns her ist. Übrigens, zuletzt hat er wieder sein Aussehen geändert: menschliche Gestalt, roter Overall, Salvador-Dalí-Maske.«

»Du meinst wie die Bankräuber aus der Fernsehserie?«

»Ja, genau.«

»Ich bin dem Typen begegnet. Nur wenige Straßen entfernt.«

»Wie hat er dich gefunden?«, wollte Blue wissen.

»Keine Ahnung, plötzlich stand er vor mir. Fragte mich, wo das Schwert sei.«

»Dann wusste er, dass du es hattest, bevor ich es dir abgenommen habe!«

»Ja, er nannte sich Kaito. Keine Ahnung, ob das sein richtiger Name ist. Ich sagte ihm, dass du es mir gestohlen hast.«

»Was? Du hast ihm meinen Namen verraten?«, fuhr Blue auf.

»Klar, was denn sonst? Du hattest mir gerade das Schwert geklaut und mich zurückgelassen. Der Typ zielte mit einem Revolver auf meine Stirn. Hätte ich versuchen sollen zu lügen? Und außerdem bin ich dir nichts schuldig.«

»Kann man jetzt wohl eh nicht mehr ändern.« Blue verschränkte wütend die Arme. »Okay, fassen wir zusammen. Wir haben das Schwert. Da draußen gibt es mehrere Parteien, die es unbedingt haben wollen und uns gnadenlos jagen werden …«

»Du sprichst die ganze Zeit von uns«, warf Jonas ein. »Es gibt kein *Uns*. Ich werde jetzt das Schwert schnappen und mich zur Zentrale von BioCom durchschlagen, und zwar so schnell wie möglich. Mein Freund ist in Gefahr. Ich muss ihm helfen.«

Blue schwieg einen Moment, dann sagte sie: »Ich verstehe, dass du sauer auf mich bist. Wäre ich an deiner Stelle auch, aber ich bin jetzt in der gleichen Lage, wie du. Ich kann mich nicht ausloggen.«

Der Junge sah sie abschätzig an. »Wie wolltest du dich denn überhaupt ausloggen?«

»Ich hätte meinen Freund benachrichtigt, dass er mich rausholen soll. Da aber meine Kommunikation gestört ist und er von mir keine Nachricht bekommt, wird er nichts unternehmen.«

»Dann musst du eben warten, bis er merkt, dass etwas nicht stimmt …«

»Das dauert viel zu lang. Die Yakuza ist im realen Leben hinter mir her. Das bedeutet, auch er ist in Gefahr. Lass uns zusammen den Auftrag zu Ende bringen.«

»Du könntest rausgehen und dich von den Bots killen lassen. Virtueller Tod. Dein Problem wäre gelöst.«

»Oder auch nicht. Wer weiß, was sie mit mir anstellen, um herauszufinden, wo das Schwert ist. Ich könnte ihnen eine Beschreibung von dir geben und ihnen verraten, dass du Jonas heißt. Das wäre zumindest ein Anfang.«

Das Gesicht des Jungen wurde hart. »Eben hast du noch gebettelt und jetzt erpresst du mich?«

»Ich hab keine andere Wahl.«

»Steh auf«, befahl Jonas.

»Was hast du vor?«

»Es gibt noch eine dritte Möglichkeit. Ich selbst sorge dafür, dass du hier wegkommst.«

27.

Golem City

»Du willst mich töten?«

»Tut kurz weh, aber dann bist du draußen.«

»Was ist mit ›Ich gebe dir die Hälfte der Belohnung‹?«

»Die Chance hast du verspielt, als du mit dem Schwert abgehauen bist.«

Jonas erhob sich. Blue tat es ihm nach.

Er schob seinen rechten Fuß für mehr Standhaftigkeit nach hinten und hob langsam das Schwert. Was er jetzt tun würde, war überhaupt nicht sein Ding. Jonas verabscheute Gewalt im realen wie im virtuellen Leben. Okay, manchmal ging es nicht ohne, aber lieber war es ihm, Lösungen für Probleme zu finden, anstatt sie einfach aus dem Weg zu räumen.

»Zu zweit hätten wir bessere Chancen, das Schwert an den Zielort zu bringen«, versuchte es Blue noch einmal. »Ich könnte dir den Rücken freihalten. Du weißt, ich bin eine gute Kämpferin.«

»Gerade eben hattest du es noch eilig, hier wegzukommen.«

»Ist immer noch so, aber ich denke, den Auftrag zu erfüllen ist unsere beste Option. Sagen wir Sechzigtausend für dich und Vierzig für mich.«

»Wenn ich deinem Avatar den Kopf abschlage, sind es Einhunderttausend für mich und gar nichts für dich.«

»Könntest du natürlich machen, aber dann würde dir meine angenehme Gesellschaft entgehen und außerdem …« Sie sprach nicht weiter.

»Was außerdem?«, fragte Jonas.

Blue drehte sich blitzschnell um ihre eigene Achse, machte einen Side Step und trat ihm die Füße weg. Jonas fiel krachend auf den Rücken, der ganze Boden erbebte dabei. Vor seinen Augen wurde es kurz schwarz. Die Nano-Marker in seinem Anzug gingen auf volle Leistung. Das Schwert rollte aus seinen Händen. Blue hob es lächelnd auf.

»Und außerdem kann ich dir das Schwert auch wieder abnehmen«, meinte sie ruhig. »Aber ich will nicht gierig erscheinen. Sagen wir Dreißigtausend. Immerhin hast du den Auftrag bekommen.«

»Zwanzig und keinen Cent mehr«, stöhnte Jonas.

»Deal«, meinte Blue grinsend, streckte ihre Hand aus und half ihm auf die Füße.

Jonas klopfte sich den Staub ab. »Lass diesen Mist in Zukunft. Das hat sich angefühlt, als wenn mein Rücken auseinanderbrechen würde.«

»Was hast du für ein Anzugmodell?«

»Kline78, mit Hyper-Sensibilität.«

»Aua, dann hat das wirklich wehgetan«, gab Blue zu.

»Und du?« Er nickte mit dem Kopf in ihre Richtung. »Ich

hab von diesem blauen Anzug gehört. Stimmt es, dass man sich damit mobil in Simulationen einloggen kann?«

Sie nickte. »Aber nur für kurze Zeit und das Netz muss auf voller Leistung sein, sonst gibt es Aussetzer bei der Übertragung.«

»Wo hast du das Ding her?«

»Eigenanfertigung.«

»Echt jetzt?«

»Das Material des Anzugs kommt aus Singapur. Wird nach meinen Anforderungen genäht. Darin sind Millionen von Nano-Markern eingewebt. Die Hardware stammt aus Macau, ebenso Brille und Handschuhe. Die Steuerungssoftware habe ich selbst programmiert.«

»Du bist ein verdammtes Genie«, gab Jonas zu.

»Sagen wir so, ich habe viel Zeit. Du glaubst nicht, was man alles im Internet findet. Die Grundidee für den mobilen Anzug stammt nicht von mir. Die hatte ein japanischer Student in seiner Doktorarbeit entwickelt, aber ich habe die Umsetzung hinbekommen und darauf ein internationales Patent angemeldet. Im Augenblick bin ich noch in der Testphase, aber wenn es weiter so gut läuft, verkaufe ich Produktionslizenzen an große Firmen wie HighCarva, Tech Bot und Black Silver.«

»Du wirst Millionen scheffeln. Das Ding ist der Hammer!«

»Vielleicht, vielleicht auch nicht. Du weißt doch, wie es heutzutage läuft … Du hast eine gute Idee und sofort ist jemand da, der sie dir klaut. Die Firmen werden mich mit Klagen überhäufen, mein Patent anzweifeln, indem sie ältere Patente wie aus dem Nichts herbeizaubern, von denen sie behaupten, darin wäre die Funktion eines mobilen Anzuges schon beschrieben. Es wird mich viel Geld kosten, die Sache durchzustehen. Besser wäre es, mein Patent an einen großen Player zu verkaufen, der dann den Rechtsstreit austrägt.«

»Dann bekommst du einen Bruchteil dessen, was die Sache wert ist«, meinte Jonas.

»Besser als nichts.«

»Okay, darüber können wir später noch reden. Jetzt sollten wir erst mal von hier weg.«

»Willst du dir nicht die Daten auf dem Schwert ansehen? Oder hast du das schon?«

Er schüttelte den Kopf. »Ehrlich gesagt, will ich es gar nicht wissen. Wenn die Yakuza dahinter her ist, ist es besser, man weiß so wenig wie möglich.«

»Ja, habe ich mir auch schon gedacht. Kennst du den Weg zur Zentrale?«

»Nein.«

»Hast du einen Stadtplan? Hat dir dein Auftraggeber einen gegeben?«

»Auch nein. Die Sache war als Rätsel angelegt. Ich bin wie in einem Game den Quests gefolgt. Aber du warst doch schon dort.«

»Tja, ich bin zwar vor der Zentrale gewesen, aber dann dem Phönix hinterhergejagt, ohne auf die Umgebung zu achten und danach habe ich nach dir gesucht, ebenfalls ohne auf die Gegend zu achten. Aber ich denke, Golem City ist wie die üblichen Großstädte in Spielen angelegt und die Firmenzentrale liegt im Zentrum eines Kreises.«

»Dafür sprechen die breiten, dicht bevölkerten Hauptstraßen und die menschenleeren Nebenstraßen«, meinte Jonas.

»Ja, da haben die Programmierer etwas gespart.«

»Also ab zur nächsten Hauptstraße und dann herausfinden, in welche Richtung wir uns halten müssen. Sollte nicht allzu schwer sein.«

»Du vergisst, dass es da draußen einen Haufen Leute gibt, die uns jagen. Sie kontrollieren bestimmt die größeren Straßen und beobachten alles.«

»Was schlägst du vor?«

»Schwierig. In den Nebenstraßen kommen wir nur langsam voran und es besteht die Gefahr, sich zu verlaufen, aber es scheint mir sicherer zu sein.«

»Dann machen wir es so.«

Blue streckte ihre Hand aus. »Partner?«

Jonas schlug ein. »Partner. Aber ich will auch so einen schicken Anzug.«

»Mit Zwanzigtausend bist du dabei«, lachte Blue.

»Das ist Wucher. Die Komponenten kosten wahrscheinlich nur ein Zehntel. Darüber reden wir später noch mal.«

»Lass uns gehen«, meinte Blue. »Je schneller wir die Zentrale erreichen, desto besser.«

Jonas nickte zustimmend.

Blue schritt zur Tür hinüber und spähte hinaus. Blitzschnell zog sie den Kopf wieder zurück und lehnte sich gegen die Wand.

»Was ist?«, fragte Jonas.

»Da draußen sitzt ein Monster. Ein Wolf.«

»Was meinst du mit ›sitzt‹?«, wollte Jonas wissen.

»Direkt vor der Tür. Riesiges Vieh. Da ist kein Vorbeikommen. Wir sind erledigt.«

»Jetzt beruhig dich mal. Warum sollte da ein Tier vor der Tür sitzen? Das macht doch keinen Sinn.«

»Schau doch selbst nach, wenn du mir nicht glaubst. Aber beschwer dich nicht bei mir, wenn es dir den Kopf abreißt.«

Jonas sah vorsichtig hinaus. Tatsächlich, da saß im Licht der zwei Monde ein riesiger Schatten direkt vor dem Haus. Unbeweglich wie eine Statue. Jonas konnte einige Details erkennen. Graues, zerzaustes Fell. Riesige Pfoten. Ein Ohr fehlte. Er spürte, wie ein Grinsen sich auf sein Gesicht legte und öffnete die Tür ganz.

»Bist du verrückt?«, zischte Blue neben ihm. »Das verfluchte Biest wird uns auffressen. Mach die Tür zu!«

»Ist nicht nötig. Das ist Wolf.«

»Ich weiß, dass es ein beschissener Wolf ist. Hab ich ja selbst gesagt.«

»Nein, Wolf ist sein *Name*. Ich kenne diesen Hund.«

Er trat ins Freie.

»Wo willst du hin?«, flüsterte Blue.

»Unserem neuen Freund Guten Tag sagen.«

»Was?«

»Komm schon. Er wird uns nichts tun.«

»Und woher willst du das wissen?«

»Kennst du den Anime ›The Monkey Princess‹?«

»Nie gehört. Für so etwas habe ich keine Zeit.«

»Ein Mädchen namens Kim Uriel ist dort die Hauptfigur. Sie lebt in den Ruinen von New York. Die ganze Stadt ist zerstört.«

»Warum erzählst du mir das jetzt?«

»Ein riesiger grauer Hund, der wie ein Wolf aussieht, ist ihr Begleiter.«

Blue deutete nach draußen. »Und du denkst, es ist der da.«

»Ja, ich bin mir sogar sicher. Das rechte Ohr fehlt. Wie im

Anime. Außerdem entstammten alle Hinweise, die mich zu dem Schwert führten, aus dieser Geschichte.«

Er griff in seine Manteltasche und hielt Blue Kims Figur hin. »So sieht sie aus.«

»Ist ja süß, aber was, wenn du dich täuschst?«

»Ich täusche mich nicht. Ich werde es dir beweisen.«

Jonas machte zwei Schritte vorwärts. Ein leises Knurren erklang. Es hörte sich wie ferner Donner an.

»Hallo, Wolf, ich tu dir nichts.« Jonas hob beide Hände und machte einen weiteren Schritt. Das Grollen wurde lauter.

»Komm zurück«, zischte Blue.

»Ich bin Moondancer«, sagte Jonas. »Schau mal, was ich da hab.«

Der Hund erhob sich.

Jonas nahm die Arme runter und streckte seine rechte Hand aus, auf der die Figur von Kim Uriel lag. Der riesige Hund reckte den Hals und schnüffelte an der Figur. Dann wedelte er mit dem Schwanz.

»Du kannst rauskommen«, sagte Jonas über seine Schulter.

»Sicher nicht. Ich traue dem Biest keinen Meter weit. Hast du die Zähne gesehen?«

»Wolf wurde geschickt, um uns zu helfen.«

»Von wem?«

»Ich denke, von meinem Auftraggeber.«

»Und jetzt?«

»Komm endlich raus! Wolf weiß sowieso, dass du das bist.«

Jonas beobachtete, wie Blue langsam heraustrat. Zögernd, mit kleinen Schritten. Direkt neben der Tür blieb sie stehen. Er ging hinüber, fasste nach ihrer Hand und zog sie mit sich. Unmittelbar vor dem Hund blieb er stehen.

»Streck deine Hand aus.«

»Er wird sie abbeißen.«

»Nein.«

»Ich kann das nicht.«

Wolf begann zu knurren.

»Ich glaube, er wird ein wenig ungeduldig«, sagte Jonas. »Nun mach schon.«

Blue schloss die Augen und hielt ihre Hand vor sich. Jonas beobachtete, wie Wolf daran schnupperte. Dann leckte er Blues Hand ab.

»Bäh«, machte die. »Ist ja ekelhaft. Alles vollgesabbert.«

Sie zog die Hand zurück. Wolf knurrte erneut.

»Okay, okay.« Sie streckte die Hand wieder aus. Das Gesabber ging weiter. Irgendwann schien Wolf genug zu haben, denn er wedelte leicht mit dem Schwanz. »Ich krieg gerade eine Meldung von meinem System«, sagte Blue. »Der verdammte Hund hatte Zugriff auf meine Daten. Er ist nicht weit vorgedrungen, aber hat ein paar sensible Bereiche ausgelesen. Die ganze Sabberei war nur dazu da, um mich zu überprüfen.«

Jonas musste lächeln, als er ihr entsetztes Gesicht sah.

»Was gibt es da zu grinsen?«, zischte Blue sichtlich verärgert.

»Ich denke, da will jemand sichergehen, dass du nicht zur anderen Seite gehörst. Immerhin bist du illegal bei BioCom eingedrungen und wie wir beide wissen, bist du nicht die Einzige. In Golem City läuft eine Horde Yakuza rum, die nichts anderes im Sinn hat, als uns das Schwert abzujagen. Wer auch immer Wolf gesandt hat, muss sicher sein, dass er sich kein Ei ins Nest legt, und den Falschen zur Zentrale führt.«

Blue runzelte die Stirn. »Du denkst also, der Hund wurde geschickt, um uns den Weg zu zeigen?«

»Alles andere macht keinen Sinn. Wolf ist zwar ein Biest mit riesigen Zähnen, aber gegen automatische Waffen sind die nutzlos. Also kann er nicht zu unserem Schutz ausgesandt worden sein. Nein, ich denke, er ist unsere lebende Karte. Und Wolf wurde ausgewählt, weil mein Auftraggeber weiß, dass ich ihn erkenne. Für jeden anderen ist er einfach nur ein großer Hund.«

Jonas legte seine Hand auf Wolfs Kopf und begann ihn hinter seinem verbliebenen Ohr zu kraulen. Dann klopfte er ihm auf den Rücken. »Okay, mein Freund«, sagte er. »Dann zeig uns, wo es langgeht.«

Wolf stieß einen Laut aus, den man mit viel Fantasie als Bellen deuten konnte, und trabte los.

28.

Golem City

Zunächst überquerten sie den Parkplatz. Während Wolf vor ihnen herlief, spähte Jonas nach links und rechts, aber er war sich sicher, dass der Hund ihn rechtzeitig warnen würde, falls die Yakuza-Anhänger auftauchten. Mit Sicherheit hatte der Programmierer ihn mit besonderen Sinnen ausgerüstet und Wolf konnte wie ein normaler Hund Personen viel früher als ein Mensch wahrnehmen.

Zielstrebig trabte das graue Monster zwischen den Autoreihen hindurch, ohne ein einziges Mal innezuhalten.

Am Ende des Parkplatzes wandte Wolf sich nach links. Nun ging es die Straße hinunter, bis er in eine dunkle Gasse einbog, die genauso aussah, wie all die anderen schmalen Straßen, durch die Jonas schon gerannt war.

Immer wieder bog der Hund in andere Gassen ab und bald hatte Jonas das Gefühl, sich in einem Labyrinth zu befinden. Ohne ihren tierischen Führer hätten sie sich mit Sicherheit verlaufen.

»Ist wie ein verdammter Irrgarten«, keuchte Blue neben ihm. »Ohne den Köter wären wir aufgeschmissen.«

»Nenn ihn bitte nicht so. Das ist Wolf, einer der absoluten Sympathieträger aus ›The Monkey Princess‹. Er hat der jungen Heldin der Geschichte unzählige Male das Leben gerettet und sich dabei nicht nur einen Haufen Narben und Verletzungen eingefangen, sondern auch sein rechtes Ohr verloren.«

»Mann, das ist nur eine Geschichte und das da vorn ein programmierter Bot.«

»Trotzdem.«

Wolf blieb an einer kleinen Kreuzung stehen, von der aus schmale Sträßchen in zwei Richtungen führten. Er schnupperte, dann wandte er sich um und sah Jonas eindringlich an.

»Ich glaube, er hat etwas entdeckt.«

Der Hund begann zu knurren.

»Yakuza«, fügte Jonas hinzu. »Es müssen welche in der Nähe sein, sonst würde sich Wolf nicht so aufführen, sondern einfach weiterlaufen.«

»Scheiße und wir haben keine Waffen, außer dem Schwert«, knurrte Blue.

Wolf stand noch immer an der gleichen Stelle. Er wirkte unschlüssig. Dann drehte er sich einmal um die eigene Achse und schnüffelte auf dem Boden herum.

»Was hat er?«, fragte Blue.

»Wahrscheinlich kreuzen sich hier mehrere Spuren und er versucht herauszufinden, welche Richtung sicherer als die andere ist.«

Blue verzog den Mund.

»Hoffentlich hat er es bald. Es gefällt mir nicht, einfach

in der Gegend rumzustehen. Wir könnten kein besseres Ziel abgeben.«

»Lass ihm Zeit. Sein Programm wertet die Spuren aus und berechnet sicherlich gerade Wahrscheinlichkeiten.«

Der Hund bellte leise.

»Es geht weiter«, übersetzte Jonas.

Wolf bog rechts ab und lief nun schneller.

Jonas und Blue mussten sich sputen, um mit ihm mitzuhalten.

Eine Weile lang ging es in dieselbe Richtung, doch dann blieb der Hund stehen. Er knurrte und Jonas sah im Licht der Straßenlaternen, dass sich sein Nackenfell sträubte.

Jonas legte einen Zeigefinger auf die Lippen, um Blue zu bedeuten, dass sie nicht sprechen sollte, gleichzeitig fasste er nach ihrer Hand und zog sie in einen dunklen Hauseingang. Atemlos presste er sich an die Wand. Draußen näherten sich Schritte.

Jonas beobachtete, wie sich Wolf zwischen mehreren Mülltonnen zurückzog und dort herumschnüffelte. Er sah aus wie ein gewöhnlicher Hund, der im Müll nach Essen wühlte.

Zwei Männer tauchten auf. Die übliche Yakuza-Gussform für ihre Killer-Bots, wenn sie wollten, das man wusste, wer hinter einem her war. Schwarze Anzüge, weiße Hemden. Krawatten und Lackschuhe. Zu ihrem Outfit gehörten kurzläufige Maschinenpistolen, die sie in den Händen hielten. Seltsamerweise trugen beide Sonnenbrillen, trotz der schlechten Lichtverhältnisse. Aber Jonas glaubte, dass es sich dabei um spezielle Ausrüstungsgegenstände handelte, die ihnen bei der Suche halfen. Ebenso wie Wolfs Geruchssinn, den es natürlich in einer Simulation gar nicht geben konnte, waren das angepasste Suchroutinen, die die Daten der Straße auslasen, was wiederum bedeutete, sie würden wissen, dass er und Blue hier gewesen waren. Konnten sie auch den Zeitpunkt bestimmen?

Die beiden Männer blieben in zehn Meter Entfernung stehen. Den Hund beachteten sie nicht, der nur wenige Schritte weiter gerade einen Müllsack aufbiss.

Einen Moment rührten sich die Typen nicht, dann drehten sich beide synchron um ihre eigene Achse. Ein gespenstischer Anblick.

Sie suchen Spuren. Wollen herausfinden, in welche Richtung wir gegangen sind.

Jonas zog langsam und lautlos das Schwert aus der Scheide. Neben ihm keuchte Blue leise auf. Er ballte eine Faust, um ihr anzuzeigen, dass sie sich für den Kampf bereitmachen sollte.

Auf der Straße schienen die Killer-Bots zu einem Ergebnis gekommen zu sein. Beide Männer wandten die Köpfe in ihre Richtung, dann gingen sie los.

Kurz bevor sie den Hauseingang erreichten, flog ein grauer Schatten lautlos heran, stürzte sich auf einen der Yakuza und warf ihn zu Boden. Die Maschinenpistole fiel klappernd aus seiner Hand. Noch bevor er sich aufrappeln oder nach seiner Waffe greifen konnte, biss Wolf ihm in die Kehle und der Bot löste sich auf.

Der zweite Yakuza wirbelte herum. Er hob seine Maschinenpistole an, wollte auf den Hund feuern, aber da bohrte sich das Katana zwischen seine Schulterblätter und auch er verschwand im Datennirwana.

Wie in einem normalen Computergame blieben die Ausrüstungsgegenstände zurück. Jonas trat vor und hob die

Waffe des Mannes auf. Dann nahm er die Sonnenbrille in die Hand, aber als er sie aufsetzte, geschah nichts.

»Das ging schnell«, meinte Blue in seinem Rücken.

»Nimm die Maschinenpistole dort drüben. Die Brille kannst du liegen lassen. Hilft uns nicht weiter.« Er wandte sich an Wolf, der sich neben ihm auf den Boden gesetzt hatte. »Danke, mein Junge.«

Der Hund hechelte mit heraushängender Zunge. Blue kam zurück. Sie überprüfte die Funktionsweise der Waffe und sah nach, ob das Magazin geladen war. Sie nickte.

»Jetzt sind wir nicht mehr wehrlos.«

Jonas verzichtete auf einen Check seiner Waffe und hängte sie über die Schulter.

»Wir müssen weiter«, sagte er.

»Einen Moment noch«, meinte Blue.

»Was ist?«

»Findest du es nicht seltsam, dass in Golem City plötzlich so viele Yakuza herumlaufen?«

»Klar ist das seltsam. Und ich kann mir auch nicht erklären, wie sie das geschafft haben.«

»Und wo sind eigentlich die Jaeger Bots, die ein Eindringen verhindern sollen? Die verdammte japanische Mafia spaziert hier herum, als gehöre ihr die Welt.«

»Wahrscheinlich haben sie Hilfe von einem Insider. Einem Verräter, der ihnen Zugang zum System verschafft.«

»Auf mich wirkt das Ganze wie ein Machtkampf zwischen zwei Parteien. Im Mittelpunkt steht das Schwert. Es ist der Preis für den Sieger.«

»Kaito hat gesagt, es wäre Milliarden wert.«

»Es muss um mehr als Geld gehen. Denk doch mal nach! BioCom ist der Marktführer in allen Produkten für die Erzeugung von regenerativen Energien. Die haben schon Milliarden, zumindest für sie muss es um etwas anderes gehen. Der goldene Ninja und Kaito. Wer steht auf welcher Seite?«

»Wenn du mich fragst, ist es eindeutig. Wir wissen, der Ninja hat Zugang zur Firmenzentrale, Kaito offensichtlich nicht.«

»Das muss nichts heißen. Es muss noch ein Verräter im Spiel sein, auch der kommt sicherlich in die Zentrale rein.«

»Für den goldenen Ninja spricht das Ablenkungsmanöver mit dem falschen Schwert«, beharrte Jonas.

»Könnte ebenfalls ein Trick sein. Tatsache ist, einer von diesen beiden ist auf unserer Seite, der andere nicht. Bis wir das herausgefunden haben, sollten wir vorsichtig sein und niemandem vertrauen.«

Jonas deutete auf Wolf. »Wir vertrauen ihm.«

»Ja, er hat seine Loyalität bewiesen, indem er die Yakuza-Typen angegriffen hat.«

»Ich habe das Gefühl, wir alle sind nur Schachfiguren auf einem Spielbrett. Die beiden Spieler machen ihre Züge, verschieben uns hierhin oder ziehen uns dorthin, am Ende werden wir wie Bauern geschlagen und sind raus aus dem Spiel«, sagte Jonas.

Blue grinste. »Wenn ein Bauer die gegnerische Grundlinie erreicht, kann er sich in jede Figur, mit Ausnahme des Königs verwandeln. Wir müssen zur Zentrale.« Sie klopfte ihm auf die Schulter. »Also weiter.«

Jonas wandte sich zu Wolf. Der Hund sah ihn gespannt an.

»Auf, mein Junge!«

Erneut setzte sich das graue Monster in Bewegung. Diesmal trabte er in die schmale Straße hinein, aus der die beiden Yakuza gekommen waren.

»Wir wären ihnen ohne den Hund genau in die Arme gelaufen«, gab Blue anerkennend zu.

Wolf winselte leise.

29.

Golem City

Das Licht in dieser Gasse war deutlich besser. In regelmäßigen Abständen standen Straßenlaternen und so konnte Jonas sogar ein Stück weit sehen.

Hier wirkte alles verlassen und heruntergekommen. Sämtliche Häuser hatten mit Graffiti verschmierte Wände und spitze Giebeldächer. Die meisten waren nur zwei oder drei Stockwerke hoch. Nirgends brannte ein Licht hinter den trüb gewordenen Glasscheiben. Wolfs Hecheln und der Klang ihrer Schritte hallten dumpf von den Mauern wider und wurden ohne Zeitverzögerung in seine VR-Brille übertragen.

Jonas kroch eine Gänsehaut den Rücken empor. Simulation oder nicht, das alles hier machte etwas mit ihm. Er fühlte sich schwach und erschöpft. Hinzu kam die Angst um Harley und dessen Familie, aber auch um sich selbst, denn wenn die Yakuza seinen Freund in die Finger bekam und ihn unter Druck setzte, würde sie zehn Minuten später vor seiner Tür stehen.

Sie werden sie einfach aufbrechen, mich aus dem Stuhl zerren und was sie dann mit mir machen, möchte ich mir lieber nicht vorstellen. Ich kann froh sein, wenn sie mich am Leben lassen, aber das ist mehr als unwahrscheinlich.

Sein Blick wanderte zu Blue, die leichtfüßig neben ihm hertrabte. Jonas fragte sich, wie es ihr ging.

Blue steckte genauso tief in dieser Sache drin wie er und auch sie wurde von der japanischen Mafia gejagt. Zwar war sie mehr durch Zufall – oder besser gesagt durch Intrigen – in das alles reingeraten, aber die Yakuza war ziemlich empfindlich, wenn man in ihre Welt eindrang und dort etwas stahl. Eigentlich war das ihr eigenes Fachgebiet, und wenn sie selbst beklaut wurde, war das schlecht fürs Image.

Wenn bekannt würde, dass ein Mädchen den mächtigen japanischen Clan an der Nase herumgeführt hatte, kamen sicherlich auch andere Gruppen auf die Idee, dass die Yakuza nicht so unangreifbar war, wie sie immer glauben machen wollte.

Trotzdem schien Blue keine Angst zu haben. Zumindest sah er ihr nichts an. Gut, das konnte natürlich auch am Avatar liegen, aber da die VR-Brille in jeder Millisekunde die Mimik des Benutzers abtastete und in die virtuelle Welt übertrug, glaubte er tatsächlich in ihrer ruhigen Miene so etwas wie Gelassenheit zu erkennen.

In den letzten vierundzwanzig Stunden war so viel geschehen, und seit seinem Auftauchen in Golem City überschlugen sich die Ereignisse. Ihm blieb kaum Zeit zum Luftholen, er stürzte von einer Gefahr in die nächste, aber es gab auch etwas Positives an der ganzen Sache: Er war Blue begegnet.

Der lebenden Legende, um die sich so viele Gerüchte

rankten. Von Blue wurden Geschichten über unglaublich mutige Walks erzählt, die sich wie ein Lauffeuer im Netz verbreitet hatten, aber niemand hatte sie jemals gesehen oder war ihr in einer Simulation begegnet. Wie ein Geist tauchte ihr Name auf, und oftmals hatte er ihre Existenz bezweifelt. Es gab genug Gerüchte im Netz. Irgendwelche Spinner verbreiteten allen möglichen Unsinn, aber dieses eine Gerücht war wahr geworden. Blue war an seiner Seite.

Die Legende lebte.

»Ist was?«, fragte Blue. »Du guckst mich so komisch an.«

»Nein, nichts. Hab nur nachgedacht.«

»Und worüber?«

»Nichts Spezielles. Einfach so, was passieren wird, wenn wir tatsächlich die Zentrale erreichen.«

»Zweifelst du daran?«

»Haben wir nicht allen Grund dazu? Wer weiß, wer alles hinter uns her ist und an jeder Ecke lauert eine andere Gefahr.«

»Das macht ein Abenteuer aus.«

»Ich dachte nicht, dass du es so gelassen siehst.«

»Tu ich auch nicht«, gab Blue zu. »Aber wenn ich schon bis zum Hals in dieser Scheiße stecke, kann ich es ja auch ein wenig genießen.«

»Du bist verrückt.«

»Und du nicht der Erste, der das bemerkt.«

»Hast du Familie?«

»Warum willst du das wissen?«

»Einfach so.«

»Nein, ich bin allein.«

»Was ist passiert?«

»Geht dich nichts an. Was ist mit dir?«

»Ebenfalls allein. Geht dich auch nichts an.«

»Gut, dass wir uns ausgetauscht haben. So etwas schafft Vertrauen.«

Gegen seinen Willen musste Jonas lachen. Eine Weile schwieg er, dann sagte er: »Ich bin froh, dass du an meiner Seite bist und ich die Sache nicht allein durchstehen muss.«

Sie lächelte ihn an. »Für fünfzigtausend Eurodollar tue ich das gern, Baby.«

Er grinste zurück. »Es sind Zwanzig und keinen Cent mehr.«

»Okay, ich dachte, ich versuch's mal.«

Vor ihnen blieb Wolf stehen. Erst jetzt erkannte Jonas, dass sich zwischen den Häusern eine kleine Lücke aufgetan hatte. Dort, von gepflegten Bäumen umgeben, stand ein kleiner Shintō-Schrein. Rote, mit geschwungener Schrift verzierte Holzbalken. Goldene Schindeln auf dem Dach. Eine Samurai-Maske schwebte über dem Eingang.

Wolf bellte einmal. Sein Körper zitterte, aber es sah nicht so aus, als ob er Angst hatte. Das Nackenfell stellte sich nicht auf.

»Das ist nicht die Firmenzentrale«, stellte Blue ruhig fest.

»Und ziemlich auffällig für diese Gegend. Vielleicht treffen wir hier meinen Auftraggeber oder einen Kontaktmann, der uns neue Informationen liefert.«

»Siehst du jemanden?«

»Nein, die ganze Gegend ist gottverlassen.«

»Okay, dann weiß ich, dass noch alles mit meinen Augen stimmt. Was machen wir jetzt?«

»Ich würde sagen, wir warten.«

»Bist du verrückt? Das ist ein nach allen Seiten offenes Gebäude, jeder der hier auftaucht, wird uns sofort sehen.«

»Haben wir eine Wahl? Außerdem wird uns Wolf warnen.«

»Vielleicht hat sich der Hund verlaufen«, überlegte Blue.

»Glaub ich nicht. Wolf ist programmiert und weiß, was er tut. Wir können ihm vertrauen.«

»Einem Hund?«

»Halt doch mal die Luft an. Was willst du denn sonst tun?«

»Wir könnten den Weg alleine suchen.«

»Mit all den verrückten Yakuza, die in Golem City an jeder Ecke lauern? Nö, da setze ich mein Geld lieber auf Wolf.«

»Du setzt *dein Leben* auf ihn.«

»Dann eben das. Du stehst doch auf Abenteuer, dachte ich.«

»Ja, aber ich bin nicht lebensmüde, und hier auf wen auch immer zu warten, gefällt mir nicht.«

Wolf bellte erneut.

»Sag dem Hund, er soll Ruhe geben«, knurrte Blue. »Das hört man ja kilometerweit. Vielleicht sollten wir Schilder aufstellen, wo man uns finden kann.«

Jonas ging zu Wolf hinüber. Er kniete sich neben ihn und legte seine Hand in den Nacken des Tieres.

»Was ist denn?«, fragte er leise.

Wolf bellte. Noch lauter als zuvor. Dreimal hintereinander. Diesmal zuckte selbst Jonas zusammen.

»Scheiße«, murmelte Blue und nahm die Maschinenpistole von ihrer Schulter.

Jonas verstand nicht, was mit dem Hund los war. Plötzlich trabte der los, die wenigen Stufen zum Schrein hinauf und dann hinein. Jonas folgte ihm, auch wenn er nicht wusste, was das Ganze sollte. Er drehte sich zu Blue um, die mit den Schultern zuckte und ihnen nachging.

Wolf lief zur Mitte des Schreins und setzte sich auf die Hinterläufe. Der Boden war mit alten Eichenbrettern belegt, in die jemand seltsame Zeichen eingeritzt hatte. Oder waren das verblasste Buchstaben? Irgendwie kamen Jonas die Zeichen bekannt vor. In seinem Geist entstand ein Muster, aber noch konnte er es nicht erkennen. Er trat in den Kreis.

»Komm her«, sagte er zu Blue.

Zögernd stellte sie sich neben ihn.

Der Kreis begann schwach zu leuchten. Dann erzitterte der ganze Tempel wie bei einem Erdbeben.

Blue schrie auf.

Sie und Jonas wurden zu Boden gerissen.

Staub fiel in Fäden vom Dach herab.

Das Zittern wurde stärker.

Wurde zu einem Beben.

Blue klammerte sich an Jonas.

»Was passiert hier?«, kreischte sie.

Ich weiß es nicht.

Jonas bekam kein Wort heraus.

Dann stürzten sie in die Tiefe.

30.

Golem City

Es gab nichts, woran sie sich festhalten konnte, als der Tempel rumpelnd in die Tiefe sank, daher legte sich Blue flach auf den zitternden Boden. Gemauerte Wände aus Ziegelstein begleiteten ihren Weg, während Staub auf sie herabrieselte.

Blue drehte sich auf die Seite und sah zu Jonas hinüber, der sich ebenso wie sie auf die Holzplanken presste.

»Was ist hier los?«, brüllte sie gegen den Krach an. »Ist das ein Erdbeben? Sind wir eingebrochen?

»Nein«, rief er zurück. »Die Fallgeschwindigkeit nimmt nicht zu, sondern bleibt konstant. Ich glaube, dass hier ist so etwas wie ein Fahrstuhl.«

Blue zuckte innerlich zusammen. Ein ganzer Tempel als Fahrstuhl? Unglaublich, aber Jonas hatte recht, alles sah danach aus.

Sie wandte erneut den Kopf und schaute, was der Hund machte. Der lag auf dem Bauch, die Schnauze unter die riesigen Pfoten gesteckt.

Du hast uns hierhergebracht und weißt nicht, was uns erwartet?

Dann verstand sie. Wolf war lediglich ihr Kartenmodul gewesen, dessen Aufgabe es war, sie an diesen Ort zu führen, darüber hinaus verfügte er über keine weiteren Informationen.

Wird er uns auch weiterhin begleiten? Oder geht er demnächst in den Off-Modus?

Beides war möglich und hing davon ab, welche Routinen der Programmierer dem Hund eingesetzt hatte. So wie es aussah, verfügte Wolf über rudimentäre künstliche Intelligenz. In etwa so wie ein Hund in der wirklichen Welt, es konnte also durchaus sein, dass er bei ihnen blieb. Blue gab es nicht gern zu, aber in der Nähe des grauen, zotteligen Riesen fühlte sie sich ein wenig sicherer.

Die Fahrt ging schier endlos in die Tiefe, obwohl sicherlich nur wenige Minuten vergangen waren. Blue versuchte die Geschwindigkeit abzuschätzen, mit der sie in die Tiefe fielen, und dann umzurechnen, welche Strecke sie zurückgelegt hatten, aber ohne Uhr war das ein sinnloses Unterfangen.

Obwohl sie nun bemerkte, dass in die Ziegelsteinmauer um sie herum elektrische Lichter angebracht waren, wurde es mit dem schwindenden Tageslicht, das von oben in den Schacht fiel, immer düsterer. Als es wirklich finster wurde, hatte Blue das unwirkliche Gefühl, schwerelos zu sein. Sie konnte den Fall spüren, sah aber kaum noch etwas.

Plötzlich und unerwartet blieb der Tempel mit einem heftigen Ruck stehen.

Wo auch immer sie waren, hier gab es wieder Licht und Blue schloss geblendet die Augen. Als sie die Lider vorsichtig öffnete, erkannte sie einen langen Gang, der grob in die Felswand geschlagen worden war. Unzählige Grubenlampen hingen wild verteilt daran und verströmten gelbliches Licht. Es sah aus, als habe jemand den Tunnel für eine Party geschmückt.

Aus dem Gang kam eine Person auf sie zu. Wesentlich kleiner als sie selbst. Ein Mann … ein Junge … Nein, es war ein Gnom mit verschmitztem Gesicht, der einen schwarzen Overall und darunter ein rot kariertes Hemd trug. Die Ärmel waren hochgekrempelt. Auf dem runden Gesicht lag ein Lächeln, auf der Stirn saß eine altmodische Schweißerbrille. Wirre, graue Locken umrahmten das zeitlos wirkende Antlitz.

Neben Blue rappelte sich Jonas auf. Wolf erhob sich ebenfalls und begann leise zu knurren, als der Fremde näher kam und in einer Entfernung von drei Metern von ihnen stehen blieb.

»Ich hasse diesen Köter«, sagte der Gnom mit unnatürlich hoher Stimme.

»Das ist Dreifinger«, flüsterte Jonas neben ihr. »Der Gehilfe von Hooker in der Anime-Serie, von der ich dir erzählt habe. Wahrscheinlich ist er unser Guide hier unten. Wir sollten ihm aber nicht zu hundert Prozent trauen, in Kims Geschichte ist er zwar einer der Guten, aber auch ein Trickser und Lügner, der Hooker bestiehlt.«

Wolf knurrte noch lauter.

»Der Hund mag ihn übrigens auch in der Serie nicht. Er ist der Einzige, der spürt, dass Dreifinger eigene Ziele verfolgt, die niemand kennt.«

»Hey, was flüstert ihr da?«, rief der Gnom und legte die beiden kurzen Arme mit den dicken Händen über seinen eindrucksvollen Bauch. Er hatte tatsächlich nur drei Finger an jeder Hand.

»Ich habe meiner Freundin erklärt, wer du bist«, sagte Jonas.

Der Zwerg runzelte die Stirn. »Du kennst mich?«

»Dreifinger, richtig?«

»Ja.« Misstrauische Blicke tasteten Jonas und Blue ab. »Aber ich kenne dich nicht. Wie kann das sein?«

»Hat man dich nicht geschickt, um uns abzuholen?«

»Niemand schickt mich. Wenn der Aufzug sich in Bewegung setzt, leuchtet eine Lampe in meiner Werkstatt auf und ich komme hierher, um nachzusehen, wen es in die Tiefe verschlagen hat.«

»Aber du erkennst den Hund?« Jonas deutete auf Wolf, der sich jetzt neben ihn stellte.

»Das Biest kennt jeder. Es ist der ständige Begleiter von Kim Uriel, der kleinen Schrottratte, die die alten Ruinen durchwühlt und den Krempel, den sie findet, an den alten Hooker verhökert.«

»Ist Kim hier?«

Dreifinger wirkte ob der Frage etwas verwirrt. »Äh, nein. Nicht, dass ich wüsste. Sie ist … sie ist … Teufel, ich hab's vergessen.« Er schlug sich mit der Hand gegen die Stirn. »Das Alter, ihr wisst schon.«

»Wer immer diesen Typen da vor uns programmiert hat, hat hauptsächlich sein Aussehen kopiert und ihm nur wenige Informationen zur Geschichte verpasst«, raunte Jonas Blue zu. »Gerade genug, dass ich erkenne, dass es sich um einen Boten handelt, den mein Auftraggeber schickt. So wie Wolf und Hooker.«

»Wer ist dieser Hooker?«, wollte Blue wissen.

»Eine Figur aus der Serie und der Fährmann, der mich über den See nach Golem City gebracht hat.«

»Ihr tuschelt ja schon wieder«, beschwerte sich Dreifinger und kratzte sich am Kopf.

»Wir haben überlegt, wohin wir jetzt gehen sollen«, log Jonas.

»Dann frag doch mich.«

»Du kennst den Weg?«

»Welchen Weg?«

»Zur Firmenzentrale?«

Der Gnom riss den Mund auf und wich zwei Schritte zurück. »Dort wollt ihr hin?«, fragte er ehrfurchtsvoll. »Ins Heiligtum?«

Blue wunderte sich über die Reaktion des Zwerges. Wenn Jonas richtiglag, war der zu ihnen gesandt worden, um ihnen zu helfen – ob er es nun wusste oder nicht. Ihr Ziel war die Firmenzentrale und der kleine Kerl da vor ihr kannte mit Sicherheit den Weg.

»Warum nennst du es ›Heiligtum‹?«

»Es ist der Ursprungsort von allem. Viele von uns waren einmal da oben, im Licht der Programmierer, aber dann sind wir gefallen, ausgemustert worden und wurden verbannt.«

»Es gibt noch mehr Leute an diesem Ort?«, fragte Jonas.

»Leute? Ich weiß nicht, ob man das so sagen kann, aber ja, da sind viele, die nun in der Dunkelheit hausen.«

»Verstehst du, was er meint?«, fragte Blue leise.

»Ich hab so eine Vermutung.«

»Dann los, erkläre es mir.«

»Warte einen Moment. Ich kann es noch nicht richtig greifen.« Jonas wandte sich an Dreifinger. »Wo wohnst du?«

Die Miene des Gnoms blieb unbeweglich. »In der Stadt unter der Stadt. Mir nach!«

Er wandte sich um und marschierte in den Tunnel hinein. Jonas wollte ihm schon folgen, aber Blue hielt ihn am Ärmel fest. »Also?«

»Wir sollten ihn nicht aus den Augen verlieren. Ich erkläre es dir unterwegs.«

Jonas ging los. Der Hund trabte neben ihm her. Der Gang war breit genug, dass alle drei nebeneinander gehen konnten. Nachdem sie den Tempel verlassen und den Tunnel betreten hatten, setzte sich das Gebäude wieder in Bewegung und rumpelte nach oben. Wahrscheinlich zurück nach Golem City.

»In jedem komplexen Computerprogramm und in jeder Simulation gibt es Routinen und Algorithmen, die irgendwann einmal veralten und durch neue ersetzt werden. Was geschieht dann mit den alten?«, sagte Jonas.

»Sie werden gelöscht«, meinte Blue.

»Richtig, aber sie sind noch im System. Praktisch im virtuellen Papierkorb. Irgendwie weg, aber doch noch vorhanden. Mit der Zeit sammelt sich so eine ganze Menge Datenmüll an und da Golem City eine Simulation ist, handelt es sich bei vielen der aussortierten Programme und Algorithmen ebenfalls um Objekte und Figuren – und die bevölkern jetzt diese Welt unterhalb der Stadt. Sicherlich gibt es hier einen geheimen Weg direkt zur Zentrale, denn so wie du aus dem virtuellen Papierkorb Daten wieder ins Hauptprogramm laden und implementieren kannst, gibt es für uns die Möglichkeit, ungesehen, praktisch versteckt vor den Operatoren, die Zentrale zu erreichen.«

»Dann steckt dein Auftraggeber in Schwierigkeiten«,

stellte Blue fest. »Wenn er zu BioCom gehört, hat er die Kontrolle über die Simulation, vielleicht sogar über das System der Firma selbst verloren und muss nun aus dem Verborgenen operieren. Ich denke, das Schwert ist der entscheidende Faktor in diesem Machtspiel und wird das Blatt in die eine oder andere Richtung wenden. Hier geht es ums Ganze, und dementsprechend gefährlich ist die Sache – und wir stecken mittendrin.«

»Hier unten sollten wir einigermaßen sicher sein«, meinte Jonas.

»Wie naiv bist du eigentlich? So was zu denken spielt unseren Gegnern nur in die Hände. Auch wenn wir ihnen für den Moment entkommen sind, sie werden uns so lange jagen, bis sie uns gefunden haben. Früher oder später taucht die Yakuza hier unten auf und dann wird es eng. Ohne den Typen da vorn sind wir komplett aufgeschmissen und wir wissen nicht, ob er uns wirklich helfen kann.«

»Ich vertraue ihm, sonst hätte mein Auftraggeber ihn nicht geschickt.«

Ihr Gespräch wurde durch Dreifinger unterbrochen, der vor einer mächtigen, verrosteten Metalltür stehen geblieben war. Die Tür war mit eisernen Nieten versehen und reichte nahezu vier Meter in die Höhe. Aber wirklich bemerkenswert war der Umstand, dass sie verschlossen war. Blue konnte sich nicht einmal ansatzweise vorstellen, wie Dreifinger das Ding aufbekommen wollte.

Der Gnom klopfte vier Mal dagegen. Das Geräusch war nicht besonders laut, setzte sich aber über die ganze Tür hinweg fort, die daraufhin zu leuchten begann.

»Wer verlangt Einlass?«, dröhnte eine tiefe Stimme.

Blue zuckte zurück, als die Vibration über sie hinweglief.

Neben ihr stellte Wolf das Nackenfell auf. Jonas rührte sich nicht, sondern blickte nur stur geradeaus.

»Ich. Dreifinger«, sagte der Zwerg.

»Nenn mir das Passwort«, hallte es zurück.

»Hör mit dem Scheiß auf, Tür. Es gibt kein Passwort. Ich weiß das und du weißt das auch.«

Die Stimme lachte dröhnend.

Dreifinger wandte sich an Blue und Jonas. »Tür war früher einmal eine Firewall. Daher auch das dramatische Leuchten. Das ist längst Vergangenheit. Sie wurde vor Jahrzehnten durch neuere Versionen ersetzt, hat aber immer noch ihren Spaß daran, die alten Zeiten aufleben zu lassen und einen auf wichtig zu machen.«

»Das habe ich gehört«, sagte die Tür.

»Das solltest du auch hören«, sagte Dreifinger. »Und jetzt mach auf.«

»Wer ist bei dir?«

»Spielt das eine Rolle?«

»Für mich schon.«

Dreifinger seufzte theatralisch. »Wie heißt ihr eigentlich?«

»Ich bin Blue.« Sie zeigte auf Jonas. »Und das ist Moondancer.«

»Aha«, sagte die Tür. »Unbefugte.«

Ein Stöhnen.

»Herr im Himmel, was soll das jetzt wieder?« Dreifingers Gesicht hatte eine ungesunde rote Färbung angenommen. »Wir sind hier im Untergrund. Praktisch auf dem Schrottplatz von Golem City. Hier gibt es keine Unbefugten, nur verlorene Seelen. So langsam verliere ich wirklich die Geduld.«

Ein schreckliches Knirschen erklang. Metall, das über Stein schrammte.

»Sie könnte auch geräuschlos aufgehen. Alles nur Theatralik.«

Die Tür schwang Zentimeter für Zentimeter auf. Dahinter wurden Lichter sichtbar. Unzählige Lichter. Hütten. Häuser. Gebäude jeder Art und überall gingen, wuselten, huschten oder rannten Gestalten umher.

Dreifinger machte eine Verbeugung und eine einladende Geste.

»Willkommen in Trash Town.«

31.

Trash Town

Sie traten hindurch und die Tür schloss sich hinter ihnen. Diesmal ohne Kommentar. Jonas starrte sprachlos die wild wuchernde Stadt an, die vor ihm lag. Sie ruhte in einer riesigen Höhle, deren Decke nicht einmal zu erahnen war.

Auf seinen Walks hatte er vieles gesehen, aber nie etwas derartig Schönes und gleichzeitig Verwirrendes. Es schien, als wären sämtliche Träume und Albträume verrückter Architekten wahr geworden.

»Tja, hat schon was«, meinte Dreifinger lapidar, als er ihre Reaktion auf den Anblick sah. »Die meisten sind beeindruckt, wenn sie Trash Town das erste Mal sehen.«

Jonas fing sich wieder und fragte: »Wo gehen wir hin?«

»Ich habe darüber nachgedacht«, sagte der Gnom. »Hier stimmt etwas nicht. Ihr kennt mich, aber ich euch nicht. Den Köter, klar den schon. Warum er euch begleitet, ist mir schleierhaft, denn normalerweise weicht das Biest keine Sekunde von Kims Seite. Und dann ist da noch der Umstand, dass ihr zur Zentrale wollt.« Er kratzte sich am Kopf. »Eigentlich wollen wir alle da hin. Zurück ins Licht. Zurück ins Hauptprogramm, aber wir wissen, es ist unmöglich. Trotzdem beharrt ihr darauf. Warum?«

»Wir haben eine Mission zu erfüllen«, sagte Jonas.

»So, so. Und welche soll das sein?«

Jonas hob das Schwert hoch. »Darin sind Informationen von größter Wichtigkeit verborgen. Ich habe den Auftrag, das Schwert in die Zentrale zu bringen.«

»Was sind das für Informationen?«

»Das weiß ich nicht. Die Datei ist defekt.«

»Aber du weißt, dass sie wichtig sind, woher?«

»Man bezahlt mir 100.000 Eurodollar für den Job.«

»Geld?«

»Ja.«

»Das verstehe ich nicht. Was sollte man –«

»Wir sind keine ausgemusterten Programme, sondern Ghostwalker«, erklärte Blue. »Wir kommen von außerhalb der Simulation.«

Der Gnom riss die Augen auf. »So wie die Erschaffer? Die Operatoren? Die Programmierer?«

»Ja«, sagte Jonas.

»Wahnsinn. Ihr müsst mir alles erzählen. Ich bin noch nie einem der legendären Erschaffer begegnet.«

»Das würden wir gern tun, aber wir haben keine Zeit«, sagte Jonas.

»Ach ja, die Mission«, murmelte Dreifinger ehrfurchtsvoll. »Das Beste wird es sein, ich bringe euch zu Hooker 0.8. Er wird wissen, was zu tun ist.«

»Hooker ist auch hier unten?«

»Ja. Du wirkst überrascht?«

»Ich bin ihm in Golem City schon mal begegnet. Er hat mich über den großen See gebracht.«

Dreifinger winkte ab. »Das ist eine spätere, aktuelle Version. Hooker 0.8 war das Basisprogramm, hat es aber nicht bis zum Release geschafft. Dementsprechend knurrig und missmutig ist er. Hat praktisch immer schlechte Laune. Ihr solltet ihn nicht verärgern.«

»Und du meinst, er kann uns weiterhelfen?«, fragte Blue.

»Ich denke schon. Der alte Hooker ist schon lange hier unten und hört das Bit-Gras wachsen. Er wird wissen, was zu tun ist, obwohl selbst für ihn das Heiligtum außerhalb seiner Reichweite liegt.«

»Das ist ein merkwürdiger Ort«, meinte Jonas.

Dreifinger lachte. »Dann warte mal ab, bis du seine Bewohner kennenlernst.«

Der Gnom wandte sich um und marschierte auf die ersten Hütten zu. Blue, Jonas und der Hund folgten ihm.

Während sie hinter dem Gnom herstapften, dachte Jonas an Harley und ob es ihm gelungen war, der Yakuza zu entkommen. Sobald er aus Golem City raus war, würde er zuerst nach seinem Freund sehen. Vielleicht ließ die japanische Mafia Harley in Ruhe, wenn sie erfuhren, dass das Schwert für sie unerreichbar geworden war.

An ihm würden sie sich immer noch rächen wollen. Mit Sicherheit auch an Blue, aber Harley hatte dann keine Bedeutung mehr für sie.

Es war die einzige Möglichkeit.

»Was ist los?«, fragte Blue neben ihm. »Du siehst nachdenklich aus.«

»Ja, mir geht einiges im Kopf rum.«

»Mir auch. Hast du dir schon mal überlegt, was passiert,

wenn es von hier unten keinen Weg zur Zentrale gibt?« Sie sah ihn eindringlich an. »Offensichtlich nicht. Ich schon. Dann sind wir voll im Arsch. Wir sitzen beide festgeschnallt in unseren PSI-Stühlen. Hast du jemanden, der dich aus dem Stuhl befreien kann? Kommt jemand und sieht nach dir, wenn du dich nicht meldest?«

Jonas dachte kurz an seinen Rektor und die Polizei, aber das konnte noch Tage dauern, bis die auftauchten und die Tür aufbrachen. Er schüttelte den Kopf.

»Dann hockst du buchstäblich in der Scheiße. Bei mir kann es Stunden dauern, bis mich mein Kumpel rausholt, aber irgendwann schnallt selbst der, dass etwas nicht stimmt. Wenn wir zwei hier unten festsitzen, ohne die Möglichkeit auf einen virtuellen Tod, ist er unsere einzige Chance und somit auch deine. Sag mir, wo du wohnst, und ich komme und hole dich raus.«

Jonas sah sie an. »Du möchtest meine Adresse?«

»Ja, was denn sonst?!«

»Alles ist abgesperrt …«

»Hör mit dem Quatsch auf! Entweder trete ich die Tür ein oder lasse den Schlüsseldienst kommen. Zur Not rufe ich auch die Bullen. Behaupte, ich wüsste, dass du da drin Drogen hortest.«

»Ich weiß nicht. Eigentlich –«

Blue sah ihn wütend an. »Hör bloß mit diesem Ghostwalkerscheiß auf. Hier geht es um dein Leben. Wenn dich die verfluchte Yakuza vor mir findet, spielt deine Anonymität eh keine Rolle mehr. Außerdem hast du mir schon gesagt, wie du heißt.«

»Du kennst nur meinen Vornamen.«

»So viele Menschen, die Jonas heißen, wird es in Hamburg nicht geben. Ich würde dich auch so finden, aber es wird länger dauern. Für dich vielleicht zu lang.«

Da hatte sie recht. »Okay, mein Name ist Jonas Decker.«

Er nannte ihr seine Adresse.

»Na, war doch gar nicht so schwer«, lächelte Blue ihn süffisant an.

»Und du? Wer bist du und wo lebst du?«

»Das verrate ich dir später.«

»Hey, das ist unfair!«

Sie hatten die ersten Hütten erreicht und Dreifinger, der bisher einige Meter vor ihnen gegangen war, winkte sie heran. Er legte verschwörerisch einen Finger an die wulstigen Lippen.

»Ab hier sollten wir vorsichtig sein. In Trash Town treiben sich viele zwielichtige Gestalten herum. Durchaus möglich, dass sich darunter auch Spione und Verräter befinden, die man heruntergeschickt hat, um Leute wie euch aufzuspüren.« Er senkte die Stimme noch weiter und hauchte: »Erschaffer.«

Daran hatte Jonas noch gar nicht gedacht. Sein vorläufiges Gefühl von Sicherheit verflog im Nichts.

»Also haltet die Köpfe gesenkt und sprecht nicht, bis wir bei Hooker 0.8 angekommen sind.«

Jonas nickte. »Was ist mit dem Hund?«, fragte er.

Dreifinger sah den grauen Riesen an. »Der fällt nicht auf.«

Ohne ein weiteres Wort wandte er sich um und bog in die erste Gasse ein.

Und tatsächlich, Wolf fiel nicht auf. Sobald sie in das Treiben von Trash Town eingedrungen waren, wimmelte es von skurrilen Gestalten, Monstern und seltsamen Wesen.

Jonas sah einen riesigen Roboter, aus grob genieteten Stahlplatten zusammengesetzt. In seinen Händen hielt er eine Axt, mit der man problemlos eine Kuh halbieren konnte.

Neben ihm ging eine menschenähnliche Androidin mit atemberaubender Figur in einem schwarzen, eng anliegenden Anzug, ähnlich dem, den Blue trug. Ihr Kopf war kahl rasiert. Tätowierungen überzogen das komplette Gesicht.

Andere Wesen wichen der Gruppe ehrfurchtsvoll aus. Dreifinger verzog den Mund und meinte verächtlich: »Ehemalige Hauptprogramme. Halten sich für was Besseres.«

Aber er sprach leise, sodass es außer Jonas und Blue keiner hören konnte.

Weitere seltsame Gestalten folgten. Jede nur denkbare Figur aus Filmen, Comics oder Büchern war darunter. Eine bunte Vielfalt der Kreativität.

Die Programmierer von Golem City schienen beim Entwurf der Stadt freie Hand gehabt und alles Mögliche ausprobiert zu haben. Viele ihrer Ideen hatten es nicht in die endgültige Simulation geschafft und bevölkerten nun die Stadt unter der Stadt.

Jonas fragte sich, warum die Erschaffer von BioCom nicht eine stringentere Welt geformt hatten, so wie es die meisten Firmen taten.

Vielleicht wollten sie eine verwirrende Vielfalt erzeugen, die es Eindringlingen erschwert, sich zurechtzufinden.

Was auch immer ihre Gründe für das bunte Chaos über und unter der Erde waren, man musste ihnen Anerkennung für die technische Leistung zollen. Hier waren die Besten der Besten am Werk gewesen.

Allerdings stellte sich dann die Frage, warum man einen Ghostwalker wie ihn damit beauftragt hatte, das Schwert zur Zentrale zu bringen.

BioCom musste genug eigene Leute haben, die diesen Walk ausführen konnten – aber vielleicht lag da der Hund begraben und es durfte kein Insider sein.

Wenn Blue recht hatte, gab es in der Firma einen Verräter. Ein unbedeutender Walker wie er würde in einer Simulation wie Golem City nicht auffallen.

Man gab ihm das Paket und ließ ihn ausgeklügelte Quests bestehen, die ihn unauffällig zur Zentrale brachten.

Und das alles hat prima funktioniert, bis Blue aufgetaucht ist und mir das Schwert abgenommen hat.

Jonas durchzuckte ein Gedanke. Was, wenn sie für die Gegenseite arbeitete?

Blue hatte ihm die laue Geschichte erzählt, ihr Kumpel habe von einem Walk gehört, der 100.000 Eurodollar wert war und diese Information mit dem verschwundenen Schwert in Zusammenhang gebracht. Vielleicht stimmte das alles nicht und sie war niemals in *Oicho-Kabu* gewesen, hatte das Schwert niemals in Händen gehalten.

Konnte es sein, dass sie ihn belog?

Dafür sprach der Umstand, dass die Yakuza fast zeitgleich mit ihr in Golem City aufgetaucht war. Harley hatte ihn gewarnt, dass ihn die japanische Mafia suchte, aber woher sollte die wissen, in welcher virtuellen Welt er sich befand?

Es sei denn, sie hatten die gleichen Gerüchte wie Blue gehört und die gleichen Schlüsse wie sie gezogen.

Das sprach dafür, dass Blue doch vielleicht die Wahrheit sagte.

Zudem war sie von den Yakuza angegriffen und nur durch seine Hilfe gerettet worden.

Aber wer sagt mir, dass diese Killer-Bots nicht einfach nur so ausgesehen haben wie die Yakuza-Anhänger und in Wirklichkeit von jemand ganz anderem geschickt worden waren?

Jonas betrachtete das Schwert in seiner Hand. Die Datei darauf konnte alles erklären. Vielleicht sollte er sie doch abspielen … Er musste endlich die Wahrheit wissen. Um was ging es hier?

Während er Dreifinger folgte und sich mit Blue durch die Massen seltsamer Gestalten zwängte, griff er auf die Datei zu.

Eine Abbildung wurde in seine VR-Brille eingeblendet. Irgendeine technische Zeichnung, die für ihn keinen Sinn ergab.

Die Stimme eines Mannes erklang.

»Was Sie vor sich sehen, ist die Abbildung eines genveränderten Tiefseebakteriums, das in der Lage ist, einen neuartigen Biotreibstoff zu erzeugen.«

Jonas blieb stehen. Eine eiskalte Hand griff nach seinem Herzen und presste es zusammen. Er bekam keine Luft mehr.

Das war die Stimme seines Vaters. Er erkannte sie sofort.

Schwarze Kreise tauchten vor seinen Augen auf. Flogen wild umher. Er taumelte.

»Was ist los?«, fragte Blue neben ihm. Ihre Stimme klang besorgt. Jonas wollte sich ihr zuwenden, aber es ging nicht. Keine Kraft mehr.

Wolf begann wild zu bellen.

Dreifinger bückte sich zu ihm herunter. »Was ist los, Junge? Steh auf, wir erregen Aufmerksamkeit. Das ist nicht gut.«

Jonas blickte auf.

Dann sackte er in sich zusammen.

32.

Trash Town

Blue schaute erschrocken auf Jonas herab, der in sich zusammengesackt war und mitten auf der Straße auf den Knien hockte. Er sah aus wie ein Betender. Irgendetwas war mit ihm passiert. Entweder hatte er einen Schwächeanfall, ausgelöst durch Dehydration oder Kreislaufprobleme, oder er wurde in der Wirklichkeit angegriffen. Ihr brach der Schweiß aus.

Wolf bellte noch immer wie verrückt und inzwischen blieben die Passanten neugierig stehen, wollten wissen, was los war.

»Sei still«, zischte Blue dem Hund zu.

Seltsamerweise befolgte er den Befehl, aber er trottete heran und legte sich neben Jonas auf den Boden.

Prima, dachte Blue. *Das Monster und die schlafende Prinzessin. Fällt ja überhaupt nicht auf.*

Sie fasste nach Jonas' Schulter und schüttelte ihn. Nichts! Lediglich sein Kopf schwang haltlos hin und her.

»Jonas«, flüsterte sie eindringlich. »Wach auf!«

Er rührte sich nicht.

»Wir müssen hier weg«, zischte Dreifinger.

»Das weiß ich selbst«, fauchte sie ihn an.

Der Gnom starrte sie angsterfüllt an. »Nimm das Schwert und lass uns abhauen.«

»Was? Bist du verrückt? Ich lasse ihn nicht zurück. Ohne ihn gehen wir nirgends hin.«

Wolf begann zustimmend zu knurren.

»Okay, war ja nur ein Vorschlag.«

Unvermittelt hob Jonas den Kopf. »Was für ein Vorschlag?«, krächzte er.

Blue stieß einen Seufzer der Erleichterung aus. »Nimm meine Hand. Du musst aufstehen.«

Sie sah, wie er sich umblickte und in all die Gesichter schaute, die auf ihn herabglotzten. Offensichtlich begriff er, dass er sie in eine kritische Lage gebracht hatte. Er fasste ihre Hand und rappelte sich mühsam auf.

»Dem jungen Mann geht es prima«, verkündete Dreifinger laut. »Ihr könnt also weitergehen. Es ist alles in Ordnung.«

Die ersten Passanten setzten ihren Weg fort. Die Menge löste sich auf.

»Was ist los mit dir?«, fragte Blue, nachdem Jonas wieder einigermaßen sicher auf den Füßen stand.

»Weiß nicht. Ein Schwächeanfall.«

Blue hatte das Gefühl, dass er nicht die Wahrheit sagte.

»Ist etwas passiert? Steht die Mafia vor deiner Tür?«

»Nein, nein«, wiegelte er ab. »Es ist nichts.«

Und wieder glaubte sie, dass er log. Irgendetwas war mit

Jonas geschehen, aber er wollte es ihr partout nicht sagen. Sie blickte in sein Gesicht. Ein merkwürdig wehmütiger Ausdruck lag darauf.

Er verschweigt mir etwas!

Zorn stieg in Blue auf. Sie hatte dem Jungen neben ihr vertraut und nun musste sie feststellen, dass er nicht mit offenen Karten spielte. Was auch immer gerade geschehen war, Jonas musste über neue Informationen verfügen, die er vor ihr geheim hielt.

Die nächste Frage war zwangsläufig.

Wie ist er hier unten an neue Informationen gekommen?

Blue betrachtete ihn. Ihr Blick wanderte über sein Gesicht und dann den Körper hinunter. Sofort fiel ihr die verkrampfte Art auf, mit der Jonas das Schwert umklammerte, so als habe er Angst, man würde es ihm wegnehmen.

Er hat auf die Daten zugegriffen, schoss es durch ihren Kopf. *Er weiß jetzt, um was es geht und will mich entweder schützen – wenn ich nichts weiß, ist die Gefahr vielleicht geringer für mich – oder er hat den wahren Wert der Informationen erkannt. Vielleicht will er jetzt mehr als die 100.000 Eurodollar herausschlagen. Und vielleicht hat er nicht vor, mich daran zu beteiligen.*

Sie betrachtete ihn noch intensiver.

Würdest du mich betrügen?

Wenn er jetzt sein eigenes Ding durchzog und sie nicht über alles informierte, was er wusste, konnte es auch sein, dass er sie bei der ersten Gelegenheit opfern würde.

Nein, natürlich nicht einfach so, aber wenn es hart auf hart kam …

… kann ich meine Hand nicht mehr für ihn ins Feuer legen, dann bin ich auf mich selbst gestellt. Wie immer.

Blue schimpfte stumm mit sich. Sie kannte Jonas kaum und natürlich gab es außer seinem süßen Lächeln keinen Grund, ihm zu vertrauen – und das würde sie ab sofort auch nicht mehr tun.

Es war ein gutes Gefühl gewesen, für einen Moment zu glauben, dass man nicht allein war, aber wie alle anderen Gefühle zuvor war auch dieses eine Illusion.

Früher oder später verrieten einen alle Menschen. Im Waisenhaus für Essen, ein Lob oder eine kleine Zuneigung. Im wahren Leben aus Gier, Neid oder schlicht für Geld. Blue spürte ihre Kiefer mahlen.

Es ist eine Scheißwelt und man muss selbst scheiße sein, wenn man darin zurechtkommen will.

»Können wir endlich weitergehen?«, fragte der Zwerg aufgeregt.

»Ja«, sagte Blue, und selbst in ihren Ohren klang es hart und bitter. Jonas hingegen schien nichts zu bemerken. Noch immer schwankte er leicht und als sie losmarschierten, wirkten seine Schritte unsicher, wie bei einem Kind, das gerade laufen lernte. Diesmal stützte ihn Blue nicht. Er musste selbst sehen, wie er zurechtkam.

Nachdem sie noch zweimal abgebogen waren, blieb Dreifinger vor einem unscheinbaren zweistöckigen Haus stehen. Ein schwarzes Giebeldach, Fenster, die wie stumpfe Augen wirkten, und eine alte Holztür. Das Gebäude unterschied sich in nichts von den anderen in der Straße.

»Hier wohnt er«, stellte der Gnom fest.

»Sieht anders aus als im Anime. Dort haust Hooker in den Ruinen des American Museum of Natural History mitten in New York, direkt neben dem Central Park.«

»Davon weiß ich nichts«, brummte Dreifinger. »Aber

wie gesagt, Hooker ist keine Endversion und nur eine Vorlage …«

Er zuckte mit den kleinen Schultern.

Blue wartete darauf, dass der Gnom anklopfte, aber der zögerte noch.

»Okay, bevor wir da reingehen, gebe ich euch einen Rat: Sagt stets die Wahrheit. Hooker hat ein gutes Gespür dafür, ob man ihn belügt oder nicht. Er kann sehr ungemütlich werden, wenn er herausfindet, dass man ihn zum Narren hält.«

»Das haben wir nicht vor«, sagte Jonas. »Schließlich sind wir auf seine Hilfe angewiesen.«

»Dann ist ja gut.« Er wandte sich an Blue. »Und du könntest zur Abwechslung mal lächeln.«

Blue zeigte ihm den Mittelfinger.

Der Zwerg starrte sie an. »Was bedeutet diese Geste? Ist das ein magisches Zeichen?«

»Nein«, sagte Jonas. »Blue hat ihr Einverständnis signalisiert.«

Dreifinger hob seine rechte Hand. Er bog zwei Finger herab, der mittlere blieb aufrecht. »So in etwa?«

Jonas nickte.

»Perfekt«, meinte Blue.

Der Gnom strahlte. »Wieder etwas gelernt.«

Er wandte sich um und schlug mit der Faust gegen die Tür.

Erst geschah nichts, dann schob sich eine der Holzlatten zur Seite und ein Fernrohr wurde herausgestreckt. Direkt daneben tauchte eine Hörmuschel auf.

»Hooker 0.8 bastelt gern, seit er in Pension ist«, erklärte Dreifinger.

»Tue ich nicht«, dröhnte es hinter der Tür. »Aber ich weiß gern, wer mich besuchen kommt. Dich, Wurm, kenne ich, aber wer ist da bei dir?«

Dreifinger beugte sich vor. »Das sind Moondancer und Blue.«

»Und? Was wollen die von mir?«

»Erschaffer«, raunte der Zwerg. »Von außerhalb.«

»Du verarschst mich!«

»Nein, Hooker. Sie brauchen deine Hilfe.«

»Warum sind sie hier unten?«

»Das ist eine lange Geschichte. Lass uns rein, dann können sie dir alles erklären.«

Das Fernrohr und die Ohrmuschel verschwanden aus ihrem Blickfeld. Dann wurde die Tür knarrend aufgezogen.

33.

Trash Town

Vor Jonas stand ein Mann, der in fast allen Details dem Hooker ähnelte, der ihn über den See gebracht hatte. Auch ihm fehlte ein Arm, auch er trug einen schwarzen Zylinder und wirkte etwas heruntergekommen.

Hooker 0.8 machte eine Geste mit dem Kopf, die wohl bedeuten sollte, dass sie eintreten durften. Dann drehte er sich um und ging einen kurzen Flur entlang, der in ein einziges großes Zimmer führte, das aussah, als wäre ein Flohmarkt explodiert und man hatte versäumt, die Überreste wegzuschaffen.

Neben alten Sesseln und einer abgewetzten Ledercouch gab es hohe Regale, vollgestopft mit allem möglichen Kram. Bizarre Mobiles aus Metall, deren Sinn sich Jonas nicht erschloss, hingen überall von der Decke.

Dominiert wurde das Ganze von einem mächtigen Schreibtisch, der vollgepackt mit Schriftrollen, Plänen und jeder Menge Stifte und Pinsel war.

Hooker trottete hinüber, zog einen alten Bürostuhl zu sich heran und setzte sich hinter den Schreibtisch. Den anderen drei bedeutete er, auf dem Sofa Platz zu nehmen.

Als alle saßen, schaltete er eine alte Schreibtischlampe an und richtete deren Strahl auf die Gruppe.

»Damit ich euch gut sehen kann«, erklärte er. Dann hustete er heftig. »Okay, wer ist Moondancer und wer von euch ist Blue?«

»Ich bin Moondancer«, sagte Jonas. »Und das ist Blue.«

Der alte Mann bleckte die Zähne. »Dachte ich mir schon, wegen dem blauen Anzug, wollte aber sichergehen. So, kommen wir zum Grund eures Besuches. Was wollt ihr von mir?«

»Wir müssen zur Firmenzentrale«, erklärte Jonas.

Hooker sah erst ihn an, dann Blue und dann Dreifinger. Er lachte laut. Es klang wie das Krächzen eines asthmakranken Raben.

»Ist der verrückt?«, fragte er Dreifinger.

»Glaube nicht«, antwortete der Zwerg.

»Und dann kommt ihr ausgerechnet hierher? Nach Trash Town?«

Jonas deutete auf Wolf, der sich vor seine Füße gelegt hatte und schlief. »Er hat uns zum Tempel geführt, mit dem wir nach unten gekommen sind.«

»Der da?«

»Ja.«

»Das ist ein Hund«, stellte Hooker fest.

»Er wurde von meinem Auftraggeber gesandt, um uns den Weg zu zeigen. Wir wären nicht hier, wenn es keinen Sinn machen würde.«

»Junge, ich sage es nicht gern, aber es gibt keinen Weg

nach oben, außer über den Tempel und der ist für die Bewohner von Trash Town nicht benutzbar, sonst wäre schon lange keiner mehr hier.«

»Es muss eine weitere Möglichkeit geben«, beharrte Jonas.

»Wenn ihr wirklich Erschaffer wärt, könntet ihr hingehen, wohin ihr wollt und tun, was immer euch beliebt.« Er zeigte auf Dreifinger. »Den könnt ihr vielleicht täuschen, mich nicht.«

»Das ist nicht nett«, sagte der Zwerg. »Ich glaube, dass sie die Wahrheit sagen.«

»So, dann lasst mal eure Geschichte hören«, forderte Hooker sie auf.

Als Jonas mit seiner Erzählung fertig war, herrschte zunächst sprachlose Stille. Dreifinger und Hooker 0.8 starrten ihn ungläubig an. Wolf schnarchte leise zu seinen Füßen. Blue betrachtete ihre Fingernägel.

»Unglaublich«, sagte der Gnom. »Die verrückteste Sache, die ich je gehört habe.«

Hooker 0.8 nickte zustimmend. »Einiges habe ich nicht so recht verstanden, aber ich denke, das spielt im Moment keine Rolle. So wie ich die Sache sehe, seid ihr tatsächlich in großer Gefahr und müsst weiter. Das Schwert an seinen Bestimmungsort bringen.«

Er streckte seine knorrigen Hände nach dem Schwert aus. Jonas zögerte kurz, dann gab er es ihm.

»Und du weißt nicht, welche Informationen sich darauf befinden?«, fragte Hooker 0.8.

»Nein«, sagte Jonas.

Eine Lüge und dann doch wieder nicht, da er nicht

wusste, um was es genau in der Videobotschaft seines Vaters ging.

Eine Weile schwieg der alte Mann, schließlich gab er Jonas das Schwert zurück und meinte: »Ich kann euch nicht helfen …«

Schreck durchzuckte Jonas. Hooker 0.8 hatte von Anfang an gesagt, dass es keinen Weg zur Firmenzentrale gäbe, doch er hatte sich an die Hoffnung geklammert, dass sich wie sonst auch immer, ein Weg auftun würde. Warum sonst hatte sie Wolf zum Tempel und letztendlich hierher geführt?

Blue sah von ihren Fingernägeln auf. »Wir verschwenden hier unsere Zeit.«

»… aber ich weiß jemanden, der es vielleicht kann«, fuhr der Alte ungerührt fort. Jonas ließ die angehaltene Luft entweichen. »Geht zu Habakuk.«

»Habakuk?«, ächzte Dreifinger neben ihm. »Niemand geht zu Habakuk. Das weißt du genau. Er empfängt nur Leute, die ihn bezahlen können, und den Preis kennt niemand vorher. Man macht ihm ein Angebot und er nimmt es an oder nicht. Seit Ewigkeiten ist keiner mehr zu ihm gegangen, weil niemand etwas besitzt, das das alte Scheusal interessieren könnte.«

»Wer ist dieser Habakuk?«, wollte Jonas wissen.

»Ein Orakel. Ein Datenprophet. Wenn jemand etwas über einen Weg nach oben weiß, dann er«, erklärte Hooker 0.8. »Aber Dreifinger hat recht, er verlangt immer eine Gegenleistung für die Beantwortung einer Frage. Einer einzigen Frage, wohlgemerkt. Nachfragen ist nicht erlaubt und der Preis muss im Voraus bezahlt werden, unabhängig davon, ob einem die Antwort gefällt oder nicht.«

»Was meint er mit Preis?« Jonas deutete auf den Zwerg.

»Habakuk liebt Dinge, die es hier unten nicht gibt. Dinge von der Oberfläche. Warum er sie haben will und was er damit macht … keine Ahnung.« Hooker 0.8 öffnete beide Hände. »Man geht zu ihm, zeigt ihm das Geschenk und wartet ab, ob er es haben will. Das bringt uns zu der Frage, was ihr ihm anbieten könnt.«

Jonas dachte darüber nach. Er besaß nichts, außer den Dingen, die ihm der Fährmann überreicht hatte – und das Schwert würde er ihm sicherlich nicht geben. Ebenso wenig die Figur von Kim Uriel, da er sich sicher war, dass sie noch eine Rolle spielen würde. Die Waffen, die sie den Yakuza-Killer-Bots abgenommen hatten, würden ihn bestimmt nicht interessieren.

Blieb nur noch der alte Kompass in seiner Manteltasche, denn die Ledertasche, in der er das Schwert herumgetragen hatte, befand sich im Taxi. Er hatte sie dort vergessen, als er Blue nachgejagt war. Zögernd holte er den Kompass raus.

Hooker 0.8 betrachtete ihn nachdenklich, ohne ihn zu berühren.

»Sieht kaputt aus«, meinte er schließlich.

»Ist er nicht. Er weist auf das Schwert, unabhängig der Himmelsrichtung.«

Er gab dem Alten den Kompass und ging im Zimmer umher.

»Tatsächlich«, sagte Hooker 0.8. »Ein besonderer Gegenstand. Könnte Habakuk gefallen, auch wenn ich mir nicht vorstellen kann, was er damit ohne das Schwert anfangen soll. Ich denke, es ist einen Versuch wert.«

»Okay, wo finden wir diesen ominösen Habakuk?«, fragte Jonas. Er schaute kurz zu Blue, die es die ganze Zeit vorgezogen hatte zu schweigen. Auch jetzt reagierte sie nicht.

»Dreifinger wird euch zu ihm bringen.«

»Ich?«

»Ja, du.«

»Aber …«

Hooker 0.8 legte den Kopf schief und sah den Gnom eindringlich an, ohne ein weiteres Wort zu sagen.

»Okay. Herr im Himmel, ich tue es. Ich bring sie hin. Verdammte Hacke!«

»Du weißt, dass ihr vorsichtig sein müsst.«

Die Augenbrauen des Zwergs ruckten nach oben. »Du denkst doch nicht, dass wir hier unten in Gefahr sind?«

»Davon auszugehen, dass es nicht so ist, könnte sich als großer Fehler erweisen. Es gibt viele Augen und Ohren in Trash Town, und auch wenn keiner von uns zurück an die Oberfläche kann, für Informationen gilt das nicht, wie wir wissen, daher wäre es ratsam, nicht allzu sorglos zu sein.« Hooker 0.8 reichte Jonas den Kompass zurück. »Ich wünsche euch Glück.«

34.

Trash Town

»Ist es weit?«, fragte Jonas den Zwerg, der vorausging.

Blue folgte direkt dahinter. Wolf neben ihr. Sie betrachtete Jonas und fragte sich erneut, ob sie ihm noch vertrauen konnte.

Natürlich hatte sie keine andere Wahl, als mit ihm zu gehen, aber sie wollte vorbereitet sein, falls sich eine Situation ergab, in der ihr »Partner« sein wahres Gesicht zeigte.

Es war nicht so, dass sie Jonas schon abgeschrieben hätte, aber das Misstrauen zwischen ihnen war gesät. Es half nicht zu leugnen, dass er ihr nicht die ganze Wahrheit sagte. Wie sie damit umgehen sollte, wusste Blue noch nicht, aber keinesfalls würde sie blindlings in die Falle tappen.

»Wir müssen aus Trash Town raus«, erklärte Dreifinger, während er einer Gruppe seltsamer Wesen auswich. »Haltet den Kopf unten.«

Blue senkte ihren Blick auf die Straße. Jonas ebenso. Niemand beachtete sie und trotzdem war da dieses latente Gefühl einer nicht sichtbaren Gefahr.

»Habakuk ist nicht in der Stadt?«

»Er lebt in einer Höhle. Wie ein Eremit. Umgeben von all den Dingen, die er angehäuft hat. Dieses Kolosseum der Dinge ist ein bizarrer Anblick, aber noch bizarrer ist sein Aussehen selbst.«

»Was meinst du?«

»Man kann ihn nicht beschreiben. Lass dich überraschen.«

Blue spürte, dass Jonas mit der Antwort nicht zufrieden war, aber er fragte nicht weiter.

Sie hatten inzwischen einen Großteil der Stadt durchquert und die Menge auf den Straßen lichtete sich. Erst wurden die Gruppen immer kleiner, die sich durch die Gassen schoben, dann waren nur noch Einzelpersonen unterwegs und schließlich niemand mehr. Ihre Schritte hallten von den Wänden wider.

Der Gedanke, bald einem Wesen gegenüberzustehen, einem *es*, wie es kein zweites gab, machte Blue neugierig, weckte aber auch Sorge in ihr.

Was, wenn Habakuk ihr Geschenk nicht annahm und sie hier unten festsaßen?

Langsam lief ihnen die Zeit davon. Tatsächlich machte sich Blue am meisten Gedanken darüber, dass Hellboy sie aus der Simulation herausholen würde, bevor sie dazu bereit war.

Die Verbindung zum Schwert hatte nicht so funktioniert, wie sie sich das erhofft hatte und noch immer konnte sie nicht auf einen wichtigen Teil ihres Gedächtnisses zugreifen. Ihre letzte Hoffnung war die Zentrale von BioCom.

Wenn das Schwert seinen Bestimmungsort erreichte, konnten ihr vielleicht die Programmierer und Operatoren der Firma helfen, sich wieder zu erinnern oder ihre Daten aus dem Schwert zu extrahieren und auf sie zu übertragen.

Egal, ob Jonas ein falsches Spiel mit ihr trieb oder nicht, sollte sie zu früh aus Golem City geworfen werden, wären ihre Erinnerungen und damit ihr Geld für immer verloren. Es half ihr nicht mal zu wissen, wo Jonas in Hamburg lebte, denn einmal in die Wirklichkeit zurückgekehrt, konnte niemand mehr auf die Datei des Schwertes zugreifen. Zu all dem kam der Umstand, dass Blue glaubte, nur sie selbst könne den Austausch mit den Daten von BioCom vollziehen. Ihre Erinnerungen waren jetzt ein Teil des Schwertes und würden sich erst lösen, wenn sich ihre Gehirnwellen mit dem Katana synchronisierten.

Eigentlich musste sich Blue die Frage stellen, warum Hellboy sie nicht schon längst aus der Simulation geholt hatte.

Natürlich wartete er auf ein Signal von ihr. Er konnte ja nicht wissen, dass das Schwert jede Kommunikation mit der Außenwelt blockierte, aber langsam sollte selbst Hellboy misstrauisch werden.

Ich hätte ihm konkrete Anweisungen geben müssen, wann er was zu tun hat. Mein Fehler! Nun hockt er auf seinem breiten Arsch, frisst Chips und wartet, dass ich ihn anfunke.

Blue schnaubte leise. Es war, wie es war. Sich darüber jetzt den Kopf zu zerbrechen, half ihr auch nicht weiter.

Als sie die letzten Häuser passierten und einem Weg folgten, der zu einem niedrigen Eingang mitten in der Felswand führte, blieb Dreifinger stehen. Er deutete nach vorn.

»Dort müssen wir rein«, erklärte er.

»Der Tunnel bringt uns zu Habakuk?«, fragte Jonas.

»Ja. Der Gang zieht sich wie eine Schlange durch den Fels. Es wird eine Weile dauern, bis wir da sind.«

Jonas nickte, dann sagte er: »Kann ich kurz mit Blue unter vier Augen sprechen?«

Dreifinger sah ihn an. »Wir sollten uns hier nicht so lange aufhalten.

»Keine Sorge, ich beeil mich.«

Der Gnom verzog den Mund und trottete zum Tunneleingang.

Jonas wandte sich ihr zu.

»Kannst du mir mal sagen, was mit dir los ist?«, fragte er gereizt.

»Was meinst du?«

»Du sagst gar nichts mehr.«

»Es gibt nichts zu bereden.«

»Ist das so? Ich hab das Gefühl, etwas hat sich zwischen uns verändert.«

»An mir liegt es nicht. Vielleicht willst du mir etwas sagen?«

»Was soll das nun wieder heißen?«

»Ist nur eine Frage.«

Blue sah, wie sich sein Mienenspiel veränderte, wie er mit sich rang, und wusste nun endgültig, dass er etwas verschwieg. Einen Moment hoffte sie, er würde sich überwinden und sie einweihen, aber seine Gesichtszüge wurden hart, als er sagte: »Ich hab dir alles gesagt.«

Du lügst! Du lügst mir mitten ins Gesicht!

Sie lächelte ihn an. »Dann ist ja gut.«

Er zögerte. Erneut schien es so, als würde er darüber

nachdenken, was er tun sollte. Doch sein nächster Satz, zerstörte endgültig das Band zwischen ihnen.

»Lass uns gehen.«

Er wandte sich um, ging zu Dreifinger, ohne sie eines weiteren Blickes zu würdigen.

Blue biss die Zähne zusammen.

Gemütlich trabte Wolf an ihr vorbei und in den Tunnel hinein. Das riesige Monster schien den Auftrag zu haben, sie überall hinzubegleiten.

Dreifinger griff in seine Hosentasche und zog eine kleine Taschenlampe heraus.

»Folgt mir.«

Der Tunnel war derartig niedrig, dass sich Jonas und sie bücken mussten. Der Zwerg hatte diese Probleme nicht und stapfte voran. Die bleichen Finger der Lampe zuckten über grobgehauenen Stein. Wer immer diesen Gang angelegt hatte, es war ihm nicht um eine angenehme Atmosphäre gegangen. Hier drin konnte man klaustrophobische Anfälle bekommen.

Blue spürte, wie ihr hinter der VR-Brille der Schweiß über das Gesicht lief, aber es gab keine Möglichkeit sie abzunehmen und ihn abzuwischen.

So viel zum Thema »moderne Technik«, dachte sie.

Der Tunnel zog sich immer tiefer in den Berg hinein und ein unwirkliches Gefühl bemächtigte sich Blue. Es kam ihr vor, als wäre die Schwerkraft aufgehoben und die Zeit angehalten worden. Da waren nur die schwarzgrauen Wände und der nackte Felsboden. Vor ihr gingen Jonas, Dreifinger und der Hund, aber sie hatte sich ein wenig zurückfallen lassen, damit niemand ihr Keuchen hörte.

Natürlich gab es in einer Simulation keine Luft und somit auch keine Atemnot, aber die seelische Anspannung angesichts der Enge ließ sie schwer atmen. Enge war schon immer ihr Problem gewesen.

Normalerweise machte sich das im Alltag nur bemerkbar, wenn sie einen überfüllten Aufzug betrat, aber das war eher selten der Fall, da sie Menschenansammlungen aller Art mied.

Unbemerkt von Blue waren die anderen stehen geblieben. Sie stolperte in Wolf hinein, der kurz aufjaulte.

»Sorry«, murmelte Blue und strich ihm über das Fell.

Dreifinger richtete den Strahl der Taschenlampe auf sie. Geblendet hielt Blue sich die Hand vor die Augen.

»Lass das«, knurrte sie.

»Ich wollte nur sehen, ob alles in Ordnung ist.«

»Mir geht's prima. Was ist? Sind wir da?«

Selbst in ihren Ohren klang das schnippisch, aber es gelang ihr im Moment nicht, ihre Gefühle unter Kontrolle zu halten. Der Zorn auf Jonas und der Scheißtunnel machten sie fertig, und Dampf ablassen war im Augenblick die einzige Möglichkeit, sich etwas Luft zu verschaffen.

»Nur noch um diese Ecke«, erklärte der Gnom. »Ich will euch nur warnen. Habakuk ist … sagen wir mal, nicht ganz einfach.«

»Das hatten wir schon verstanden, als Hooker 0.8 es uns erklärt hat«, meinte Blue.

»Ich denke nicht, dass dem so ist«, fuhr Dreifinger fort. »Denn Habakuk begreifen kann man nur, wenn man ihm selbst gegenübersteht.«

»Mal ehrlich, was soll das?«, fragte Blue. »Entweder du rückst mit der Sprache raus oder du gehst zur Seite, damit ich mir ein eigenes Bild machen kann.«

»Wie du willst.« Es klang zweideutig. So, als meinte er, was nun komme, habe man sich selbst eingebrockt.

Dreifinger drückte sich an die Wand, während Blue und Jonas sich an ihm vorbeiquetschten.

Als sie um die Ecke bogen, eröffnete sich eine Höhle vor ihnen. Nicht so groß wie Trash Town, aber immer noch eindrucksvoll.

Blues Blick wurde von unglaublichem Glitzern gefangen genommen. Überall funkelte es. Licht brach sich auf Millionen Gegenständen. Große und kleine. Bunte und farblose. Unbedeutende und beeindruckende. Alles, einfach alles, was sich der menschliche Geist für eine Simulation ausdenken konnte, befand sich in dieser Höhle.

Blue sah einen gelb gestrichenen Bus. Daneben eine Rikscha. An der Decke hing ein originalgroßes Bombenflugzeug aus dem Zweiten Weltkrieg. Goldmünzen funkelten auf dem Boden. Daneben ein mannshoher Vogelkäfig aus Bambus, in dem ein ausgestopfter Papagei saß.

Weit hinten ein Karussell, dessen geschnitzte Pferdefiguren sich unablässig im Kreis drehten. Ein Samowar aus Silber. Ein altes Postfahrrad.

Jonas deutete auf einen grauen Kasten, der wie eine Brotbüchse aussah.

»Ein Commodore 64«, seufzte er ehrfürchtig.

Blue hatte so ein Ding noch nie gesehen und wusste nicht, warum er so ein Aufheben darum machte. Links von ihr stand ein ausgestopfter Elefant, der war wesentlich beeindruckender.

»Wie haben die Leute das Zeug in die Höhle geschafft?«, fragte sie. »Durch den engen Tunnel sicherlich nicht.«

»Die großen Sachen waren schon hier, als Habakuk eingezogen ist. Nur der Kleinkram und alles, was durch den Tunnel passt, ist neu dazugekommen.«

»Wo ist er?«, fragte Jonas.

»Ich bin hier«, ertönte eine körperlose Stimme.

Blue schaute sich um. Sie sah niemanden.

»Zeig dich«, forderte sie.

Und dann begannen sich die Dinge um sie herum zu bewegen.

35.

Trash Town

Vor ihm verrutschte ein großer Haufen kleiner und größerer Gegenstände. Es raschelte, klimperte und knackte.

Jonas trat einen Schritt zurück. Die Dinge strebten wie von unsichtbaren Fäden gezogen aufeinander zu, verbanden sich mit anderen.

Eine erste grobe Form entstand.

Ein plumper Körper. Säulenartige Beine bildeten sich heraus. Dann Arme.

Hände und Füße kamen hinzu.

Aus dem Rumpf schob sich ein Hals. Darüber entstand ein Gesicht.

All das wurde geformt aus den Gegenständen, die eben noch auf dem Boden gelegen hatten.

Kleine Schrauben und Münzen wanderten von den Füßen den Körper hoch, dichteten noch vorhandene Lücken ab.

Das Wesen richtete sich auf. Die Details wurden immer

deutlicher. Nun wurde durch eine Teekanne die Nase geformt. Blechteller stellten die Lippen dar. Zwei Glaskugeln wurden zu Augen, die hin und her rollten, dann aber Jonas und die anderen fixierten, während sich Habakuk zu seiner ganzen Größe aufrichtete.

Er war groß. Sehr groß. Mindestens drei Meter hoch. Er sah auf sie hinab. Die Gegenstände, die das Gesicht bildeten, bewegten sich und es erschien so etwas wie ein Lächeln auf dem bizarren Antlitz.

»Nun? Siehst du mich jetzt?«

Blue neben ihm nickte stumm. Offensichtlich sprachlos angesichts dessen, was sie sah.

Das Wesen drehte den Kopf und betrachtete den Zwerg. »Du warst schon einmal bei mir.«

»Das ist richtig. Ich wollte dir eine Frage stellen, aber dir hat mein Geschenk nicht zugesagt.«

»Das kommt vor. Was kann ich für euch tun?«

Jonas trat einen Schritt auf das Wesen zu. »Wir brauchen deine Hilfe.«

Knarrend wandte sich der Kopf zu ihm, beugte sich etwas herab. Die Glaskugeln, die die Augen bildeten, glänzten matt.

»Ich helfe niemandem. Du kannst mir eine Frage stellen, wenn ich dein Geschenk akzeptiere. Tue ich das nicht, müsst ihr wieder gehen.«

»Das wissen wir.«

»So? Dann zeig mir, was du mitgebracht hast. Was soll mich erfreuen?«

Jonas griff in seine Manteltasche und zog den Kompass heraus. Er bot ihm Habakuk auf der flachen Hand dar. Der beugte sich noch tiefer herab und legte den Kopf schräg.

»Ein Kompass?«, fragte die körperlose Stimme, die von überall und nirgends herzukommen schien.

Die rechte Hand des Riesen machte eine Bewegung. Vom Boden erhoben sich Gegenstände in die Luft, schwebten um sie herum. Es waren alles Kompasse. Kompasse jeder Art und Form.

»Ich habe viele davon«, sagte Habakuk.

»Dieser hat eine besondere Fähigkeit: Er zeigt nicht die Himmelsrichtung an.«

Im Gesicht des Wesens verschoben sich manche Gegenstände. Es sah aus, als runzelte es die Stirn.

»Dann ist es kein Kompass.«

Jonas hob das Schwert an. »Er zeigt stets auf dieses Schwert.«

»Warum tut er das?«

»Das Schwert ist wichtig.«

Habakuk betrachtete das Katana.

»Ja«, meinte er schließlich. »Das ist es. Ich akzeptiere dein Geschenk. Gib es mir und stell mir deine Frage.«

Eine riesige Hand näherte sich Jonas. Er legte den Kompass hinein. Sofort verband er sich mit den anderen Gegenständen, die Habakuk bildeten, wurde ein Teil von ihm.

Das Wesen seufzte.

Jonas nickte nachdenklich. »Man hat mir erzählt, dass du schon immer da warst. Aus einer Zeit stammst, als BioCom sich noch im Aufbau befand.«

»Das ist richtig.«

»Es heißt, du wärst auch heute noch mit allem verbunden und es geschehe nichts in der Wirklichkeit und in der Simulation, von dem du nichts wüsstest.«

»Ich bin der, der ich bin.«

»Gut, dann ist hier meine Frage, aber zuvor sollst du meinen Namen wissen. Meinen richtigen Namen. Jonas Decker.«

»Ich kenne diesen Namen.«

»Das habe ich mir gedacht.«

»Stell mir jetzt deine Frage.«

»Hat mein Vater Martin Decker Selbstmord begangen?«

Neben ihm wirbelte Blue herum. Sie starrte ihn an. »Das war nicht die Frage, die du ihm stellen solltest!«, zischte sie. »Wir müssen wissen, wie wir hier rauskommen und zur Zentrale gelangen.«

»Ich weiß, und es tut mir leid, aber das ist vielleicht die einzige Gelegenheit herauszufinden, was mit meinem Vater geschehen ist. Ich muss es wissen und er kennt die Antwort.«

»Das ist doch Blödsinn! Wenn die Polizei Suizid festgestellt hat, wird es auch so gewesen sein. Der da …« Sie deutete auf Habakuk. »… kann darüber nichts wissen. Er ist nur Teil einer Simulation, kapierst du das nicht? Das alles ist nicht echt.«

»Ich glaube, er ist viel mehr als das. Er ist das Wesen von Golem City, der Geist hinter den Dingen. Das Überbewusstsein, das alles zusammenhält. Ich weiß nicht, warum er hier unten haust, aber ich bin mir sicher, er hat Zugang zu allen Daten der Firma. Mein Vater hat für BioCom geforscht und stand kurz vor einem großen wissenschaftlichen Durchbruch, aber dann hat er sich ohne ersichtlichen Grund das Leben genommen. Passt das für dich zusammen? Beruflich erfolgreich, eine Frau, die ihn liebt, und einen Sohn, den er vergöttert – und dann bringt er sich einfach so um?«

»Mag ja sein, aber –«

»Nein, nichts aber! Kapierst du nicht? Es hängt alles zusammen. Golem City. Das Schwert. BioCom. Mein Vater. Die Yakuza. Ich versteh das ›Warum‹ noch nicht, aber ich muss diese Antwort bekommen, sonst werde ich niemals ein neues Leben beginnen können.«

»Die Videobotschaft auf dem Schwert stammt von deinem Vater«, sagte Blue ruhig, aber Jonas konnte ihren Zorn spüren. »Du hast sie dir angesehen …«

»Nur den Anfang.«

»… und mir nichts davon gesagt.«

»Ich musste erst mit der Tatsache klarkommen, dass das Ganze mit meinem Vater und vielleicht seinem Tod zusammenhängt.«

»Warum hast du dir das Video nicht zu Ende angesehen, vielleicht hättest du dort die Antwort gefunden, nach der du so brennend verlangst? Stattdessen verschwendest du unsere einzige Frage.«

Jonas spürte, wie sich seine Gesichtszüge verhärteten. »Für mich ist sie nicht verschwendet, sondern mehr wert als alles Geld der Welt. Ich will endlich wissen, was mit meinem Vater passiert ist. Nicht nur, dass er weg ist, nein, aus Schmerz über seinen Verlust hat meine Mutter zu saufen begonnen und mich schließlich allein zurückgelassen. Sie ist einfach gegangen.« Jonas spürte, wie Tränen in seine Augen schossen. Er senkte den Kopf. »Es tut mir leid, wenn ich dich durch mein egoistisches Verhalten in Schwierigkeiten bringe, aber …«

»Ist schon gut«, sagte Blue leise. Sie legte ihm die Hand auf die Schulter. »Ich versteh dich ja.«

Eine Weile standen sie so da, dann richtete sich Jonas

wieder auf und wischte mit dem Mantelärmel über sein Gesicht. Dreifinger und Habakuk hatten die ganze Zeit geschwiegen.

»Wirst du mir meine Frage beantworten?«, fragte Jonas und schaute das Urwesen eindringlich an.

Eine Weile rührte sich Habakuk nicht, dann sagte er: »Das kann ich nicht.«

»Was?«

Jonas zuckte zurück.

Auf den Gedanken, dass Habakuk die Antwort nicht kannte, war er gar nicht gekommen. Irgendwie hatte er auf einen internen Vermerk bei BioCom gehofft. Es musste doch Menschen in der Firma geben, die wussten, woran sein Vater geforscht hatte und die sich über seinen überraschenden Tod Gedanken gemacht hatten.

Vielleicht hatten sie nicht darüber gesprochen oder anderen ihren Verdacht mitgeteilt, dass etwas mit dem Tod ihres wissenschaftlichen Leiters nicht stimmen konnte, um sich selbst zu schützen.

Wenn jemand wie Martin Decker starb, war niemand sicher, der an seiner Forschung beteiligt gewesen war, und ganz bestimmt hatte er dieses wichtige Projekt nicht allein vorangetrieben.

Dass nun Habakuk sagte, er wisse nichts darüber, zog Jonas den Boden unter den Füßen weg.

Weil er diese Antwort unbedingt wollte, hatte er Blue übergangen, sie hintergangen und im Glauben gelassen, er werde die Frage nutzen, um sie hier rauszubringen. Nun hatte er die einzige Möglichkeit auf Freiheit verschwendet und sie saßen fest.

Jonas machte sich nichts vor. Ihre Feinde würden sie

auch hier unten finden, und da es keine Fluchtmöglichkeit gab, waren sie erledigt.

Hilflos schaute er zu Blue, aber die hatte sich abgewandt, dann wieder zurück zu Habakuk.

»Warum kannst du es mir nicht sagen?«, wollte Jonas wissen.

»Das wäre eine weitere Frage, die normalerweise eines weiteren Geschenkes bedarf, aber da ich dir die erste Frage nicht beantworten konnte, werde ich dir diese beantworten.« Das Wesen hob den Kopf an und sah zur Höhlendecke.

»Alle Daten über deinen Vater im System wurden gelöscht. Alles. Nicht einmal mehr in der Personalabteilung gibt es noch Unterlagen über ihn. Keine seiner Forschungsarbeiten trägt noch seinen Namen. Es ist, als habe es ihn nie gegeben. Zumindest für BioCom. Jemand macht sich sehr viel Mühe, um es so aussehen zu lassen, als hätte er niemals für die Firma gearbeitet.«

Jonas stöhnte auf. Die Sache wurde immer verwirrender. Wenn das stimmte, was Habakuk sagte, war alles noch viel schlimmer als gedacht. Jemand, der Zugriff auf sämtliche Daten von BioCom hatte, musste involviert sein. Anders war es nicht zu erklären und wenn er zwei und zwei zusammenzählte, kam dafür nur eine Person infrage.

Der Typ mit dem roten Overall und der Dalí-Maske.

Kaito.

Er steckte hinter all dem. Zuvor war das nur eine Vermutung gewesen, aber nun war sich Jonas ziemlich sicher. Er war der Verräter und sobald er und Blue aus Golem City herauskamen, konnten sie herausfinden, wer er in Wirklichkeit war. Nur jemand, der in ein System so weitreichend eingreifen konnte, um sogar die Gestalt eines Phönixes anzunehmen – einer Sagengestalt, während normale Walker lediglich ihre Kleidung wechseln konnten –, hatte auch die Befugnisse, auf allen Ebenen die Daten eines ehemals wichtigen Mitarbeiters zu löschen.

Ich kriege dich, und du wirst mir sagen, ob mein Vater Selbstmord begangen hat oder ermordet wurde, und wenn du etwas mit seinem Tod zu tun hattest, reiße ich dir das Herz bei lebendigem Leib aus der Brust.

Jonas spürte, wie sich seine Kiefermuskeln anspannten. Neue Entschlossenheit ergriff ihn. Er musste hier rauskommen, koste es, was es wolle – und er *würde* hier rauskommen. Außerdem war er das Blue schuldig.

»Ist das alles, was du mir sagen kannst?«, fragte er das Urwesen.

Die Gegenstände, aus denen Habakuk bestand, gerieten in Bewegung. Die Blechteller, die den Mund bildeten, wurden geöffnet. Er lächelte.

»Ja, mein junger Freund, aber ich will dich nicht so gehen lassen. Ich bin das Ding hinter all den Dingen und daher weiß ich, dass du und sie …« Er deutete mit seiner riesigen Hand auf Blue. »… auf dem Weg zur Firmenzentrale seid. Ich beobachte euch seit eurer Ankunft in Golem City, denn nichts geschieht in dieser Stadt, von dem ich nicht weiß.«

»Wir wissen nicht, wie wir dorthin gelangen können. Es muss einen Weg geben, denn sonst hätte man uns nicht hierhergeführt.«

»Den gibt es tatsächlich, aber ihr müsst euch beeilen. Der Feind, der euch jagt, hat den Aufzug entdeckt und befindet sich gerade auf dem Weg nach unten. Bald wird er vor *Tür* stehen. Sie kann eine Weile standhalten, aber irgendwann wird der Wächter überwunden sein, dann fallen die dunklen Scharen über die Stadt her.«

»Scharen?«, fragte Blue. Sie klang erschrocken.

»Es sind viele. Sehr viele. Ein Brute-Force-Angriff, wie ich ihn noch nie erlebt habe.«

36.

Trash Town

Blue starrte Habakuk an. Er hatte gesagt, es laufe ein Brute-Force-Angriff auf Trash Town. Das bedeutete, der Feind war von heimlichen Attacken zu offener Konfrontation übergegangen.

Entweder die Wächtersysteme der Simulation waren bereits überwunden oder sie befanden sich im Kampf gegen die Eindringlinge.

Der Riese wandte sich um. Er vollführte eine weit ausholende Geste und erneut begannen sich Gegenstände auf dem Boden zu bewegen. Dieses Mal nicht auf Habakuk zu, sondern von ihm fort. Es sah aus, als teile er das Meer.

Eine Luke im Boden wurde sichtbar. Sie öffnete sich wie von Geisterhand.

Habakuk deutete darauf. »Dort unten gibt es eine längst vergessene Verbindung zur Zentrale. Ein alter Datenstrom, der versiegt sein sollte, es aber nicht ist. Folgt ihm bis zu seinem Ende.«

Blue sah, dass Jonas zögerte. Er schien noch etwas sagen zu wollen, aber kein Wort kam über seine Lippen.

»Was ist los?«, fragte sie.

»Ich weiß es nicht. Gerade hat in der Realität mein V-Phone geklingelt und das Hologramm meines Freundes ist erschienen, aber er hat nichts gesagt und keine Nachricht hinterlassen.«

»Das muss nichts bedeuten.«

»Vielleicht. Vielleicht auch nicht. Wenn die Yakuza Harley geschnappt hat, war das vielleicht ein Test, um zu sehen, ob ich zu Hause bin.«

»Wäre möglich, genauso gut könnte es aber auch sein, dass dein Freund dich erreichen wollte und aus irgendeinem Grund wieder aufgelegt hat. Wie auch immer, du kannst nichts tun.«

»Ihr müsst jetzt gehen«, sagte Habakuk. »*Tür* meldet, dass der Feind die untere Ebene erreicht hat und sie angreift.«

Jonas schaute Blue noch einen Moment unschlüssig an, dann nickte er.

Gemeinsam mit ihr und Dreifinger ging er hinüber zur Luke.

Blue blickte hinunter. Eiserne Stiegen führten in die Dunkelheit. Der Boden des Schachts war nicht zu sehen. Dreifinger reichte ihr seine Taschenlampe. »Die werdet ihr brauchen.«

»Du kommst nicht mit?«, fragte sie.

Er schüttelte den Kopf. »Ich bleibe hier. Meine Aufgabe ist erfüllt, ab jetzt wäre ich euch keine Hilfe mehr.«

»Was ist mit dem Hund?«, fragte Jonas. Eine sinnlose Frage.

»Er kann da nicht runter. Unmöglich«, meinte Blue.

Wolf kam zu ihnen herübergetrabt. Er wedelte mit dem Schwanz, so als habe er jedes Wort verstanden und wolle sich nun verabschieden.

Jonas nahm den riesigen Schädel in beide Hände und legte seine Stirn auf den Kopf des Hundes. »Mach's gut, alter Junge«, murmelte er.

Dann richtete er sich auf. »Habakuk, danke für deine Hilfe.« Er reichte Dreifinger die Hand. »Dir auch. Ich hoffe, wir sehen uns wieder.«

»Ganz bestimmt«, meinte der Zwerg.

Blue strich Wolf über den Kopf, dann gab sie Dreifinger ebenfalls die Hand. Wortlos. Er würde auch so wissen, dass sie ihm dankbar war. Habakuk bedachte sie mit einem Nicken.

»Lass uns gehen«, sagte sie zu Jonas.

Sie leuchtete in die Tiefe. Dann klemmte sie sich die Taschenlampe zwischen die Zähne und begann den Abstieg. Jonas folgte. Über ihren Köpfen schloss sich die Luke. Lautes Scharren verriet kurz darauf, dass die Gegenstände begannen, den Tunnelabstieg zu bedecken. Vorerst waren sie in Sicherheit. Der Feind würde lange brauchen, um diesen Zugang zu entdecken.

Ihre Hände umklammerten die eisernen Stiegen. Blue achtete darauf, immer erst den Griff zu lösen, wenn ihre Füße festen Halt gefunden hatten. Jonas folgte ihr fast geräuschlos, nur einmal hörte sie ein Klappern, als die Maschinenpistole, die über seiner Schulter hing, gegen die Schachtwand stieß.

Blue wusste nicht, wie lange ihr Abstieg gedauert hatte und wie tief sie sich nun unterhalb von Trash Town befanden, als sie den Boden erreichten. Im bleichen Licht der Taschenlampe blickte sie sich um.

Eigentlich sah es hier unten nur wenig anders aus als oben. Grobe Felswände bildeten eine weitere Höhle, nur dass diesmal direkt vor ihnen ein Fluss träge entlangfloss. Die Mikrofone in ihrer VR-Brille übertrugen nur ein leises Plätschern, aber es reichte aus, um auf ihrem Rücken eine Gänsehaut entstehen zu lassen.

»Das ist also der Datenstrom, von dem Habakuk gesprochen hat«, meinte Jonas. »Es ist tatsächlich ein Fluss und keine Metapher.«

Blue ließ das Licht der Lampe umherwandern. »Da drüben liegt ein Boot.«

Es war ein flacher Holzkahn. Etwa zweieinhalb Meter lang. Sie gingen hinüber. Eine Holzstange lag darin.

»Ich denke mal, das ist unser neues Fortbewegungsmittel«, sagte Jonas. »Lass uns den Kahn ins Wasser schieben.«

Das Holz schrammte laut über den Felsboden und das ganze Boot knarrte, aber schließlich lag es im Fluss. »Steig ein und geh nach vorn.«

Blue schob ihre Maschinenpistole auf den Rücken, stützte sich auf den Rand des Bootes und stieg hinein. Es schwankte, als sie nach vorn zum Bug kletterte. Jonas stieß das Boot an und sprang hinterher. Wie von selbst trieb der Kahn in die Mitte des Flusses und richtete sich nach der Strömung aus. Blue schauderte, als ihr Blick auf das dunkle, fast schwarze Wasser fiel.

Jonas richtete sich auf und packte die Holzstange. Er tauchte sie tief ins Wasser und schob das Boot an, aber eigentlich war das nicht nötig, denn die Strömung zog sie unablässig mit sich.

»Ist schon komisch«, meinte er. »Mit so einem Kahn habe ich Golem City betreten und nun bin ich auf die gleiche Art und Weise dabei, hier wieder rauszukommen.«

»Je schneller, desto besser«, sagte Blue.

»Ich vermisse Wolf«, meinte er. »Hab mich an den Hund gewöhnt, und ohne ihn fühlt man sich richtig schutzlos.«

»Ja«, gab sie zu. Sie klopfte mit der Hand auf ihre Maschinenpistole. »Wenigstens haben wir die da.«

»Wird uns nicht viel helfen, wenn es stimmt, was Habakuk sagt und die Feinde so zahlreich sind.«

»Meinst du, sie finden uns hier unten?«

Jonas zuckte im Schein der Taschenlampe mit den Schultern. »Ich weiß es nicht. Ich habe keine Ahnung, was für Fähigkeiten sie besitzen. Sie haben Trash Town gefunden und das war kein Zufall.«

»Sicherlich nicht«, gab Blue zu. »Dahinter steckt der Mann im roten Overall.«

»Glaube ich nicht. Ich denke, er spielt sein eigenes Spiel und steht jetzt auch unter Druck. Wir können davon ausgehen, dass er von innerhalb des Systems operiert. Die Yakuza kommt aber von außen. Du hast doch selbst gesehen, wie er die Killer-Bots auf dem Platz vor der Zentrale angegriffen hat.«

»Vielleicht haben sich seine Prioritäten geändert und er macht jetzt gemeinsame Sache mit der japanischen Mafia.«

Jonas sagte einen Moment lang nichts, dann meinte er: »Die Verbindung zur Yakuza ist da … Warte mal! Was ist, wenn Kaito selbst dir den Auftrag in Oicho-Kabu erteilt hat? Wenn er das Schwert dort versteckt, aber der goldene Ninja schneller war und es dir abgenommen hat. Wahrscheinlich hat Kaito es nicht selbst versucht, weil er unter Beobachtung der japanischen Mafia stand. Unser Freund spielt also nicht nur innerhalb von BioCom ein doppeltes Spiel, er versucht auch die Yakuza auszutricksen. Ein gefährliches Spiel.«

»Könnte sein …«, murmelte Blue. »Ich finde trotzdem, dass wir nach wie vor im Dunkeln tappen.«

»Nicht ganz. Die Sache wird immer klarer.«

»Ja, natürlich, denn klar ist, alle wollen uns das Schwert abnehmen und uns umlegen«, meinte Blue bissig. »Daran ändert sich eigentlich nie etwas. Meinst du, der Fluss bringt uns tatsächlich zur Zentrale?«

»Habakuk hat keinen Grund uns anzulügen.«

»Jeder in dieser Simulation hat einen Grund uns anzulügen.«

Jonas stach erneut die Stange ins Wasser und schob sie vorwärts.

»Willst du dir nicht endlich die komplette Datei ansehen?«, fragte Blue. »Darauf könnten sich die Antworten auf alle unsere Fragen befinden.«

»Das mache ich, wenn wir in der Zentrale sind oder kurz zuvor. Im Moment müssen wir uns darauf konzentrieren, unsere Verfolger abzuhängen.«

Das konnte Blue verstehen, auch wenn sie anderer Meinung war und glaubte, dass es wichtig sein konnte, den Inhalt der Datei zu kennen.

Nun gut, der Fluss konnte nicht unendlich sein und somit war es nicht mehr weit. Sie würde ihre Antworten bekommen.

»Ist es okay, wenn ich kurz die Augen zumache?«, fragte sie.

»Du willst jetzt *schlafen*?«, fragte Jonas verblüfft.

»Nein, einfach nur mal kurz abschalten. Wir sind seit

Stunden in der Simulation und es war ziemlich heftig. Ich bin total fertig und muss mich kurz ausruhen. Daher bitte für ein paar Minuten keine Kommunikation.«

»Ich sag dir Bescheid, wenn sich etwas an der Umgebung verändert.«

Blue schloss die Augen. Sie fühlte sich erschöpft und verschwitzt in dem verfluchten VR-Anzug. Sie war müde, unendlich müde, aber es wollte keine Ruhe in ihre Gedanken einkehren.

Sie dachte über ihr Leben nach und wie es nach diesem Walk weitergehen konnte, *wenn* es ein »Danach« gab.

Sie würde vor großen Schwierigkeiten stehen, denn egal, wie die Sache ausging, sie hatte die Yakuza am Hals und musste raus aus Hamburg. Am besten raus aus dem Land. Aber wohin?

In Hamburg befand sich alles, was sie kannte und mochte. Ihr ganzes Leben war dort. Ihre Wohnung. Der Ort, an dem sie sich immer sicher gefühlt hatte.

Hellboy. Sie gab es nur ungern zu, aber sie mochte den Jungen. Er war der einzige Freund, den sie jemals gehabt hatte.

Und nun? Was wartete für ein Leben auf sie?

Mit dem Walken war so oder so Schluss. Nach dieser Aktion hatte sie nicht nur für alle Zeiten die Nase voll davon, es wäre in Zukunft auch viel zu gefährlich. Die Yakuza verzieh nicht und würde sie im Netz jagen.

Wovon soll ich leben? Das Geld auf meinem geheimen Konto ist unerreichbar. Ich bin pleite und bald obdachlos.

Blue spürte Tränen in sich aufsteigen, aber jetzt war nicht die Zeit für Geflenne. Sie musste eine Lösung für ihre Probleme finden.

Aber wichtiger noch, sie musste sich unbedingt ausruhen.

Niemand wusste, was sie in der Firmenzentrale erwartete, aber eines war sicher, sie musste voll konzentriert sein, durfte keine Fehler machen. Zu viel hing davon ab.

Sie seufzte stumm.

Dann schlief sie doch ein.

37.

Zwischen Trash Town und Golem City

Jonas betrachtete Blue. Sie war eingeschlafen, bewegte sich nicht mehr. Im Schlaf waren ihre Gesichtszüge entspannt und sie wirkte wesentlich jünger. Zum ersten Mal konnte er den Gedanken zulassen, wie hübsch sie war.

Schade, dass sie sich nicht zu einem anderen Zeitpunkt im richtigen Leben begegnet waren, aber wahrscheinlich war das ein blödsinniger Gedanke, denn Blue war niemand, der sich von jemandem wie ihm auf ein Date einladen ließ.

Sie wirkte wie eine Einzelgängerin, und er bedauerte den Umstand, dass er nicht mehr über sie erfahren konnte.

Jonas machte sich nichts vor, nach dieser Sache – falls sie das Ganze überstanden – würde jeder wieder seinen eigenen Weg gehen. Ghostwalker legten nicht viel Wert auf Beziehungen. Er lachte innerlich auf. Es war ein bitteres Lachen.

Die meiste Zeit verbringen Walker nicht mal in der rich-

tigen Welt. Stattdessen erleben sie virtuelle Abenteuer und vergessen, dass das echte Leben das wahre Abenteuer ist.

Nur dort konnte man sich weiterentwickeln und wachsen. In einer Simulation war das nicht möglich. Aktion und Reaktion waren dort das Gesetz. Zeit zum Nachdenken blieb kaum. Letztendlich war alles nur Illusion. Eine Seifenblase aus digitalen Träumen.

In diesem Moment erkannte Jonas, dass er sich seit dem Tod seines Vaters in virtuelle Welten geflüchtet hatte, weil er den Schmerz der realen Welt nicht länger ertragen konnte.

Wenn ich nicht endlich den Tatsachen ins Auge schaue, und akzeptiere, was nun mal passiert ist, werde ich es niemals überwinden. Ich werde es immer mit mir herumtragen.

Es war gut, das endlich zu erkennen, aber was nützte ihm das, wenn er und Blue nicht heil aus der ganzen Geschichte rauskamen?

Und selbst wenn es ihnen gelang, blieben ihre Probleme nicht in Golem City zurück, sondern folgten ihnen auf Schritt und Tritt.

Dann dachte er an Harley. Stumm betete er dafür, dass es ihm gut ging, ihn die Yakuza nicht geschnappt hatte.

Das Schicksal seines Freundes kümmerte ihn mehr als sein eigenes.

Ich hab mir das alles selbst ausgesucht, du wurdest in alles hineingezogen, ohne es zu wollen. Tut mir leid, Kumpel.

Das leise Plätschern des Wassers war wie ein geflüsterter Trost, aber jeder Meter, den sie auf dem Fluss zurücklegten, brachte sie auch ihrem Schicksal näher.

Irgendwie glaubte Jonas nicht daran, dass es am Schluss leicht werden würde. Einfach so in die Zentrale spazieren und das Schwert überreichen? Nein. Ihre Feinde kannten das Ziel. Sie würden dort sein. Ihnen auflauern.

Und dann war da noch Kaito. Der Mann im roten Overall. Der Phönix. Letztendlich waren sie erst in Sicherheit, wenn sie das Schwert seinem Auftraggeber überreicht hatten, wer auch immer das war.

Wenn man es genau nimmt, ist das alles hier eine richtig große Scheiße und Blue und ich stecken bis zum Hals mittendrin.

Am liebsten hätte Jonas mit dem Schwert auf irgendetwas eingeprügelt. Auch wenn es nichts brachte.

Ich muss mir die Datei ansehen. Es hilft alles nichts. Blue hat recht, wir müssen wissen, um was es geht. Nichtwissen schützt uns nun auch nicht mehr, dafür sind wir zu weit gekommen.

Das Schwert lag zu seinen Füßen, direkt neben der Maschinenpistole. Alte und neue Zeiten. Fast schon symbolhaft.

Jonas holte die Holzstange ein und legte sie vorsichtig ins Boot, ohne Blue zu berühren.

Eigentlich sollte er sie wecken, damit sie dabei war, wenn er sich die Videodatei ansah, aber er brachte es nicht übers Herz. Sie sah so friedlich aus. Er würde ihr alles berichten, wenn sie aufwachte. Und so hätte er noch einen letzten Moment allein mit seinem Vater.

Jonas setzte sich und nahm das Schwert in die Hand.

Erneut erschien die technische Abbildung. Die Stimme seines Vaters erklang.

»Was Sie vor sich sehen, ist die Abbildung eines genveränderten Tiefseebakteriums, das in der Lage ist, einen neuartigen Biotreibstoff zu erzeugen. Dieser Treibstoff wird

Erdöl und Erdgas überflüssig machen, ohne die Umwelt zu belasten. Ein alter Traum der Menschheit wird in Erfüllung gehen: die Unabhängigkeit von fossilen Brennstoffen.«

Die Kamera zoomte zurück und nun sah er seinen Vater mit den verstrubbelten, blonden Haaren, der sich aufgeregt nach vorn beugte. Wahrscheinlich befand sich dort ein nicht sichtbares Mikrofon und er wollte sichergehen, dass er deutlich zu hören war.

»Es ist eine Revolution. Die Welt wird danach eine andere sein. Eine, wie wir sie für unsere Kinder erträumt haben.« Er seufzte. *»Aber nicht alle Menschen teilen die Freude über diese Entdeckung.«*

Martin Decker deutete mit der Hand zu einem geschlossenen Fenster.

»Dort draußen gibt es Interessengruppen, die alles tun werden, um diese Technologie zu verhindern. Für sie stehen Billionen Eurodollar auf dem Spiel.«

Er räusperte sich, seine Stimme war heiser.

»Ich fürchte um mein Leben, aber auch um meine Arbeit. Daher habe ich alle meine wissenschaftlichen Versuche und Ergebnisse kopiert und werde sie verstecken, damit es niemandem gelingt, sie zu vernichten. Wer auch immer diese Daten in die Hände bekommt, ich werde zu diesem Zeitpunkt nicht mehr am Leben sein und bitte Sie inständig, veröffentlichen Sie meine Arbeit im Internet, damit sie der ganzen Welt zugänglich gemacht wird. Der wissenschaftliche Inhalt ist verschlüsselt, aber ich bin mir sicher, die richtige Person kennt den Schlüssel dazu.«

Sein Vater beugte sich noch näher zur Kamera.

»Und sagen Sie meiner Frau und meinem Sohn, dass ich sie liebe, falls ich das nicht mehr kann. Sagen Sie Jonas,

ich werde immer an den perfekten Tag denken. Unseren Tag.«

Jonas spürte Tränen in seine Augen steigen. Das Video hatte schmerzliche Erinnerungen in ihm wachgerufen. Noch immer vermisste er seinen Vater jeden Tag, jede Minute. Ihn jetzt zu sehen, machte ihm erneut bewusst, wie viel er verloren hatte.

Ach Dad, ich vermisse dich so sehr.

Das Video erlosch. Ein weiterer Dateiname tauchte auf.

Cycloclasticus prometheus

Klang Lateinisch. Vielleicht war das der Name der genveränderten Bakterienart und in dieser Datei wurde der Prozess abgebildet, mit dessen Hilfe man den neuartigen Biotreibstoff erzeugen konnte.

Als er darauf zugreifen wollte, kam erneut eine Fehlermeldung. Dieser Teil der Daten musste auf Blue übergegangen sein oder zumindest war sie der Schlüssel, die Datei zu öffnen.

Nun verstand Jonas, warum alle Welt hinter dem Schwert her war. Wie Kaito gesagt hatte, hier ging es um viel Geld, sehr viel Geld. Die herkömmlichen Energieerzeuger würden alles verlieren, wenn der Biotreibstoff seines Vaters funktionierte und Gas und Öl ersetzte. Noch heute wurde Krieg um diese Rohstoffe geführt und manche Länder wie Saudi-Arabien wären schlichtweg pleite, wenn sie ihr Öl nicht mehr verkaufen konnten.

Andererseits würde jede Firma, die das Patent auf den neuen Treibstoff und seine Herstellung besaß, zum mächtigsten Konzern der Welt aufsteigen.

Nun stellte sich aber eine ganz andere Frage: Sein Vater

hatte für BioCom gearbeitet, also gehörte seine Erfindung der Firma. Ihn umzubringen machte keinen Sinn, denn Jonas konnte sich nicht vorstellen, dass es niemand anderen im Unternehmen gab, der von diesen Forschungen wusste. Es sei denn …

Es sein denn, er hat unter strengster Geheimhaltung geforscht und nur dem Geschäftsführer John Tanaka berichtet. Vielleicht hat er geahnt, dass es einen Verräter bei BioCom gibt oder dass die Firma von den Yakuza infiltriert ist.

Jonas versuchte sich Tanaka ins Gedächtnis zu rufen. Er war ihm einmal auf einer Familienparty innerhalb der Firma begegnet. Ein mittelgroßer Mann mit freundlichem Lächeln, im gleichen Alter wie sein Vater. Die beiden hatten zusammen studiert und in einer WG gelebt. Sie waren Freunde, und als Tanaka seinen Konzern aufbaute, hatte er Jonas' Dad in die Firma geholt und ihn zum wissenschaftlichen Leiter der Forschungsabteilung gemacht.

Plötzlich fügte sich alles zusammen. Jedes Puzzleteil rückte an den richtigen Platz. Er stöhnte auf, als er die ganze Wahrheit erkannte.

Er musste Blue wecken. Ihr sagen, was er herausgefunden hatte.

Jonas fasste nach ihrer Schulter.

38.

Zwischen Trash Town und Golem City

Blue musste zwinkern, damit aus den grauen Schlieren vor ihren Augen ein Bild wurde. Jonas, der sich über sie beugte. Er wirkte aufgeregt.

»Ich muss eingeschlafen sein«, sagte sie entschuldigend. »Ist was?«

»Ich habe mir doch das Video auf dem Schwert angesehen.«

Für einen Moment flammte Zorn in ihr auf, dass er sie nicht geweckt, sondern die Sache allein durchgezogen hatte, aber sie beherrschte sich.

»Und?«, fragte sie.

»Mein Vater wurde ermordet. Ich habe praktisch den Beweis dafür. Auf dem Video sagt er, dass er eine neue Art der Energieerzeugung erfunden hat, die alles revolutionieren wird, aber sich um seine Erfindung und sein Leben sorgt. Er wusste um die Bedeutung dessen, was er entdeckt hatte, und dass es da draußen jede Menge Leute gibt, die bereit sind, dafür zu morden, dass diese Entdeckung nicht bekannt wird.«

Blue sah die Tränen in Jonas' Augen. Sie streckte die Hand nach ihm aus, aber er wich zurück.

»Mein Vater sagt am Ende noch, wie sehr er mich und meine Mutter liebt.«

»Es tut mir leid«, flüsterte Blue.

»Mir auch.«

Sie sah, wie Zorn sein Gesicht eroberte.

»Sie haben ihn eiskalt ermordet. Mein Vater wollte Gutes für die Welt und die Menschen tun, und dafür haben sie ihn getötet. Ab jetzt geht es für mich nicht mehr ums Geld oder darum, heil aus der Geschichte rauszukommen. Wer immer das getan hat, ich will, dass er dafür bezahlt und ins Gefängnis kommt.« Er sah sie eindringlich an. »Du sollst das wissen, denn hier geht es auch um dein Leben und deine Sicherheit.«

»Ich stecke doch längst mit drin.«

»Wenn wir die Zentrale erreichen, musst du nicht mit hineingehen. Du könntest hier unten bleiben, bis dein Kumpel dich aus der Simulation holt.«

»Was noch Stunden dauern kann«, warf Blue ein.

»Besser als tot sein. Wenn ich es schaffe, das Schwert in die Zentrale zu bringen oder bei dem Versuch getötet werde, ist alles vorbei. Vielleicht interessiert sich die Yakuza dann nicht mehr für dich.«

»Das glaubst du doch selbst nicht! Die scheiß Gangster werden mich jagen. Ich werde in Deutschland nie wieder sicher sein und mit dem Walken ist es auch vorbei. Also mach dir nichts vor, wenn du draufgehst, erwischt es mich auch. Außerdem muss ich in die Zentrale, damit ich meine

Erinnerung zurückgewinne, sonst weiß ich nicht, auf welchem verdammten Konto mein Geld liegt.«

»Da du schon davon sprichst, wenn wir das hier überleben, gebe ich dir die Hälfte der Belohnung für den Walk.«

»Den Spruch kannst du auf meinen Grabstein meißeln, denn ich glaube nicht, dass wir hier heil rauskommen«, knurrte Blue.

Sie wusste, dass sie ungerecht war, konnte aber nicht anders. Niemand hatte sie gezwungen nach Golem City zu gehen und das Schwert zu suchen. Hätte sie auf das Geld auf ihrem Konto verzichtet, könnte sie immer noch ein normales Leben führen, aber nein, die Gier hatte sie angetrieben und letztendlich war sie durch die Ereignisse in *Oicho-Kabu* und dem Auftauchen der Yakuza in der Realität gewarnt gewesen, doch die coole Blue hatte geglaubt, alles im Griff zu haben.

Mal eben illegal in die Welt von BioCom eindringen, das Schwert schnappen und ab durch die Mitte.

Aber so einfach war es nicht gewesen und nun bezahlte sie den Preis für ihre Überheblichkeit.

Blue schaute auf und sah, dass Jonas krampfhaft die Kiefer zusammenbiss. Sofort bereute sie ihre Worte.

»Sorry, bin ein wenig gestresst. Wir kommen hier raus und ich nehme natürlich die Kohle«, brachte sie mühsam hervor. Seine Gesichtszüge entspannten sich ein wenig.

»Ich bin mir inzwischen sicher, dass mein Auftraggeber der Chef von BioCom ist. Er ist der goldene Ninja, der dir das Schwert in *Oicho-Kabu* abgenommen hat. Mein Vater und er waren Freunde. John Tanaka hat in Informatik promoviert und war laut meinem Dad ein genialer Programmierer.«

Blue dachte nach. Irgendwie ergab das keinen Sinn. »Du willst mir sagen, dein Vater hat eine wichtige Erfindung gemacht und alle Informationen auf diesem Schwert versteckt? Ganz schön riskant, oder?«

»Er muss gewusst oder geahnt haben, dass es einen Verräter in der Firma gibt. Kaito. Vielleicht wusste er nicht, wer es war, aber er musste davon ausgehen, dass das Firmennetzwerk nicht mehr sicher war. Also hat er alle Daten auf das Schwert gepackt und es in Golem City versteckt. Vielleicht dachte er auch, er wäre in Sicherheit, solange das Schwert nicht gefunden wird …«

»Aber es wurde gefunden, gestohlen und nach *Oicho-Kabu* gebracht«, vollendete Blue den Satz. »Also steckt in jedem Fall die japanische Mafia mit drin und weiß, um was es geht.«

»Vielleicht, vielleicht auch nicht«, gab Jonas zu bedenken. »Ich glaube, wir müssen uns fragen, was der Dieb mit den Daten anstellen wollte.«

»Sicherlich keine Firma gründen und alternativen Treibstoff produzieren.«

»Davon können wir ausgehen. Ich denke, er wollte die Erfindung meines Vaters verkaufen. Vielleicht sogar an den Meistbietenden, und ein Interessent war die japanische Mafia. Er hat das Schwert direkt vor ihrer Nase versteckt, um den Deal mit ihnen auszuhandeln. Aber der Yakuza kann man nicht trauen. Sie haben sich selbst auf die Suche nach dem Schwert gemacht, aber niemals daran gedacht, in ihrer eigenen Welt danach zu suchen. Der Typ ist gerissen.«

»Und jetzt komme ich ins Spiel«, sagte Blue. »Kaito kann das Schwert nicht selbst dort wieder rausholen, denn er steht unter Beobachtung, aber er hat einen Käufer gefunden, der bereit ist, mehr als alle anderen zu bezahlen. Er braucht das Schwert. Sofort. Vielleicht ist man ihm bereits auf der Spur. Er engagiert also den besten Ghostwalker, den es im Netz gibt: mich. Das würde auch erklären, warum der goldene Ninja in *Oicho-Kabu* aufgetaucht ist. Ich habe ihn zum Schwert geführt und er jagte es mir ab, bevor ich mich ausloggen konnte.«

»Klingt alles plausibel«, meinte Jonas.

»Nicht ganz, denn nun stellt sich die Frage, warum du hier bist? Tanaka hat das Schwert. Es befindet sich wieder in seinem Besitz. Er kann es sonst wo verstecken, aber erteilt dir den Auftrag, das Schwert zur Zentrale zu bringen. Warum? Er hat so viel dafür getan, es wieder zurückzubekommen und sein Freund ist dafür gestorben, warum gibt er es wieder aus der Hand? Das verstehe ich nicht.«

Jonas runzelte die Stirn und schwieg. Der Fluss trieb das Boot langsam voran, während er ins Wasser starrte.

»Was übersehen wir?«, fragte er schließlich.

Blue dachte darüber nach. Sie ging noch einmal die Ereignisse in *Oicho-Kabu* durch und plötzlich wusste sie die Antwort.

»Als ich nach dem Walk in *Oicho-Kabu* aufgewacht bin, war ich vollkommen durcheinander, wusste nicht einmal mehr, wie ich auf die Straße gekommen bin, wo wir uns das erste Mal begegnet sind. Es lag daran, dass ein Teil meiner Erinnerung auf das Schwert übergegangen war, aber gleichzeitig der Inhalt der Datei in mein Gehirn. Die abgespeicherte Datei, die ich aus *Oicho-Kabu* mitgebracht habe, war defekt, ließ sich nicht mehr öffnen. Das bedeutet auch, die Datei auf dem Schwert ist nicht mehr vollständig. Tanaka kann damit nichts anfangen, solange sich alles noch in meinem Kopf befindet. Er weiß aber nicht, wer ich bin und wie er mich finden kann. Er hat sich in der Realität an die Yakuza gehängt und beobachtet, wie ich bedroht werde. Nun muss er nur noch eins und eins zusammenzählen, aber durch dein Auftauchen konnte ich abhauen. Dabei bin ich nicht nur der Yakuza entkommen, sondern auch ihm. Er hat gesehen, dass du mir hilfst, und glaubt, wir kennen einander. Praktischerweise bist du der Sohn seines Freundes und wirst, wenn du herausgefunden hast, um was es geht, alles dafür tun, damit das Erbe deines Vaters in die richtigen Hände gelangt. Seine Hände. Damit du nicht ahnst, dass du hintergangen wirst, bietet er dir einen Haufen Geld an und schickt dich auf den Walk.«

»Ich versteh es trotzdem nicht. Er hat doch das Schwert. Um es zu vervollständigen, nütze ich ihm nichts. Warum sollte er es mir geben?«

»Es ist eine Falle! Für mich. Tanaka streut Gerüchte über den teuersten Walk aller Zeiten aus. Er weiß, dass etwas mit mir passiert sein muss, als er mir das Schwert in *Oicho-Kabu* abgenommen hat und dass ich ein Interesse daran habe, mich noch einmal mit dem Schwert zu verbinden. Natürlich ahnt er nichts von meinem fehlenden Konto, aber da gibt es ja noch den Trumpf, dass er glaubt, wir seien befreundet. Das würde mir die Entscheidung sicherlich leichter machen, in Golem City einzudringen, da du mir ja keine Schwierigkeiten bereiten würdest, wenn ich versuche, einen Datenaustausch herzustellen. Ganz schön clever: Er sendet dich auf den Walk, weil er mir nicht traut. Schließlich war ich es, die in der Yakuza-Welt das Schwert abgeholt hat. Auch wenn mich die Yakuza jagt, gibt es immer noch meinen Auftraggeber, der Typ, der mich auf den Walk schickte.«

»Wow, ganz schön kompliziert. Ich glaube aber, es ist noch viel kniffliger. Er hat nicht nur dir eine Falle gestellt, sondern auch dem Verräter innerhalb seiner Firma. Golem City gehört Tanaka. Er kann sich hier frei bewegen, glaubt, er stellt die Spielregeln auf und lockt den Verräter aus der Deckung, damit er endlich erfährt, wer ihn hintergeht, seinen Freund ermordet und die Daten gestohlen hat. Doch Kaito ahnt das oder ist schlau und schafft seine eigenen Bedingungen und Fallen.«

»Vielleicht hat er sogar der Yakuza Zugänge zum System geschaffen, sie sind seine Hunde, die uns aufspüren und jagen sollen.«

»Er erledigt dann den Rest«, vollendete Jonas den Satz.

»Und ganz sicher hat er Vorbereitungen getroffen, damit er das Schwert nicht noch einmal verliert. Wenn er Zugriff darauf erhält, verschwindet die Erfindung deines Vaters für alle Zeiten und wir werden noch in tausend Jahren auf fossile Brennstoffe zur Energieerzeugung angewiesen sein. Hier geht es längst nicht mehr um uns, sondern um die Zukunft der Menschheit. Saubere Energie bedeutet eine saubere Umwelt.« Blue grinste ihn an. »Fuck, wir werden draufgehen, aber wir sind verdammte Helden.«

»Leider wird niemand jemals davon erfahren«, sagte Jonas lächelnd. »Fühlt sich trotzdem gut an, auf der richtigen Seite zu stehen.«

»Eigentlich schade um uns, und das verdammte Geld werden wir auch nicht ausgeben können.«

Plötzlich sah Jonas sie merkwürdig an.

»Was ist?«, fragte Blue.

»Hmm.«

»Nun sag schon«, forderte sie ihn auf.

»Wenn das hier vorbei ist …«

»Was denn? Mach's nicht so spannend.«

»Würdest du dann mit mir ausgehen?«

Sie sah ihn sprachlos an. Mit allem hatte sie in diesem Moment gerechnet, aber nicht damit. Die Antwort fiel ihr nicht schwer.

»Niemals.«

39.

Zwischen Trash Town und Golem City

»Echt?« Enttäuscht schaute Jonas sie an. »Niemals?«

Sie nickte.

»Stimmt was nicht mit mir? Bin ich zu jung? Zu arm? Nicht cool genug? Was ist es?«

»Das hat nichts mit dir zu tun.«

»Hast du einen Freund?«

»Nein.«

»Ich versteh es nicht. Wir sind kurz davor draufzugehen, aber selbst in dieser Situation schließt du ein Date mit mir aus?«

»So ist es.«

»Ich muss wissen, warum.«

»Oh nein, musst du nicht.«

»Oh doch!«, beharrte Jonas. »Ich werde nie wieder Ruhe finden, wenn ich die Antwort auf diese Frage nicht kenne.«

»Trotzdem.«

»Ich halte das scheiß Boot an.«

»Tust du nicht. Außerdem treibt uns die Strömung so oder so voran.«

»Bitte, Blue, sag es mir.«

Er sah, dass sie zögerte. Dann verzog sie den Mund.

»Ich hatte noch nie ein Date«, gab sie zu. »Weiß gar nicht, was man da macht.«

»Hä?« Jonas verstand kein Wort. So ein tolles Mädchen wie Blue musste doch uferlos viele Verehrer haben und von einer Verabredung zur nächsten jagen, aber sie wirkte vollkommen ernst.

»Schaust du keine Filme oder liest Bücher?«

»Theoretisch, klar, da weiß ich schon, wie so etwas abläuft, aber ich will mich nicht blamieren. Bei einem Date kann man so viel falsch machen! Ich mag keine Peinlichkeiten.«

»Da ist nichts peinlich dran.«

»Doch, wenn du versuchst mich zu küssen und ich will das nicht.«

»So muss es nicht laufen. Ich –«

»So läuft es immer, ich habe FILME gesehen und BÜCHER gelesen.«

»Was ist so schlimm am Küssen? Halt … willst du sagen …«

»Ja.«

»… du hast noch nie einen Jungen geküsst?«

»So ist es.«

»Du bist Blue. Eine Legende!«

»Was hat das damit zu tun?« Sie runzelte verärgert die Stirn.

Jonas ruderte sofort zurück. *Scheißspruch.*

»Sorry, ist mir so rausgerutscht. Ich dachte nur …«

»Was?«, knurrte Blue.

»… weil du so unglaublich hübsch bist.«

Er sah, wie sie den Mund öffnete und wieder schloss. Dann: »Du findest mich hübsch?«

»Mehr als das, du bist schön.«

»Wow, das hat noch keiner gesagt.«

»Wie auch, wenn du zu keinem Date gehst?«

»Darüber muss ich mal nachdenken.«

»Es muss doch massenhaft Typen geben, die hinter dir her sind. Jungs von deiner Schule …«

»Ich geh nicht zur Schule.«

»Wie alt bist du denn?«

»Achtzehn.«

»Und Abi gemacht?«

»Nein, hab die Schule abgebrochen. Ich seh mich als selbstständige Unternehmerin.«

»Du gehst auf Walks und verdienst dein Geld damit«, stellte Jonas fest.

»Und es ist nicht wenig, aber so wie es aussieht, werde ich es nicht ausgeben können, denn erstens habe ich meine Kontonummer vergessen und zweitens überlebe ich das hier nicht.« Sie zeigte mit dem Finger auf Jonas. »Aber sollte es wider Erwarten doch so sein, kriegst du dein Date.«

Er spürte, wie sich ein Grinsen auf sein Gesicht legte. »Wenn du noch keine Verabredung hattest, dann bist du ja noch –«

Sie hob warnend die Hand. »Sprich es aus und ich ziehe mein Angebot zurück.«

Jonas versuchte, jede weitere Bemerkung runterzuschlucken. Oder noch ein blödes Grinsen, das ihm Blue sicherlich nicht verzeihen würde. Mal abgesehen davon, dass er nicht mehr lange zu leben hatte, besser gesagt jämmerlich unter großen Schmerzen draufgehen würde, war das doch eine aufregende Sache.

Ich hab ein Date mit dem tollsten Mädchen der Welt.

Und gleich darauf.

Schade, dass ich nicht hingehen kann, weil ich längst tot sein werde. Und Blue auch.

Plötzlich wurde Jonas ernst. Blue durfte nichts geschehen. Wenn es ihm an den Kragen ging, war das schlimm genug, aber Blue sollte nicht wegen ihm sterben.

Von einem Moment zum anderen war alles noch komplizierter geworden.

Ist schon der Hammer. Ich muss Blue, Harley und die Welt retten. Ganz schön viel für jemanden wie mich, der meistens nur seine Ruhe haben will.

Shit, aber so war es eben. Jetzt herumzujammern half auch nicht. Er musste einen kühlen Kopf bewahren.

Cool sein.

Sich auf den nächsten Schritt konzentrieren. Jonas blickte gedankenverloren auf die ruhige Oberfläche des Flusses. Plötzlich stutzte er.

Hatte sich das nachtschwarze Wasser gerade gekräuselt? Dann sah er ein silbernes Funkeln unter dem Kahn entlangwandern und verschwinden. Ein zweites folgte. Dann immer mehr.

Wie metallene Glühwürmchen, die unter der Oberfläche dahinzogen, flitzen sie am Boot vorbei.

Was hat das zu bedeuten?

»Äh, Blue …«

»Ja?«

»Schau mal aufs Wasser.«

Das Mädchen beugte sich über die Bootskante. Jonas konnte regelrecht hören, wie sie den Atem anhielt.

»Was ist das?«

»Keine Ahnung«, meinte Jonas. »Sieht wie … Datenechos aus. Kann ein Zufall sein. Oder …«

»Unsere Feinde haben Trash Town durchquert, Habakuk aufgespürt und sind in den Schacht eingedrungen.«

»Denkst du, die Dinger sind gefährlich?«

Blue richtete sich auf. Im Schein der Taschenlampe sah sie ihn eindringlich an.

»Guckst du manchmal Dokumentationen? Tiersendungen?«

Jonas nickte.

»Hast du schon mal gesehen, wenn in diesen Filmen Raubfische im Meer auftauchen? Was passiert dann an der Oberfläche?«

Jonas spürte, wie sich sein Magen zusammenzog. »Kleinere Fische springen aus dem Wasser oder jagen davon.«

»Ja«, sagte Blue. »Da kommt etwas Großes auf uns zu.«

»Was könnte das sein?«

»Ein Daten-Torpedo, eine EMP-Bombe. Die Bits fliehen. Himmel, es könnte alles sein.«

Hinter Jonas war nun ein Rauschen zu vernehmen. Er wandte sich um und brachte dadurch den Kahn wild zum Schlingern. Der Strahl der Taschenlampe wanderte hinaus in die Finsternis.

Und dann …

… entdeckte er es. Es war riesig, schlank und glänzte wie blankes Silber.

Jagte in atemberaubender Geschwindigkeit auf das Boot zu.

Jonas ruckte herum.

Er sah Blue in die Augen.

»Spring!«

40.

Zwischen Trash Town und Golem City

Als das schwarze Wasser über ihrem Kopf zusammenschlug, glaubte Blue für einen Moment, ihr Ende wäre gekommen. Die Finsternis zog sie nach unten. In lichtlose Tiefen.

Aber dann wurde das Wasser um sie herum aufgewirbelt. Etwas Mächtiges schob sich heran. Die hohen Wellen waren bloß die Vorboten.

Während Blue immer tiefer sank, sah sie nach oben. Ein silbriges Ding bohrte sich in den dunklen Schemen des Bootes, dann gab es eine gewaltige Explosion.

Druckwellen rasten in die Tiefe, brachten die Nano-Marker in ihrem Anzug zum Schwingen.

Alles wurde gleißend hell. Vertrieb die Dunkelheit. Teile des Kahns trudelten brennend herab, wurden nicht durch das Wasser gelöscht, sondern zogen fackelgleich in die nachtschwarze Welt unter ihren Füßen.

Blue strampelte, ruderte mit den Armen. Zwar erlitt

sie keine Atemnot, aber ihre alte Platzangst erwachte zum Leben und gaukelte ihr vor, sie befinde sich in einem in Flammen stehenden Sarg.

Keuchend durchbrach sie die Wasseroberfläche und schaute sich panisch nach Jonas um.

Nichts zu sehen.

War er noch im Boot gewesen, als der Torpedo eingeschlagen war?

»Jonas?«

Keine Antwort.

Und kein Licht. Die Taschenlampe musste ausgegangen oder in die Tiefe gesunken sein. Nun fiel Blue auch auf, dass das silberne Blinken der fliehenden Bits erloschen war. Vorerst war sie in Sicherheit, wobei dieser Gedanke aberwitzig klang.

Sie trieb allein in völliger Finsternis in einem Fluss, der noch endlos lang sein konnte.

Wo ist er?

Jonas konnte nicht ertrunken sein, das war schlichtweg unmöglich, da Atmen in simulierten Welten keine Rolle spielte, aber vielleicht hatte er durch den Torpedo den virtuellen Tod erlitten und war aus Golem City herausgeschleudert worden.

Neben ihr im Wasser bewegte sich etwas. Blue spürte es durch die Nano-Marker, die ein Kribbeln in ihrem Anzug erzeugten.

»Jonas?«

»Ja«, keuchte der.

»Scheiße, wo hast du gesteckt? Ich hab mir Sorgen gemacht.«

»Bin durch die Explosion abgetrieben worden, musste

erst wieder zurückschwimmen. Ist im Dunkeln gar nicht so einfach, die Richtung zu bestimmen.«

»Wir sind im Arsch«, stellte Blue ruhig fest, während sie auf der Stelle paddelte. Langsam gewöhnten sich ihre Augen an die Dunkelheit und sie konnte wieder was erkennen. Von den Höhlenwänden ging ein zarter grüner Schimmer aus. Nicht genug, dass man wirklich etwas sah, aber sie konnte Jonas' Kopf über der Wasseroberfläche ausmachen. Etwa zwei Meter neben ihr.

»Hast du das Schwert noch?«, fragte sie.

»Ja. Auch die Maschinenpistole. Und du?«

»Ist leider weg. Muss ich beim Sprung aus dem Boot verloren haben. Was ist mit der Taschenlampe?«

»Auch weg«, gab Jonas zu.

»Was machen wir jetzt?«, wollte Blue wissen.

»Na, was wohl? Schwimmen. Die Strömung hilft uns. Wenn wir Glück haben, ist es nicht mehr weit bis zur Zentrale.«

»Wenn du das sagst.«

»Okay, dann los«, forderte Jonas sie auf. »Wir müssen uns aneinander festhalten, damit wir uns im Dunkeln nicht verlieren. Gib mir deine Hand.«

Blue streckte sie in seine Richtung aus. Kurz darauf vermittelte ihr der VR-Anzug den Druck, den Jonas' Hand in der Simulation ausübte.

Eigentlich nichts Besonderes und trotzdem ein gutes, ein tröstendes Gefühl, besonders da sie vor Kurzem noch geglaubt hatte, ihn verloren zu haben.

»Irgendwie wird es nicht besser, sondern immer schlimmer«, stellte Blue fest, während sie mit leichten Schwimmbewegungen vorantrieben.

Jonas lachte leise. »Ist schon ein Riesenmist.«

»Wenn wir das hier überstehen, gebe ich das Walken auf«, sagte sie.

»Hab auch schon darüber nachgedacht. Es ist nicht mehr dasselbe, wenn es plötzlich auch in der Realität um dein Leben geht.«

»Sehr zurückhaltend ausgedrückt. Ich habe eine Scheißangst, dass die Yakuza dich oder mich aufspürt. Die Typen werden uns einfach umlegen.«

Jonas schwieg.

»Warum sagst du nichts?«

»Was soll ich dazu sagen?«

»Na so etwas, wie ›Blue, mach dir keine Sorgen. Wir schaffen das. Da kommen wir durch.‹ So ein Zeug halt.«

»Aber es wäre gelogen. Ich glaube nicht, dass die Sache gut ausgeht.«

»Ist mir doch scheißegal, was du glaubst!«, schnaubte Blue. »Ich würde es gern hören. Ich brauch das jetzt.«

Jonas seufzte. »Okay, Blue, wir kriegen das hin. Wir –«

»Ein bisschen mehr Überzeugung bitte.«

»Das ist doch Schwachsinn …«

»Tu es für mich.«

Für einen Moment sagte Jonas nichts, aber als er antwortete, klang seine Stimme fest.

»Wir werden das hier gemeinsam durchstehen. Das Schwert an seinen Bestimmungsort bringen und danach unser Date genießen. Ich schwöre es.«

»Na also«, gluckste Blue. »Geht doch.«

Auch Jonas lachte. Doch dann wurde er wieder ernst.

»Sag mal, hast du auch das Gefühl, die Strömung nimmt zu? Wird stärker?«

Blue betrachtete die schimmernde Höhlenwand. Tatsächlich, der grünliche Fels zog schneller an ihnen vorbei. War das ein Zeichen, dass der Fluss bald endete?

»Ja, stimmt. Ist das gut oder schlecht?«

»In Filmen kommt jetzt immer ein mächtiger Wasserfall und die Helden stürzen mit großem Getöse in die Tiefe.«

»Boah, darauf habe ich jetzt echt keinen Bock.«

»Eigentlich kann uns ja nichts passieren. Ist ja nicht echt«, meinte Jonas lakonisch.

»Ach? Denn eigentlich könnten wir auch auf irgendwelchen Felsen zerschmettert werden, krasse Schmerzen durch die Scheißanzüge vermittelt bekommen und den virtuellen Tod erleiden. So viel zu deinem *eigentlich*.«

»Wollte dich nur beruhigen.«

»Ist dir nicht gelungen. Meinst du, es bringt etwas zurückzuschwimmen?«

»Schaffen wir nicht. Die Strömung ist zu stark, außerdem müssen wir das Ende des Flusses erreichen.«

»Habakuk hätte uns warnen können.«

»Vielleicht weiß er nichts davon und selbst wenn, was hätte es geändert? Es ist der einzige Weg.«

Der Strom wurde immer stärker. Er zog sie unablässig voran. Sie wurden stetig schneller. Jonas packte ihre Hand fester.

»Hör nicht auf zu schwimmen, wir müssen versuchen, in der Flussmitte zu bleiben.«

»Als ob das noch eine Rolle spielt«, keuchte Blue. »Sag mal, müssten wir nicht ein Rauschen hören, wenn da vor uns tatsächlich ein Wasserfall ist?«

Jonas schwieg kurz, dann sagte er: »Stimmt, so schnell wie der Fluss uns vorantreibt, kann es nicht mehr weit sein.«

»Und wenn es kein –«

Sie konnte den Satz nicht vollenden, denn in diesem Moment prallte sie mit voller Wucht gegen einen massiven Gegenstand. Schmerzwellen rasten durch ihren Körper, aber es gelang ihr, sich an dem Ding vor ihr festzuhalten. Gleichzeitig brüllte Jonas auf. Seine Hand rutschte aus ihrer.

»Scheiße, was ist passiert?«, rief er gegen das plötzliche laute Rauschen an.

»Weiß ich nicht. Ich glaube, da ist ein Gitter mitten im Wasser.«

»Ein Gitter«, wiederholte er. Es klang fassungslos. »Warum zum –«

»Keine Ahnung. Hältst du dich fest?«

»Ja.«

»Kannst du irgendwas erkennen?«

»Nein, viel zu dunkel.«

»Spürst du was? Ist da vielleicht eine Lücke?«

»Nein, total massiv.«

»Dann müssen wir uns daran entlanghangeln und versuchen, ans Ufer zu kommen.«

»Sorry, aber es gibt kein Ufer. Gab es auf der ganzen Strecke nicht. Der Tunnel ist wie eine Rutsche im Wasserpark. Nur eine Richtung. Da ist nichts mit links oder rechts.«

»Dann nach oben.«

»Was soll das bringen? Das Gitter reicht wahrscheinlich bis zur Höhlendecke.«

»Wissen wir nicht. Es könnte eine Lücke geben. Vielleicht kann man sich durchzwängen.«

»Okay, versuchen wir es. Sehr hoch kann das Gitter nicht sein. Die Tunneldecke war an keiner Stelle höher als fünf Meter.«

»Dann los.«

Blue streckte die Hand nach oben, packte einen der Gitterstäbe und zog sich ein Stück hoch. Die andere folgte. Ihre Füße fanden Halt. Neben ihr schnaufte Jonas in der Dunkelheit.

Plötzlich und vollkommen überraschend griff ihre Hand ins Leere. Da war nichts.

Halt! Doch!

Eine Kante.

Blue fasste mit beiden Händen danach. Es gelang ihr, sich hochzustemmen. Sie kippte nach vorn und landete bäuchlings auf einer glatten Fläche.

»Was ist?«, fragte Jonas, der noch unter ihr war.

»Bin oben.«

»Wie oben?«

»Das Gitter endet hier. Ich liege auf etwas. Scheint massiv zu sein. Komm hoch.«

Kurz darauf hörte Blue, wie er neben sie plumpste.

»Wo zum Henker sind wir denn jetzt schon wieder gelandet?«, fluchte Jonas.

»Ist zumindest besser, als einen Wasserfall herabzustürzen.«

»Da könntest du recht haben.«

Plötzlich tauchte über ihren Köpfen ein Licht auf. Blue schloss geblendet die Augen.

»Ihr habt euch ganz schön Zeit gelassen«, sagte eine Stimme.

41.

Golem City

Jonas wusste, dass er diese Stimme kannte. Sie klang jung und weiblich. Aber woher? Er blinzelte gegen das Licht an, konnte aber nur einen Schemen ausmachen.

»Wer bist du?«, rief er.

Das Licht wurde auf ein Gesicht gerichtet.

»Du solltest mich kennen.«

Kim Uriel! Die Heldin aus der Serie »The Monkey Princess«.

Es war logisch, dass auch sie nun auftauchte. Als Wegweiser zu ihrer letzten Station. Jonas betrachtete das Mädchen.

Braune Haare, die zu einem langen Zopf geflochten waren, lugten unter einem alten Lederhelm hervor. Die Schweißerbrille aus der Stirn geschoben. Das rote Halstuch. Kim trug eine Lederjacke, die ihren Schimpansen-Arm gut verbarg, und braune Cargohosen, außerdem geschnürte braune Militärstiefel. Sie hatte wie üblich die abgewetzte

Ledertasche umgehängt, in der sie die gefundenen Artefakte transportierte.

Wie viele Stunden hatte er vor dem Bildschirm und somit mit ihr verbracht und nun stand sie vor ihm. Auf Kims Gesicht lag ein Lächeln.

»Das ist das Mädchen von der Figur«, flüsterte Blue neben ihm.

»Kim Uriel.«

Die Taschenlampe wurde gesenkt, ihr Schein wieder auf Jonas und Blue gerichtet.

»Schickt dich Tanaka?«, fragte Jonas.

Kim ging nicht darauf ein. »Ich bringe euch zur Zentrale. Habt ihr das Schwert?«

Jonas nickte.

»Dann kommt. Uns bleibt nicht mehr viel Zeit.«

»Was meinst du damit?«, fragte Blue.

»Der Gegner hat ein menschliches Floß gebildet und fährt den Fluss hinunter. Er wird bald hier sein.«

Das Wort »menschlich« klang in diesem Zusammenhang merkwürdig. Menschen würden bei dem Versuch, ein lebendes Floß zu bilden, jämmerlich ertrinken. Hier war das nur möglich, da die Killer, die sie verfolgten, nicht atmen mussten.

»Die Yakuza-Bots haben ganz schön was drauf«, meinte Blue respektvoll. »Auf die Idee muss man erst mal kommen.«

»Die japanische Mafia hat Geld. Viel Geld, sie kann die besten Programmierer und Hacker bezahlen.«

»Ich weiß, aber es ist ein Fehler, sich mit ihnen einzulassen. Wen sie einmal –«

»Lasst das jetzt«, forderte sie Kim auf. »Wir müssen los.«

Sie wandte sich um. Da ihnen das Licht vorauseilte, konnte Jonas erkennen, dass sie auf einem gigantischen Würfel standen. Unter ihnen rauschte der Fluss durch das Gitter. Die Höhle hatte sich an dieser Stelle nach oben hin geöffnet. Jonas sah eiserne Stiegen, die aufwärts führten. Ähnlich denen, die sie in Habakuks Reich nach unten gebracht hatten.

Kim ging schnurstracks darauf zu. Wortlos fasste sie die erste Stiege und zog sich hoch. Blue und Jonas folgten ihr stumm.

Jonas hatte die Stiegen nicht gezählt, aber der Aufstieg war ihm ewig vorgekommen. Schließlich stieß Kim eine schwere Luke auf und sie waren an der Oberfläche.

Nach der langen Zeit unter der Erde war es eine Wohltat, wieder Raum über sich zu haben, auch wenn es nur ein virtueller Nachthimmel war.

Die beiden Monde von BioCom leuchteten nicht weit entfernt auf die Zentrale herab. Jonas schätzte, dass es nur drei Blocks waren, die sie zurücklegen mussten. Ein Katzensprung. Hier oben schöpfte er wieder Hoffnung. Vielleicht würde doch alles gut ausgehen.

Kim bückte sich, verschloss die Luke und blockierte den Öffnungsmechanismus mit einer kleinen Metallstange, die sie aus ihrer Ledertasche gefischt hatte.

»Das sollte sie eine Weile aufhalten«, meinte sie, dann richtete sie sich auf.

Kim war einen ganzen Kopf kleiner als er selbst und auch Blue überragte sie deutlich. Im Licht der Monde konnte Jonas nicht erkennen, ob sie tatsächlich braune Augen wie in der Serie hatte, aber sie wirkten in jedem Fall dunkel. Kim schaltete die Taschenlampe aus.

»Wie gehen wir vor?«, fragte Blue.

»Ich denke, wir machen einen Umweg«, erklärte Kim. »Es wimmelt in diesem Gebiet inzwischen von Feinden und es kann gut sein, dass wir uns durchkämpfen müssen.«

Jonas schluckte. So viel zum Thema Hoffnung.

»Wir haben nur eine Maschinenpistole und das Schwert, um uns zu verteidigen«, meinte er.

Kim griff erneut in ihre Ledertasche. Diesmal zog sie einen alten, schweren Revolver heraus, der aussah, als stamme er aus der Zeit des Wilden Westens.

»Habe ich im Museum gefunden«, erklärte sie. »Ist geladen und funktioniert.«

Jonas starrte sie an. Warum hatte Tanaka das Mädchen nicht besser ausgerüstet? Warum bloß ein unhandlicher Revolver, den sie kaum halten konnte, ohne zu zittern?

Wahrscheinlich, damit sie nicht auffällt. Ein Mädchen mit einer Bazooka auf der Schulter könnte Aufmerksamkeit erregen.

Auch wenn Jonas dem Gedanken folgen konnte, wäre es ihm doch lieber gewesen, Kim wäre hier mit einer Armee – oder zumindest mit einem Panzer – aufgetaucht.

Tanaka geht ein großes Risiko ein, wenn er auf Heimlichkeit und nicht auf Stärke setzt. Ich hätte Tausende von Killer-Bots ausgesandt, um die Yakuza aus der Simulation zu fegen.

»Ein bisschen wenig«, sagte Blue neben ihr. So leise, dass Kim sie nicht hören konnte.

»Ich glaube, Tanaka sind die Hände gebunden«, raunte Jonas zurück. »Er kann nicht mehr aufbieten. Vielleicht wurde er inzwischen blockiert.«

»Dann ist das hier das letzte Aufgebot?« Blues Stimme bebte.

»Sieht so aus.«

»Dann sind wir voll im Arsch. So können wir es mit der Yakuza und Kaito nicht aufnehmen.«

»Sie dürfen uns einfach nicht erwischen.«

»Worüber sprecht ihr?«, fragte Kim misstrauisch.

»Wir beratschlagen, wie wir weiter vorgehen. Wie wir uns verhalten wollen, wenn wir auf Feinde treffen«, erklärte Jonas.

»Oh, das ist einfach«, grinste Kim. »Rennen und Schießen.«

Na super, das ist ja mal ein taktisch ausgefeilter Plan. Blue hat recht, wir sind im Arsch.

Ohne ein weiteres Wort ging Kim Uriel in die nächste Gasse hinein.

Jonas seufzte und folgte ihr.

»Die Zentrale steht auf einem offenen Platz«, zischte Blue in seinem Rücken. »Ich hatte gehofft, der Fluss bringt uns unterirdisch dorthin, aber jetzt sind wir wieder an der Oberfläche. Schutzlos, wenn wir die letzten Meter zurücklegen. Die werden uns einfach ummähen.«

»Und? Was soll *ich* jetzt tun?«

Jonas spürte, wie die Wut in ihm hochkochte. Die Anspannung vor dem, was da auf sie zukam, machte ihn nervös und Blues Vorwürfe, auch wenn sie diese nicht laut aussprach, halfen ihnen nicht.

Es ging nur noch ums Überleben. Über den Platz zu kommen und die Zentrale zu erreichen. Sie hatten es bis hierher geschafft, es konnte einfach nicht sein, dass ihnen der letzte Schritt nicht auch noch gelang – aber die Angst war natürlich da. Sie rumpelte in seinem Magen, trocknete seinen Mund aus und ließ ihn schwitzen. Der verdammte VR-Anzug war inzwischen zum Dampfkochtopf mutiert, der ihn in seinem eigenen Schweiß garte. Seine Hände zitterten in den Handschuhen, während er in der Simulation vorsichtig Kim folgte.

»Ich weiß es doch auch nicht«, sagte Blue. »Aber dieses Mädchen führt uns wie Schafe zur Schlachtbank.«

»Hör auf, so einen Mist zu labern«, knurrte Jonas. »Kim weiß, was sie tut.«

»Das glaubst du doch selbst nicht. Ich seh dir an, dass du Schiss hast.«

»Klar hab ich den, alles andere wäre ja vollkommen verrückt. Nur im Gegenzug zu dir vertraue ich Tanaka. Er wird sich etwas bei all dem gedacht haben.«

»Was? Spinnst du? Er schickt ein Mädchen mit einer alten Knarre und das nennst du Planung?«

Nein, tat er nicht, aber das konnte er Blue ja schlecht sagen. Sie war auch so schon kurz vorm Durchdrehen.

»Es wird alles gut gehen«, sagte Jonas, ohne selbst daran zu glauben.

Blue starrte ihn an. Ihre grauen Augen funkelten wütend im Schein der Straßenlaternen. »Als ich sagte, du sollst mir ein wenig Hoffnung machen, meinte ich nicht, du sollst mich verarschen. Hier ist nichts mehr mit Hoffnung. Wir sind schlichtweg chancenlos und werden draufgehen.«

Damit war alles gesagt.

Jonas schwieg.

Es dauerte einen Moment, bis der Warnton sein Bewusstsein erreichte. Zuerst hatte er geglaubt, der Alarm wäre in der Simulation ausgelöst worden, aber dann erkannte er entsetzt, dass es das Sicherheitssystem seiner Wohnung war. Der Monitor neben der Tür sprang an. Jonas drehte den Kopf, so weit er konnte. Auf dem Schwarz-Weiß-Bild waren zwei Männer zu sehen.

Schwarze Anzüge, weiße Hemden, asiatisches Äußeres.

Sie fummelten mit irgendetwas am Schloss seiner Wohnung herum, also hatten sie die Haustür bereits überwunden.

Dies war eine teure Gegend in Hamburg und die Stadt längst nicht mehr so sicher, wie sie früher einmal gewesen sein mochte, daher hatte sein Vater ein modernes Sicherheitsschloss einbauen lassen, das nicht so einfach zu knacken war. Auch die Tür selbst würde einem gewalttätigen Eindringen eine Zeit lang standhalten. Und da lag der Hund begraben.

Eine Zeit lang.

Irgendwann würden die Typen das Schloss knacken oder die Tür aufbrechen, es war nur noch eine Frage der Zeit. Da jede Kommunikation mit der Außenwelt abgeschnitten war, konnte er keine Hilfe rufen, sondern saß festgeschnallt wie ein Opferlamm in seinem PSI-Stuhl.

Scheiße, was mache ich jetzt?

Jonas atmete zweimal tief ein und aus. Sein Herz klopfte wie verrückt in der Brust, aber wenn er eine Chance haben wollte, das hier zu überleben, musste er Ruhe bewahren.

Was hat sich geändert?

Nur ein Umstand. Der Zeitfaktor. Ansonsten musste er noch immer das Schwert in die Zentrale bringen, was schwer genug war. Wenn ihm das rechtzeitig gelang und er sich ausloggen konnte, war es vielleicht möglich, über das

Dach zu fliehen. Den Weg hatte er schon öfters genommen, wenn auch nur aus Spaß, um Parkour zu üben.

Vom Dach rüber aufs nächste Haus. Dann die Regenrinne nach unten klettern. Kein Problem. Oder er rief die Bullen, allerdings stellte sich die Frage, ob die rechtzeitig da wären, um ihm die Yakuza vom Hals zu schaffen.

Neben ihm blieb Blue stehen und sah ihn eindringlich an.

»Was ist los?«, wollte sie wissen.

»Die Mafiakiller stehen in der Realität vor meiner Tür. Sie versuchen reinzukommen.«

»Dann haben sie herausgefunden, wer du bist«, stellte Blue fest.

Harley!

Daran hatte er noch gar nicht gedacht. Sie mussten seinen Freund geschnappt haben. Da er ihnen die Adresse seiner Wohnung verraten hatte, hoffte Jonas, dass sie ihn danach hatten gehen lassen und ihm nichts geschehen war.

Bitte, lieber Gott, mach dass es so ist, schickte er ein stummes Gebet in den Himmel.

»Wie viel Zeit bleibt dir?«, fragte Blue.

»Keine Ahnung.«

»Was können wir tun?«

Jonas sah sie an. »Nichts. Meine einzige Chance liegt darin, die Zentrale zu erreichen und mich auszuloggen. Dann kann ich vielleicht abhauen.«

»Okay, gehen wir es an.«

42.

Golem City

Jonas hatte Kim die Situation in kurzen Worten erklärt und sie waren den Rest des Weges gerannt. Nun pressten sich alle drei an eine Hauswand und spähten auf den Platz vor der Zentrale. Es war ein ziemliches Gewimmel. Menschen und Wesen aller Art tummelten sich hier. Sprachen miteinander, flanierten oder feilschten. Wie man in der Menge Yakuza-Killer ausfindig machen sollte, war Blue ein Rätsel. Andererseits bot die Menge auch ein wenig Schutz, man würde sie vielleicht nicht sofort entdecken und sie konnten den Platz wenigstens zum Teil überqueren, ohne gesehen zu werden.

Ihnen blieb keine Zeit mehr.

»Bereit?«, fragte sie.

Kim und Jonas nickten.

»Einfach geradeaus«, sagte Blue. »Mitten durch.«

Jonas nahm die Maschinenpistole von der Schulter und reichte sie ihr.

»Nimm du sie. Ich hab ja noch das Schwert.«

Blue nahm die Waffe und lud sie durch.

Sie sah die beiden anderen an. Sah die Anspannung, die sie ebenso fühlte, in ihren Gesichtern. Gern hätte sie Jonas irgendetwas gesagt, um ihm Mut zu machen, aber sie wusste, angesichts der Situation würde alles leer und hohl klingen.

»Bei drei«, sagte sie stattdessen.

Jonas hob den Daumen an.

»Eins …«

»Zwei …«

»Drei …«

Blue stürmte los. Neben ihr rannten Jonas und Kim. Sie erreichten den Rand des Platzes, erste Passanten drehten sich nach ihnen um.

Spaziergänger wichen aus, als sie Blue auf sich zustürmen sahen. Direkt hinter ihr lief Jonas, dann kam Kim Uriel.

Sie hatten vielleicht dreißig Meter zurückgelegt, als der erste Killer-Bot sich ihnen in den Weg stellte.

Ein kleiner dicker Mann im schwarzen Anzug, der eine schwere Automatik anhob und auf sie feuern wollte, doch Blue war schneller.

Sie riss den Abzug der Maschinenpistole durch, die in schneller Folge einen Kugelhagel auf den Mann abfeuerte. Er wurde von den Beinen gerissen und zu Boden geworfen. Dort löste sich sein Abbild in einem Sekundenbruchteil auf.

»Gut gemacht«, rief Jonas ihr zu, aber Blue achtete nicht auf ihn, sie hatte den nächsten Yakuza entdeckt. Ein zwei Meter großer Hüne mit mächtigem, nacktem Oberkörper und Doppelaxt in seiner rechten Pranke.

Wäre der Bot ihr ausgewichen oder hätte nicht darauf reagiert, dass sie auf ihn zurannte, wäre Blue vielleicht entgangen, dass es sich bei ihm um einen Feind handelte. Dieser Killer-Bot aber schien nicht viel von Tarnung zu halten, denn er hob seine riesige Axt über den Kopf, um ihr den Schädel zu spalten.

Blue schoss ihm drei Mal in die Brust und er war Vergangenheit. Ohne ihr Tempo zu verringern, jagte sie weiter über den Platz. Durch die Schüsse waren nun die anderen Avatare aufgeschreckt und hasteten verängstigt durcheinander. Das war der Grund, warum Blue den nächsten Angreifer zu spät entdeckte.

Diesmal eine Frau. Sie trug einen traditionellen Kimono, in Weiß und Kirschrot. Als Blue an ihr vorbeiwollte, zog sie einen langen Dolch aus ihrem Ärmel und rammte ihn Blue neben dem Hals in den Schulteransatz.

Blue brüllte auf. Sowohl in der Simulation wie auch in der Realität. Der Schmerz war unglaublich, wurde aber noch schlimmer, als die Kämpferin den Dolch wieder herauszog und erneut zustach.

Jonas flog heran. Die Klinge des Schwertes zischte und die Killerin verging in einem Pixelsturm. Blue sackte auf die Knie, noch immer tobten Feuerzungen über ihre gesamte linke Körperhälfte. Als sie ein Geräusch hörte, konnte sie es zunächst nicht einordnen, dann aber erkannte sie das laute Ächzen der Metalltür, die zu Hellboys Computerraum führte. In der Realität.

Hellboy stand im Türrahmen. Er war kreidebleich. Blue bemerkte, dass sie immer noch wie eine Wahnsinnige schrie, während der VR-Anzug langsam die Nano-Marker herunterfuhr.

Keuchend hing sie im Stuhl, während sich in der Simulation Jonas bückte und eine Hand nach ihr ausstreckte.

»Eine Sekunde noch«, rief Hellboy aus dem Nebenzimmer. »Halt durch, ich hab es gleich.«

Und da begriff Blue, dass er sie ausloggen würde.

»Nein!«, brüllte sie so laut sie konnte, aber alles, was ihren Mund verließ, war ein schwaches Krächzen.

Eine Sekunde später erlosch das Bild in ihrer VR-Brille.

Die Anschnallgurte des PSI-Stuhles fuhren zurück. Blue erhob sich auf schwachen Beinen. Sie taumelte, stürzte nach vorn, aber Hellboy war wieder da und fing sie auf.

»Ich … muss zurück«, keuchte Blue. »Sofort.«

»Was?«, kreischte Hellboy mit viel zu hoher Stimme. »Kann nicht dein Ernst sein! Du bist vollkommen im Arsch.«

»Ich muss.«

Hellboy reichte ihr eine Flasche mit Wasser. Blue schob die Brille in die Stirn und trank hastig. Sie verschluckte sich zweimal und musste husten, aber es war eine Wohltat, das kalte Wasser die ausgetrocknete Kehle hinabrinnen zu lassen. Sie wischte sich über den Mund und hinterließ eine feuchte Spur auf ihrem VR-Handschuh.

»Und jetzt schick mich zurück. Es geht um Leben und Tod. Im wahrsten Sinn des Wortes.«

»Das … das ist nicht möglich«, stotterte ihr Freund. »Ich habe den Zugang geschlossen und alles gelöscht, um keine Spuren zu hinterlassen. Du kannst nicht mehr nach Golem City. Zumindest nicht innerhalb der nächsten zehn Minuten. So lange braucht es, um einen neuen Zugang zu hacken und ehrlich gesagt, wie du aussiehst, rate ich dir davon ab, ohne Pause auf einen Walk zu gehen. Du bist total erschöpft. Dein Kreislauf könnte zusammenbrechen.«

»Kapierst du es denn nicht? Ich habe keine Wahl!«, zischte Blue. »Mach dich an die verdammte Arbeit.«

»Okay, okay, aber auf deine Verantwortung. Ich will nichts hören, wenn du anschließend als Psycho in einer psychiatrischen Anstalt vor dich hinsabberst.«

»Warum hast du mich überhaupt rausgeholt?«, wollte Blue wissen.

»Sag mal, geht's noch?«, ereiferte sich Hellboy mit puterrotem Gesicht. »Erst meldest du dich stundenlang nicht, blockierst die Kommunikation und dann brüllst du wie am Spieß rum. So laut, dass man dich wahrscheinlich noch oben auf der Straße gehört hat. Und da soll ich mir keine Sorgen machen?«

Er hat ja recht, dachte Blue. *Ich an seiner Stelle hätte genauso gehandelt.*

Trotzdem war die Situation total abgefuckt. Jonas war jetzt allein in der Simulation, ohne zu wissen, warum sie plötzlich verschwunden war. Vielleicht konnte er sich denken, was passiert war, vielleicht aber auch nicht. Unabhängig davon stand er jetzt den Yakuza-Killern gegenüber, denn ehrlich gesagt hielt Blue Kim Uriel nicht für eine besonders große Hilfe.

Als sie an die Killer dachte, fiel ihr wieder ein, dass Jonas gesagt hatte, dass zwei Yakuza bei ihm vor der Wohnungstür standen und versuchten, das Schloss zu knacken. Wenigstens ein Gutes hatte ihr unfreiwilliger Rauswurf aus Golem City, sie konnte etwas gegen diese Bedrohung unternehmen.

Im Kopf ging Blue ihre Optionen durch.

Aber am Ende blieb nur eine Möglichkeit: die Bullen.

Kein Ghostwalker nahm gern die Dienste der Polizei in Anspruch, aber in diesem Fall waren sie die einzige Hoffnung für Jonas.

Blue blickte Hellboy an. »Gib mir mein Handy.«

»Was willst du denn jetzt damit? Ich dachte, du hättest es eilig, wieder –«

»Muss einem Freund helfen. Er schwebt in Gefahr, die Yakuza will ihn umlegen.«

»Was?« Hellboys Gesichtsfarbe wechselte von Rot zu kreidebleich. »Das ist nicht dein Ernst. Ihr habt die Mafia am Hals? Scheiße, da will ich nicht mit reingezogen werden.«

Heiße Wut flammte in Blue auf. Dieser feige Arsch verschwendete nur ihre Zeit.

»Du steckst längst mit drin, also hör mit dem Rumgeflenne auf und tu, was ich dir sage.«

»Sag mal, wie redest du denn mit mir? Ich hab dir geholfen und du machst mich blöd an?!«

»Sorry, Hellboy, aber mir bleibt keine Zeit und wenn du nicht willst, dass die Yakuza auch bald an deine Tür klopft, beeilst du dich lieber ein wenig.«

»Das scheiß Handy funktioniert hier unten aber nicht«, schrie Hellboy sie an. »Das solltest du wissen!«

Stimmt! Ihr Fehler!

»Dann verschaff mir eine Leitung über meinen Anzug.«

»What? Geht's noch? Da kann ich ja gleich Anzeigen in der Tagespresse aufgeben, wo ich zu finden bin. Die Cops verfolgen jeden Anruf zurück und sobald du das Wort ›Notfall‹ nur denkst, rücken die hier an – und dann Gute Nacht. Die nehmen den ganzen Laden auseinander und ich verschwinde für Jahre im Knast. Lies es von meinen Lippen ab, das ist alles I-L-L-E-G-A-L!«

»UND ICH MUSS TELEFONIEREN!«

»Warte. Ich hab irgendwo noch ein altes Prepaid-Handy. Das nimmst du, gehst die Treppe hoch und rufst von draußen an.«

»In dem Anzug?«

»Wie denn sonst? Willst du dich erst umziehen? Ich hab jetzt zu tun und versuch dich zurück nach Golem City zu bringen. Ehrlich, Darling, inzwischen schuldest du mir mehr als nur dreißig Prozent.«

»Was willst du?«, knurrte Blue.

»Lebenslange Sklaverei.«

»Oder?«

»50.000 Eurodollar obendrauf.«

»Tickst du noch ganz richtig? Ich geb dir doch nicht so viel Geld dafür, dass du mich mal telefonieren lässt.«

»Nein, nicht dafür. Der Anruf ist gratis. Du zahlst mir die Kohle für die ganze Aufregung und den von dir verursachten Stress, da du mir die BESCHISSENE MAFIA auf den Hals gehetzt hast. Sieh es als Schmerzensgeld oder als deinen Beitrag für meine Herz-OP, denn die steht nach diesem ganzen Mist hier sicherlich an.«

»Okay, du bekommst die Kohle, aber dafür will ich innerhalb der nächsten zehn Minuten zurück in Golem City sein, und zwar an der Stelle, an der ich rausgeworfen wurde. Kriegst du das hin?«

»Ich gebe mein Bestes.«

»Das reicht mir nicht. Die Zeit läuft und jetzt her mit diesem scheiß Handy!«

43.

Golem City

Jonas hatte die Hand nach Blue ausgestreckt, um ihr vom Boden aufzuhelfen, aber ihr Avatar hatte sich vor seinen Augen in Luft aufgelöst. Es dauerte zwei Sekunden, bis er begriff, dass sie aus der Simulation geflogen war. Entweder hatte sie gerade den virtuellen Tod erlitten oder sie wurde durch ihren Kumpel ausgeloggt. Jonas fluchte stumm.

Neben ihm stand Kim Uriel, die Hand mit dem schweren Revolver angehoben und hielt nach weiteren Feinden Ausschau. Jonas richtete sich auf, sah sich ebenfalls um. Er entdeckte drei Gestalten, die von links auf sie zuhielten und zwei weitere von rechts, die sich durch die Menge drängten. Um ihnen auszuweichen, gab es nur den Weg nach vorn, aber da kam gerade ein fünf Meter hoher Kampfroboter auf sie zu.

Das Ding sah aus wie aus einem Film des frühen 21. Jahrhunderts, den er einmal gesehen hatte. Transformers oder so. Stark gepanzert, mit aufgeschraubtem Waffensystem auf beiden Schultern, in der rechten Hand eine riesige Kanone, in der anderen etwas, das die Anmutung einer gigantischen Kettensäge hatte.

Der Roboter war so schwer, dass der Boden wie bei einem Erdbeben erzitterte. Wo immer er hintrat, riss der Asphalt auf. Splitter flogen umher.

Mit seinem Auftauchen verwandelte sich die Angst der Leute auf dem Platz in wilde Panik. Jeder versuchte, dem metallenen Koloss aus dem Weg zu gehen und stolperte dabei in jemand anderen hinein. Den Roboter kümmerte das nicht. Wer es nicht rechtzeitig zur Seite schaffte, wurde unter seinen tonnenschweren Füßen zermalmt.

Dass diese Kampfmaschine in Golem City auftauchte, verdeutlichte noch mehr, wie weit die Yakuza inzwischen gekommen war. Von heimlichen, hinterhältigen Angriffen war sie zu offener Machtdemonstration und Stärke übergegangen.

Der Roboter war noch zwanzig Meter entfernt. Jonas sah sich hektisch nach einem Ausweg um, aber sie saßen in der Falle. Die Augen der Kampfmaschine begannen rot zu leuchten. Eine erste Rakete wurde abgefeuert. Sie jagte auf Jonas zu, bohrte sich zwei Meter entfernt in den Boden und explodierte mit ohrenbetäubendem Krach. Nun flogen nicht nur Splitter, sondern ganze Brocken Asphalt durch die Luft.

Jonas schaute zu Kim, die den Revolver hob und auf den haushohen Roboter zielte.

»Das bringt nichts«, rief Jonas gegen den allgemeinen Lärm an.

Kim beachtete ihn nicht. In ihrer Hand veränderte sich der Revolver. Er klappte nach allen Seiten auf, wurde größer. *Viel* größer. Nahm die Form eines Rohres an. Eine Zielvorrichtung erschien vor Kims Gesicht.

Jonas starrte fassungslos auf die Panzerfaust, die Kim sich auf die rechte Schulter gelegt hatte und nun die Kampfmaschine anvisierte. Sie drückte einen Knopf und fauchend schoss eine Rakete aus dem Rohr. Eine Rauchspur hinter sich herziehend, jagte das Geschoss auf das Monstrum zu. Schlug in seinen rechten Arm ein, der abgerissen wurde und davonflog. Das tonnenschwere Teil donnerte in die Gruppe der drei Yakuza hinein und fegte sie davon.

Der Roboter schwankte kurz, hielt aber sein Gleichgewicht. Er marschierte ungerührt weiter. Der linke Arm fuhr hoch und die Kreissäge, die er anstelle einer Greifhand besaß, begann zu rasseln.

Die zwei Killer-Bots, die von rechts kamen, liefen der Maschine direkt vor die Füße und wurden platt gestampft. Jonas sah, wie sich die Waffe in Kims Händen erneut veränderte, es sah aus, als würde sie plötzlich eine Peitsche in der Hand halten. Drei Meter lang, blau glühend.

Was sie damit gegen dieses Ding ausrichten wollte, war ihm nicht ganz klar, aber sie rannte vorwärts, auf die Maschine zu. Die ließ ihre Sägehand herabfahren, die kreischend in den Boden schnitt, aber sie verfehlte das Mädchen um mindestens einen halben Meter. Kim ihrerseits schleuderte die Energiepeitsche auf ihn, die sich um eines der Roboter-Beine wickelte. Blaue Blitze schlugen daraus hervor, rasten den Körper empor, erreichten den Kopf des Ungetüms und fuhren dort in die Linsenaugen der Maschine. Etwas krachte laut, dann rührte sich der Roboter nicht mehr, erstarrte mitten in der Bewegung.

Eine EMP-Waffe, dachte Jonas. *Sie hat die elektrischen Nervenbahnen lahmgelegt.*

Inzwischen war der Platz vor der Zentrale fast leer. Nur noch einzelne Gestalten rannten darüber oder standen ratlos herum, weil ihre Programmierung die Situation nicht einordnen konnte.

Jonas wollte schon erleichtert ausatmen, als sein Blick zum Nachthimmel wanderte und er dort mehrere Lichtpunkte entdeckte, die auf ihn zurasten.

»Drohnen«, rief Kim neben ihm.

Kaum ausgesprochen, krachte auch schon etwas vor seinen Füßen in den Boden. Jonas sprang zurück, wurde aber schmerzhaft von einem Splitter getroffen. Weitere abgefeuerte Raketen zischten um ihn herum, trafen ihn aber seltsamerweise nicht. Der ganze Angriff wirkte unkoordiniert und wenig zielgerichtet. Fast so als wolle man ihn gar nicht treffen, sondern nur …

Festnageln! An Ort und Stelle halten. Das Schwert darf nicht beschädigt werden.

Irgendjemand … irgendetwas …

Von wo?

Der Beschuss endete genauso abrupt, wie er begonnen hatte. Ein Rauschen lag plötzlich in der Luft. Jonas' Kopf ruckte herum.

Da!

Aus dem Glanz der beiden Monde heraus, stürzte ein feuriges Wesen auf ihn zu.

Gigantische Schwingen schlugen kräftig in der Nachtluft.

Jonas kniff die Augen zusammen und erkannte …

… einen Phönix.

Das magische Wesen hatte seine Krallen ausgestreckt, fuhr wie ein Blitz zur Erde herab.

Jonas warf sich zur Seite und die Krallen schlugen in den Boden, trafen ihn aber nicht, da er sich abrollte und wieder auf die Beine kam. Ein mächtiger Flügel donnerte heran, fegte ihn von den Füßen. Jonas landete auf dem Rücken und bekam plötzlich keine Luft mehr. Das Schwert fiel ihm aus der Hand, klapperte über den Asphalt. Der Phönix wandte sich mit gierigen Augen danach um, aber da stand plötzlich eine Gestalt in einem blauen Anzug.

Blue!

In einer einzigen fließenden Bewegung hob sie das Schwert auf, tauchte unter dem Phönix weg, kam unter seinem Bauch wieder hoch und rammte ihm von unten die Klinge in den Leib.

Der Phönix kreischte schmerzerfüllt auf, warf seinen Kopf in den Nacken und erzitterte. Flammen schossen nach allen Seiten aus seinem Körper heraus. Stoben in den Boden neben Jonas oder jagten zum nachtschwarzen Himmel.

Das Kreischen wurde immer schriller, dann erstarb es.

Der Phönix wandte seinen mächtigen Kopf Jonas zu, dann begann er zu schrumpfen, verwandelte sich …

… wurde zu dem Mann im Overall mit der Dalí-Maske.

Kaito!

In seiner nun menschlichen Hand erschien eine Lanze. Er ging in Kampfstellung.

»Gib mir das Schwert!«, donnerte er.

Jonas sprang auf. Blue stand neben ihm, das Katana zum Schlag erhoben.

Hinter Kaito erschien Kim Uriel.

»Du bist es!«, rief sie. »Ich hätte es wissen müssen.«

Der Mann im Overall wirbelte herum. »Ist es endlich so weit?«, sagte er ruhig. »Schluss mit dem Versteckspiel. Du und ich. Wenn ich mit dir fertig bin, töte ich deine zwei Helfer und nehme mir das Schwert.«

»Du weißt, dass die Entdeckung der ganzen Menschheit gehört«, sagte Kim.

»Was interessiert mich die Menschheit? Wo war sie, als ich alles verlor, was mir im Leben wichtig war? Haben sie meiner Mutter geholfen, als sie an Krebs verreckt ist? Also John, komm mir nicht mit diesem Mist.«

»Ich habe dich nach ihrem Tod bei mir aufgenommen, dir einen Job gegeben und deine Ausbildung zum Programmierer bezahlt, und du hast dich zum Besten der Besten entwickelt. Es geht dir gut, du führst ein angenehmes Leben.«

»Immer in deiner Gunst stehend, immer abhängig, Onkel. Du hättest deiner Schwester helfen können, aber du wolltest nicht.«

»Das stimmt nicht. Ich wusste nichts von ihrer Krankheit. Wir hatten seit ihrer Scheidung kein Wort miteinander gesprochen. Als ich davon erfuhr, war es bereits zu spät.«

»Alles Worte, nichts als Worte. Mehr hattest du nie für uns.«

»Ich wusste, es gibt einen Verräter in der Firma. Dass du es bist, hätte ich nie gedacht. Sag mir warum! Nur des Geldes wegen?«

»Nein, es ging darum, dir zu schaden. Du solltest fühlen, was ich fühle. Es in Händen halten und wieder verlieren.«

Kaito nahm die Maske ab und blickte Jonas ernst an. »Ich wollte nicht, dass dein Vater stirbt, das musst du mir glauben. Ich stahl seine Erfindung und wollte sie der Yakuza verkaufen, aber die töteten Martin Decker. Damit er die Versuchsanordnung nicht einfach nachstellen und das Ganze noch einmal entwickeln konnte. Ich hatte das Schwert in *Oicho-Kabu* direkt unter ihrer Nase versteckt und wollte erst Gras über die Sache wachsen lassen, bevor ich ihnen die Daten geben würde, aber sie waren drauf und dran, meine wahre Identität aufzudecken, daher schickte ich sie …« Kaito deutete auf Blue. »… um das Schwert zu holen.« Er wandte sich wieder Kim Uriel zu. »Aber jemand tauchte auf und stahl das Schwert. Ich nehme an, das warst du, Onkel.«

»Nein«, sagte Blue. »Es war ein goldener Ninja, der …«

Vor Jonas' Augen verwandelte sich Kim. Ihr Körper streckte sich. Wurde zu einem Mann. Zu einem goldenen Ninja. Jonas starrte ihn an. Er hatte gewusst, dass John Tanaka Kims Figur programmiert hatte – oder von außerhalb steuerte –, dass er es selbst war, der hier stand und sich Kaito entgegenstellte, überraschte ihn. Und ihm wurde klar, hier ging es um alles.

Um Leben und Tod.

»Die Yakuza werden dich niemals am Leben lassen«, sagte Tanaka. »Egal, wie viel sie dir bezahlen oder wo auch immer du dich versteckst, sie finden dich und räumen dich aus dem Weg, um dich für immer zum Schweigen zu bringen.«

»Denkst du, ich weiß das nicht?«, antwortete Kaito. »Sobald ich das Schwert habe, werde ich die Daten darauf kopieren und an einem sicheren Ort verstecken. Ein Anwalt wird sie nach meinem Tod im Internet veröffentlichen, zusammen mit allen Details zu Martin Deckers Tod. Die Yakuza muss sich wünschen, dass ich ein langes Leben habe, denn wenn ich tot bin, ist es mit dem Geldverdienen für sie vorbei.«

»Du bist schlau. Sehr schlau«, gab Tanaka zu. »Aber du vergisst eine Sache.«

Der junge Mann im roten Overall grinste. »Verrate es mir, Onkel.«

»Ich werde dich nicht mit dem Schwert davonkommen lassen.«

Kaito wurde ernst. Die Lanze in seiner Hand begann zu wirbeln.

»Du meinst ganz altmodisch, Mann gegen Mann?«

»So ist es.«

Tanakas Neffe senkte den Kopf. Er streckte die linke Hand aus. Handfläche nach oben. Eine kleine Flamme erschien darin. Sie flackerte.

»Weißt du, John, meine Generation hat es nicht so mit Traditionen. Wir setzen lieber auf überlegene Technik.«

Er warf die Flamme in die Luft, die langsam herabsank und zu einer Gestalt wurde. Mannsgroß, bestehend aus reinem Feuer.

Tanaka lächelte. »Das soll mich aufhalten?«

Eine weitere Flamme erschien in Kaitos Hand. Dann noch eine. Und noch eine.

In rasender Folge schleuderte er sie in die Luft und jedes Mal wurde daraus ein Flammenkrieger.

Tanaka zog sein Schwert.

Ohne sie anzusehen, rief er: »Rennt!«

44.

Golem City

Jonas wirbelte herum und rannte los. Blue war direkt hinter ihm. Als sie einen Blick zurückwarf, sah sie, wie die Flammenkrieger Tanaka einkreisten. Der goldene Ninja hatte Kampfstellung eingenommen und sein Schwert erhoben. Mit einem lauten Schrei griff er den ersten Krieger an. Das Schwert fuhr herab, teilte die Gestalt, aber die beiden Körperhälften vergingen nicht im Pixelsturm, sondern strebten sofort wieder aufeinander zu und vereinten sich erneut.

Während John Tanaka sein Schwert kreisen ließ, machte Kaito einen großen Satz über ihn hinweg und rannte Blue und Jonas nach.

»Lauf schneller!«, keuchte Blue.

Die Lanze fuhr zitternd vor Blue in den Boden. Sie machte einen Schritt zur Seite, Jonas wich ebenfalls aus, ohne an Geschwindigkeit zu verlieren. Sie hatten die Zentrale fast erreicht, aber in den schwarzen Mauern war keine Öffnung zu sehen. Wie sollten sie hineinkommen? Hinter ihnen riss Kaito die Lanze aus dem Boden.

»Gib mir das Schwert«, rief Jonas ihr zu. Sie reichte es ihm, während sie ungebremst auf die Mauer zuhielt.

Sie waren fast da. Noch zehn Meter!

Die Lanze traf Jonas in die rechte Schulter, bohrte sich hinein und wurde wie von Geisterhand wieder herausgerissen. Sie flog zurück in Kaitos ausgestreckte Hände. Jonas schrie schmerzerfüllt auf, stolperte, fiel aber nicht.

Blue fasste nach ihm, zog ihn mit sich. Vor ihr begann die schwarze Oberfläche des Gebäudes zu zerfließen. Es sah aus, als ströme Erdöl in alle Richtungen davon. Blue warf sich nach vorn, riss Jonas mit sich.

Dann waren sie drin. Hinter ihnen schloss sich die Öffnung.

Kaito, die Flammenkrieger, Tanaka und ganz Golem City waren von ihnen abgeschnitten.

In Sicherheit.

Jonas fiel auf die Knie. Sein Gesicht war kreidebleich. Er stöhnte auf. Die Stelle, an der ihn die Lanze getroffen hatte, leuchtete in unheilvollem Blau. Wahrscheinlich war die Spitze mit einem Computervirus vergiftet gewesen.

Wenn das so ist, bleibt uns nicht mehr viel Zeit, bis Jonas zusammenklappt. Er ist der Einzige, den das System akzeptieren wird. Wir müssen das Schwert an den vorbestimmten Ort in der Zentrale bringen, damit wir uns ausloggen können.

Es war still hier drin. Nur Jonas' Keuchen drang an ihre Ohren. Um sie herum nur nackte schwarze Wände, über die kleine, goldene Punkte nach oben wanderten. Blue legte den Kopf in den Nacken.

Hier drin gab es keine Ebenen. Die Wände setzten sich scheinbar unendlich in die Höhe fort.

Wäre die Lage nicht so kritisch, hätte Blue die Umgebung als schön empfunden. Sie hatte etwas Ätherisches und man konnte glauben, im Nichts zu schweben, aber die Realität war eine andere. Die Wunde auf Jonas' Rücken breitete sich weiter aus und sie wusste nicht, was sie tun sollte.

Immer war es nur darum gegangen, die Zentrale zu erreichen, nun waren sie am Ziel angelangt und es passierte – nichts.

»Hilf mir auf«, röchelte Jonas. Blue zog ihn auf die Füße. Er schwankte wie ein junger Baum im Wind.

Jonas hob mit viel Mühe das Schwert über seinen Kopf und rief:

»*Chīsana sasayaki.*«

Aus der Wand vor ihnen formte sich ein Gesicht. Schwarz und glänzend wie eine Maske.

Das Gesicht von Jonas' Vater. Blue erkannte es sofort, Jonas sah ihm unglaublich ähnlich. Die Animation war über zwei Meter hoch und beeindruckte mit seiner sachlichen Ästhetik.

Einen Moment lang geschah nichts, dann öffnete sich der Mund.

Doch bevor er etwas sagen konnte, erzitterte das Gebäude. Schockwellen liefen über die Wände, ließen die goldenen Punkte darauf flimmern.

Das Gesicht verzerrte sich zu einer Fratze, kehrte aber schließlich in seine ursprüngliche Form zurück.

»Kaito hat Tanaka besiegt«, stellte Blue fest und wunderte sich über die Ruhe in ihrer Stimme.

»Ja«, sagte Jonas. »Aber das ist nicht unser einziges Problem.«

»Was ist los?«

»Die Yakuza hat in der Realität die Tür zu meiner Wohnung aufgebrochen.«

45.

Golem City

Jonas saß festgeschnallt in seinem PSI-Stuhl und versuchte, die Tür zu seinem Zimmer im Auge zu behalten, während er sich gleichzeitig auf die Simulation konzentrierte.

Die Yakuza-Männer waren in der Wohnung, aber noch nicht in sein Zimmer gekommen. Plötzlich erklang von draußen eine Lautsprecherdurchsage: »Hier spricht die Polizei. An die beiden Männer, die illegal in die Wohnung der Thunstraße 22 eingedrungen sind. Dies ist eine kriminelle Handlung. Sie werden aufgefordert, sofort mit erhobenen Händen herauszukommen oder wir sind gezwungen, Gewalt anzuwenden.«

Jonas lauschte angestrengt, ob die Männer antworteten, konnte aber nichts hören. Was immer die Männer da taten, es war nicht gut für ihn.

»Was?« kreischte Blue in der Simulation.

»Die Polizei ist da, hat den Yakuza-Typen ein Ultimatum gestellt, aber die rühren sich nicht. Keine Ahnung, was das bedeutet. Vielleicht telefonieren sie mit ihrem Boss und besprechen, was sie tun sollen.«

»Okay, was jetzt?«

In der Simulation hob Jonas den Kopf und sah in das Antlitz seines Vaters.

»Ich hab dir das Schwert gebracht.«

Die Abbildung antwortete: »Bist du der, der du bist, oder ein anderer?«

»Er will abchecken, ob jemand einen Avatar mit deinem Aussehen benutzt«, raunte ihm Blue zu.

»Ich bin der, der ich bin«, antwortete Jonas.

Vor ihm erschienen Zahlenfelder in der Luft. Darüber schwebte eine Matrix mit acht Stellen. Alles flirrte in einem übernatürlichen Grün.

»Wie ist der perfekte Tag?«, fragte das System.

»Was meint er damit?«, wollte Blue wissen, aber Jonas antwortete ihr nicht.

Die Frage brachte etwas in ihm zum Klingen, aber er konnte es nicht fassen. Fast war es so, als schwebe die Antwort darauf hinter seinem Geist, war wie Nebel, der zerfloss, wenn er danach griff.

In der Realität erklangen Schüsse und Schreie. Offensichtlich waren die Killer nicht geneigt, sich der Polizei zu ergeben. Am Klang der Schüsse konnte Jonas ausmachen, dass unterschiedliche Waffen abgefeuert wurden. Geschosse schlugen in die Hauswand ein.

Für einen Moment glaubte Jonas, dass alles gut ausgehen würde. Die Polizei war hier, die Männer würden es nicht wagen, ihn jetzt noch zu erschießen, aber dann tauchte im Türrahmen zu seinem Zimmer eine Gestalt auf.

Ein junger Asiate, kaum älter als er selbst. Mit glatten

schwarzen Haaren, die ihm tief ins Gesicht fielen. In der rechten Hand eine schwere Automatik, die sich auf ihn richtete.

Jonas war absolut hilflos in seinem Stuhl, konnte sich nicht rühren. Er starrte aus weit aufgerissenen Augen auf den Mann, der am ganzen Leib zitternd auf ihn zielte. Von draußen erklang die Stimme des zweiten Mannes. Obwohl Jonas die Worte nicht verstand, wusste er, dass der Junge aufgefordert wurde, ihn zu erschießen.

Was für ein beschissener Tag.

Jonas stutzte.

Ein beschissener Tag.

Der perfekte Tag. Jonas kannte plötzlich die Antwort auf die Frage.

Der Tag am Meer.

Mit seinen Eltern.

Er noch ein kleines Kind.

Die Videoaufnahme vom 14. Juni 2032.

Jonas wandte seine Aufmerksamkeit wieder der Simulation zu. Ohne zu zögern tippte er die Zahlen ein.

1-4-0-6-2-0-3-2.

Das Schwert begann zu leuchten. Er fasste nach Blues Hand, legte sie auf den Griff des Schwertes. Dann begann alles um ihn herum zu verschwimmen.

In wahnwitziger Geschwindigkeit wurden Bilder abgespielt, wild durcheinander. Stimmen sprachen. Daten und Fakten wurden eingeblendet.

Alles formte sich zu goldenen Funken, die nun einem glänzenden Strom gleich nach oben strebten.

Und plötzlich …

… war es vorbei.

Das Gesicht seines Vaters lächelte ihn an. »Gut gemacht, Jonas.«

Die schwarzen Wände verschwanden.

Er wurde in die Realität zurückgeschleudert.

Die Anschnallgurte fuhren leise surrend in ihre Halterung zurück. Jonas erhob sich auf wackligen Beinen.

»Shite kudasai«, sagte er leise. *Bitte.*

Die Hand des jungen Mannes zitterte wie verrückt. Tränen standen in seinen dunklen Augen. Dann ließ er die Waffe sinken.

Kurz darauf stürmte die Polizei ins Zimmer.

EPILOG
Los Angeles

»Bist du aufgeregt?«, fragte Blue.

Jonas betrachtete ihr Gesicht. In den sechs Monaten, die sie nun in Kalifornien lebten, war sie braun geworden. Auch ihr Haar trug Blue jetzt länger, was sie jünger aussehen ließ.

Sie standen in der Ankunftshalle des Los Angeles International Airport und warteten auf Jonas' Mutter.

»Ich hab sie lange nicht gesehen«, sagte er und schluckte trocken vor Aufregung.

»Alles wird gut«, sagte Blue und diesmal glaubte Jonas ihr.

Sie hatten Glück gehabt.

Nachdem die Datei des Schwertes hochgeladen worden war, waren alle Sicherheitssysteme von BioCom, die Kaito abgeschaltet hatte, wieder angesprungen und Tanaka hatte keine Schwierigkeiten damit gehabt, seinen Neffen zu überwältigen.

Kaito war verhaftet worden und wartete derzeit auf seinen Prozess. Die Anklage reichte von Computerkriminalität, Mitgliedschaft in einer kriminellen Vereinigung bis hin zu Beihilfe zum Mord. Er würde mindestens zehn Jahre bekommen.

»Hast du die News gelesen?«, fragte Blue.

»Welche meinst du?

»Sie haben Haruto Nakamura, den Oyabun des deutschen Yakuza-Clans verhaftet.«

»Ja, Kaito hat ihn schwer belastet. Auch er wird bald vor Gericht kommen. Die deutschen Behörden sind entschlossen, die japanische Mafia zu zerschlagen.«

»Bald wird die Welt eine andere sein. Durch die Arbeit deines Vaters gibt es keine Energieprobleme mehr und auch die Umweltverschmutzung wird rapide abnehmen. Macht es dir eigentlich nichts aus, dass Tanaka das ganze Geld einkassiert? Er wird der reichste Mann der Welt werden.«

Jonas schüttelte den Kopf. »Mein Vater hat für seine Firma gearbeitet. Tanaka hat sein Gehalt bezahlt und außerdem verkauft er den neuen Treibstoff zu einem günstigen Preis, der nicht einmal ein Zehntel des Rohölpreises beträgt. Außerdem hat er der Welt gesagt, dass alles auf der Arbeit meines Vaters beruht, dass er der Entdecker des neuen Treibstoffes ist, der unser Leben für immer verändern wird. Er hat sich sehr fair verhalten.«

»Warum hast du den Job nicht angenommen, den er dir angeboten hat?«, wollte Blue wissen.

Er lachte. »Du weißt doch, ich bin nicht der Bürotyp und hab es nicht so mit geregelten Arbeitszeiten. Ich hab mein Abi in der Tasche und durch die Belohnung genug Geld, um hier in den USA zu studieren.«

»Fünfzigtausend sind nicht viel.«

»Es wird reichen, außerdem leben wir zusammen, du hast die andere Hälfte. Ich würde mir nur wünschen, dass du ebenso wie ich das Walken aufgibst.«

Er sprach die Tatsache nicht an, dass Blue sich nicht mit

dem Schwert hatte verbinden können und ihre Kontodaten für alle Zeiten verloren waren.

Blue lächelte ihn an. »Ich bin die Beste und seit unserem Walk eine Legende in der Szene.«

»Das warst du schon vorher.« Jonas beugte sich zu ihr und gab ihr einen sanften Kuss auf den Mund. »Und außerdem bist du die Legende meines Herzens.«

Blue löste sich von ihm und stupfte ihn gegen die Brust. »Hoffentlich vergisst du das nie. Aber sag mal, was möchtest du studieren? Du hast bisher nicht mit der Sprache rausgerückt.«

»Rate mal.«

»Biologie. Du willst in die Fußstapfen deines Vaters treten.«

Jonas schüttelte den Kopf. »Ich werde meinen eigenen Weg gehen.«

Sein Handy summte. Er las die Nachricht.

»Von Harley«, erklärte er. »Er hat seinen Flug gebucht und kommt uns nächste Woche besuchen.« Zum Glück war Harley und seiner Familie nichts geschehen. »Ich freu mich, Harley wiederzusehen.«

»Und ich mich darauf, ihn kennenzulernen«, meinte Blue lächelnd.

»Was ist mit Hellboy?«, fragte Jonas. »Hast du ihn nicht eingeladen?«

Blue winkte ab. »Der wird sich niemals aus seinem Keller wegbewegen. Ich bin die Einzige, die er jemals an sich heranließ. Warum auch immer.«

»Ich weiß warum«, sagte Jonas und gab ihr noch einen Kuss.

Er blickte auf die Anzeigentafel, die gerade aktualisiert

wurde. Der Flug Hamburg – Los Angeles war soeben gelandet.

Tanaka hatte seine Beziehungen spielen lassen und seine Mutter in einer psychiatrischen Klinik in München aufgespürt. Jonas hatte sofort mit der Klinikleitung Kontakt aufgenommen, aber man war der Meinung gewesen, seine Mutter wäre psychisch noch zu instabil, als dass ein Besuch infrage käme.

Da damals noch die Gefahr bestanden hatte, dass die Yakuza sie aufspüren und eliminieren würde, waren er und Blue in die USA geflohen. Aber jetzt war es endlich so weit. Er würde seine Mutter nach einer Ewigkeit wiedersehen, und wie man ihm gesagt hatte, war sie auf einem guten Weg, wieder vollständig gesund zu werden.

Er und seine Mom telefonierten seit drei Monaten regelmäßig, skypen wollte sie nicht.

Obwohl er sie viele Monate nicht gesehen hatte, kam ihm das Warten nun schmerzlich lang vor. Die Sekunden dehnten sich zu Stunden und die Minuten wurden zu Tagen, während sein Blick unruhig hin und her wanderte.

Blue fasste nach seiner Hand und drückte sie. »Alles wird gut.«

Sein Mund war vor Aufregung ganz trocken. Er konnte nichts antworten, hielt nur ihre Hand umklammert.

Wie wird es sein, ihr endlich wieder gegenüberzustehen? Kann alles noch gut werden, nach dem, was geschehen ist?

Sie hatten beide gelitten, mehr ertragen, als es für einen Menschen allein gut war, und dennoch gab es vielleicht eine Chance für sie.

Die Chance, wieder eine Familie zu sein.

»Da ist sie«, sagte Blue leise.

Jonas hob den Blick. Schüchtern und etwas unsicher stand seine Mutter mit dem Gepäckwagen in der Tür des Gates.

Sein Herz machte einen Sprung.

Dann rannte er ihr entgegen.

Rainer Wekwerth:
Ghostwalker
ISBN 978 3 522 50688 5

Umschlaggestaltung: Alexander Kopainski
Satz und Innentypografie: Kadja Gericke
Reproduktion: DIGIZWO Kessler + Kienzle GbR, Stuttgart
Druck und Bindung: CPI Books GmbH, Leck

FSC www.fsc.org
MIX
Papier aus verantwortungsvollen Quellen
FSC® C083411